El amante japonés

Isabel Allende

伊莎贝尔·阿连德 作品集

日本情人

*El
amante
japonés*

〔智利〕**伊莎贝尔·阿连德** ———— 著
Isabel Allende

叶培蕾 ———— 译

人民文学出版社
PEOPLE'S LITERATURE PUBLISHING HOUSE

著作权合同登记号　图字　01—2020—6907

Isabel Allende
EL AMANTE JAPONÉS
© ISABEL ALLENDE,2015
Simplified Chinese translation copyright © 2021 People's Literature Publishing House
All rights reserved

图书在版编目(CIP)数据

日本情人/(智)伊莎贝尔・阿连德著;叶培蕾译. —北京:人民文学出版社,2021
(伊莎贝尔・阿连德作品集)
ISBN 978-7-02-016448-6

Ⅰ.①日… Ⅱ.①伊…②叶… Ⅲ.①长篇小说—智利—现代 Ⅳ.①I784.45

中国版本图书馆 CIP 数据核字(2020)第 118894 号

责任编辑　张欣宜
装帧设计　刘　远
责任印制　徐　冉

出版发行　人民文学出版社
社　　址　北京市朝内大街 166 号
邮政编码　100705
网　　址　http://www.rw-cn.com

印　　刷　三河市博文印刷有限公司
经　　销　全国新华书店等

字　　数　200 千字
开　　本　880 毫米×1230 毫米　1/32
印　　张　8.5　插页 3
印　　数　1—8000
版　　次　2021 年 1 月北京第 1 版
印　　次　2021 年 1 月第 1 次印刷

书　　号　978-7-02-016448-6
定　　价　49.00 元

如有印装质量问题,请与本社图书销售中心调换。电话:010-65233595

目　录

拉克之家 …………………………………… 001
法国人 ……………………………………… 009
阿尔玛·贝拉斯科 ………………………… 016
隐形人 ……………………………………… 023
波兰女孩 …………………………………… 030
阿尔玛、纳撒尼尔与一命 ………………… 041
伊莉娜·巴兹里 …………………………… 048
赛斯·贝拉斯科 …………………………… 056
福田一家 …………………………………… 062
黄色威胁 …………………………………… 072
伊莉娜、阿尔玛与雷尼 …………………… 081
囚徒 ………………………………………… 092
亚利桑那 …………………………………… 100
波士顿 ……………………………………… 105
复活 ………………………………………… 115
福田之刀 …………………………………… 122
爱情 ………………………………………… 132
往日的痕迹 ………………………………… 136
光与影 ……………………………………… 144

威尔金斯探员 …………………………………… 152

秘密 …………………………………………… 162

坦白 …………………………………………… 170

蒂华纳 ………………………………………… 183

最好的朋友们 ………………………………… 194

秋 ……………………………………………… 203

栀子花 ………………………………………… 211

没有出生的孩子 ……………………………… 217

一家之主 ……………………………………… 225

萨穆埃尔·门德尔 …………………………… 234

纳撒尼尔 ……………………………………… 240

日本情人 ……………………………………… 252

献给我的父母潘琪塔和拉蒙,
两位睿智的老人

停下,我莫测爱情的影子,
　　我最爱咒语的影像,
为这美丽的幻觉我快乐地死,
为这甜蜜的假象我痛苦地活。

索尔·胡安娜·伊内斯·德·拉·克鲁斯①

---

① 索尔·胡安娜·伊内斯·德·拉·克鲁斯(1651—1695),墨西哥女诗人。

拉克之家

2010年,伊莉娜·巴兹里开始在位于伯克利郊区的拉克之家工作。年满二十三岁的她对此憧憬寥寥,因为从十五岁开始,她就在各个城市之间辗转,同时打好几份工艰难谋生。她无法想象她会在这家养老院找到最适合自己的工作,而在接下来的三年中,她会过得像儿时一样幸福,直到命运搅乱她的生活。拉克之家是在1900年中期成立的,旨在为低收入老人提供一个体面的住处,不知为何,它从一开始就吸引了进步人士、坚定信仰隐秘力量的人士以及潦倒的艺术家。时间让它在许多方面发生了变化,但它依然坚持根据每位住户的收入情况收取费用,以在理论上保护一定程度的社会和种族多样性。而实际情况是,所有住户都是中产阶级白人,多样性仅体现在自由思想者、追求精神道路者、社会及生态活动家、虚无主义者以及圣弗朗西斯科湾尚存的为数不多的嬉皮士之间的细微差别。

在第一次面试中,养老院经理汉斯·沃伊特告诉伊莉娜,对于这样一个责任重大的职位来说她过于年轻了,但由于他们需要立即填补管理与服务部的一个空缺,她可以在他们找到合适人选之前作为替补上岗。伊莉娜觉得同样的话也可以用在他身上:他看上去就是一个过早谢顶的小胖子,很可能担不起领导这个地方的重任。一段时间之后,女孩将会发现沃伊特的外表在隔了一定距离和光线不好的时候具有欺骗性,因为实际上他已经五十四岁了,而且他证明了自己是一位出色的管理者。伊莉娜向他保证,她在祖国摩尔多瓦与老人相处的经验能够弥补她在学历方面的不足。

求职者羞涩的微笑让经理心软了,他忘了向她要推荐信,就开始列举起这份工作的职责,它们可以用短短一句话来概括:为第二阶段与第三阶段的住户们的生活提供便利。第一阶段的住户不用她负责,因为他们就像一栋公寓楼里的租客那样独立生活;第四阶段的住户也不用,那更应被称为天堂阶段,因为他们正停留在去往天堂的中间站,大部分时间都在睡眠中度过,不需要她应提供的那种服务。伊莉娜需要陪同住户去见医生、律师和会计,帮助他们填写医保和税务表格,带他们去买东西以及处理类似的事情。她与天堂阶段的住户唯一的联系就是准备他们的葬礼。汉斯·沃伊特告诉她,她会根据情况收到详细的指示,因为临终者与其家人的意愿并非总是一致。拉克之家的住户们有各种各样的宗教信仰,而葬礼通常都是有些复杂的普遍性仪式。

他告诉她,只有家政人员、服务人员和护工必须穿制服,但对于其余雇员,存在一条不成文的着装守则,这方面的标准是对他人的尊重以及良好品位的体现。比如,他强调,伊莉娜穿的那件印着马尔科姆·艾克斯①的T恤就不适合这家机构。事实上那个人像并不是马尔科姆·艾克斯,而是切格瓦拉,但她没有澄清这一点,因为她估计汉斯·沃伊特没有听说过这位游击队员,后者的英雄事迹直到半个世纪之后依然在古巴以及她所居住的伯克利的一小部分激进人士中间受到景仰。那件T恤是她花两美元在一家二手服装店买的,几乎是全新的。

---

① 马尔科姆·艾克斯(1925—1965),原名马尔科姆·利特尔,非裔美国人民权运动领导人物之一。

"这里禁止吸烟。"经理警告她。

"我不吸烟也不喝酒,先生。"

"您身体健康吗?这一点对于接触老人的人来说很重要。"

"健康。"

"有什么问题是我应该知道的吗?"

"我沉迷于电子游戏和奇幻小说。您知道的,托尔金①,尼尔·盖曼②,菲利普·普尔曼③。另外我还有一份给狗洗澡的工作,但不会占用我太多时间。"

"您在业余时间做什么是您的事,小姐,但工作时您不能分心。"

"当然。您看,先生,如果您给我一个机会,您就会看到我非常善于照顾老人。您不会后悔的。"年轻女孩假装胸有成竹地说。

面试结束之后,经理带她看了一下设施,那里住着二百五十个平均年龄在八十五岁的人。拉克之家曾经是一位巧克力大亨的宏伟资产,他将它捐赠给了市政府,并且留下了一大笔捐款来资助它。它有一栋主楼,一座用于办公的华丽小别墅,以及公共区域、图书馆、餐厅和活动室,还有好几幢漂亮的木砖楼,它们与公园浑然一体,后者貌似荒芜,但实际上却是由一组园丁精心打理的。独立公寓楼以及第二和第三阶段住户所在楼房的内部是由几条宽敞的走廊连通的,它们有顶,能在天气恶劣的时候供轮椅通过,两侧则装了玻璃,以便能够欣赏大自然,这对任何年纪的人来说都是最好的慰藉。天堂楼是一座孤立的水泥建筑,假如不是因为完全被爬山虎覆盖,它本会与周围的一切显得格格不入。图书馆和游戏室全天开放,美容院开放的

---

① J. R. R. 托尔金(1892—1973),英国作家,以创作《霍比特人》《魔戒》与《精灵宝钻》等奇幻作品闻名于世。
② 尼尔·盖曼(1960—),英国作家,代表作《美国众神》。
③ 菲利普·普尔曼(1946—),英国作家,代表作《黄金罗盘》。

时间很有弹性,活动室则为那些依然渴望未来的老人提供从绘画到占星术的各式课程。在门牌上写着"遗忘物品小店"的商店由自愿前来帮忙的女士们打理,那里出售衣服、家具、首饰以及其他被住户舍弃或被已故者留下的珍宝。

"我们有一个很棒的电影俱乐部。我们每周在图书馆放映三次电影。"汉斯·沃伊特说。

"哪种电影?"伊莉娜问他,她希望是吸血鬼和科幻电影。

"它们是一个委员会挑选出来的,优先考虑犯罪片,他们喜欢塔伦蒂诺①的片子。这里的人们对暴力有一种迷恋,但您别害怕,他们知道那是虚构的,而演员们也会在其他电影里安然无恙地再次出现。我们可以说这是一个泄气阀门。我们的好几位住客都幻想谋杀某个人,一般是他们家里的人。"

"我也是。"伊莉娜毫不犹豫地回答。

汉斯·沃伊特认为她是在开玩笑,于是满意地笑了。他几乎就像欣赏雇员的耐心那样欣赏他们的幽默感。

种满老树的公园里有松鼠和鹿在大摇大摆地闲逛,后者的数量出奇多。汉斯·沃伊特向她解释,母鹿们会在那里产崽并抚育幼鹿直到它们能够靠自己生活,而且这个地方也是鸟类的圣地,尤其是云雀,这里的名字就是这么来的:拉克之家,云雀之家②。他们有策略地放置了几个摄像头,用来偷偷窥探大自然中的动物,顺便也监控有可能迷路或发生事故的老人,但拉克之家没有安保措施。白天时大门是开着的,只有几个不配武器的守卫在巡逻。他们是退了休的警察,一个七十岁,一个七十四岁;其他就不需要了,因为没有哪个歹徒

---

① 昆汀·塔伦蒂诺(1963—),美国导演,代表作《低俗小说》。
② 拉克(lark)意指云雀。

会浪费时间去抢没有收入的老人。他们遇到了两个坐在轮椅上的女人,一组拿着画架和颜料盒去上室外绘画课的人,还有几个遛着与他们一样风烛残年的老狗的住客。养老院挨着海湾,涨潮的时候可以坐皮划艇出海,一些还没有被病痛拖垮的住户们会这样做。"我希望这样生活。"伊莉娜叹了一口气。她大口大口呼吸着松树与月桂的甜蜜香气,将这个怡人的地方与她从十五岁就开始游荡其中的肮脏的棚户区做比较。

"最后,巴兹里小姐,我必须跟您提一下两个幽灵,因为这可能是海地员工们警告您的第一件事。"

"我不相信幽灵,沃伊特先生。"

"祝贺您。我也不信。拉克之家的幽灵是一个穿着粉纱连衣裙的年轻女人和一个三岁的男孩。她叫艾米丽,是那个巧克力大亨的女儿。二十世纪四十年代末的时候,可怜的艾米丽在她儿子在泳池里溺亡之后伤心而死。在那之后那位大亨抛弃了这座房子,成立了基金会。"

"那个孩子淹死在您指给我看的那个泳池里吗?"

"就是那里。据我所知,那里没有死过别人。"

伊莉娜很快就会修正她关于幽灵的看法,因为她会发现很多老人身边一直都有亡灵的陪伴,艾米丽和她的孩子并不是唯一住在那里的灵魂。

第二天一大早,伊莉娜就穿着自己最好的那条牛仔裤和一件低调的T恤衫去上班了。她发现拉克之家有一种放松但不至于松懈的氛围;比起养老院,它更像是一所大学。那里的餐食就像加利福尼亚任何一家体面的餐厅:在可能的范围内提供有机食物。服务很有效率,保健与护理工作完全就像这种机构应该有的那样友好。没过几天她就记住了同事们以及由她负责的住户们的名字和癖好。她背下来的那几句西语和法语为她赢得了员工们的好感,他们几乎全都来自墨西哥、危地马拉和海地。他们的薪水对需要从事的繁重工作来说并不高,但很少有人表现出不满。"对老太太们要亲热,但不能缺少尊重。对老头们也是一样,但对他们不能太随便,因为他们会犯浑。"露比塔·法里亚斯这样建议她,这个有着奥尔梅克①雕塑一般脸庞的矮胖女人是清洁小组的组长。由于在拉克之家待了三十二年而且有权进入房间,露比塔对每一个住客了解至深,她知道他们如何生活,能看穿他们的烦恼,并在痛苦中陪伴他们。

"注意抑郁问题,伊莉娜。这在这里很常见。如果你发现有谁总一个人待着,显得非常悲伤,毫无原因地留在床上或是不吃饭,你马上就来通知我,明白吗?"

"那这种情况下你会怎么做,露比塔?"

"看情况。我会抚摸他们,他们总会对此心存感激,因为谁都不愿碰老人。我还会用一部电视剧勾住他们,没有人愿意在看到大结局之前就死掉。有些人会在做祷告时放松下来,但这里有很多人不信教,也不做祷告。最重要的是不要让他们独自待着。如果我不在旁边,你就告诉凯茜②,她知道该怎么做。"

凯瑟琳·霍普医生,第二阶段的住户,是第一个代表所有人欢迎伊莉娜的人。六十八岁的她是住户里最年轻的。自从要坐轮椅之后,她就选择到拉克之家接受照料和陪伴,已经在这里住了两年。在此期间她成了这个机构的灵魂人物。

"老人是世界上最具多样性的群体。他们经历了很多事,想说

---

① 奥尔梅克文明是已知的最古老的美洲文明之一,它存在和繁盛于公元前1200年到前400年的中美洲(现在的墨西哥中南部)。
② 凯茜,凯瑟琳的昵称。

什么就说什么,别人的看法对他们来说一文不值。在这里你永远不会觉得无聊,"她对伊莉娜说,"我们的住户都受过良好的教育,而且如果身体健康,他们还会继续学习和体验。这是一个很激励人的地方,可以避免衰老所带来的最大灾难——孤独。"

伊莉娜知道拉克之家的人们有一种进步精神,它之所以出名是因为它有好几次都成了新闻。要想住进来的人得在长长的候补名单上排好几年的队,要不是因为很多候选人在排到之前就去世了,这个名单还会更长。这些老人有力地证明了虽然年龄会限制一些东西,但却不能阻止他们获得快乐并成为生命之音的一部分。他们中的好几个人都是"老人爱和平"运动的活跃成员,每周五上午都会走上街头抗议全世界尤其是美国的畸态和不公,他们觉得自己对这个国家负有责任。这些活跃分子包括了一位一百零一岁高龄的女士,他们会在街区警察营房对面广场上的一个角落里聚会,带着拐杖、助步器和轮椅,高举反对战争或全球变暖的标语,而人们则通过在车里按喇叭或是在这些愤怒的老大爷们递过来的请愿书上签字表达对他们的支持。不止一次,这些不安分的家伙上了电视,而试图驱散他们的警方则可笑地用催泪瓦斯威胁他们,却从来不会真的实行。汉斯·沃伊特激动地给伊莉娜看过公园一块献给一位九十七岁音乐家的纪念牌,2006年的时候他在抗议伊拉克战争时突发脑梗死,穿着靴子死在灿烂的阳光之下。

伊莉娜是在摩尔多瓦一个只有老人和孩子的村庄长大的。所有人都少了牙,前者是因为磨损掉落,后者是因为正在换乳牙。她想到了自己的外公外婆,就像这些年来无数次一样,她后悔抛下了他们。在拉克之家她有了一个把未能给予他们的一切给予其他人的机会,怀着这个目的,她准备好了照顾由她负责的那些人。她很快赢得了他们所有人的心,还有好几个独立居住的第一阶段住户的心。

她从一开始就注意到了阿尔玛·贝拉斯科。她高贵的举止以及让她有别于其他濒死者的气场让她在女人中间显得与众不同。露比塔·法里亚斯肯定地告诉她，这个姓贝拉斯科的女人在拉克之家里不穿鞋子，她在这里待不了多久，随时都可能被那个用奔驰送她过来的司机接走。然而这件事过了好几个月也没有发生。伊莉娜只是远远地观察阿尔玛·贝拉斯科，因为汉斯·沃伊特吩咐过她专心负责第二和第三阶段的住户，不要分心去管独立住户。照顾自己的住户就够她忙的了——她还要学习这份新工作的各种细节。作为培训的一部分，她必须观摩最近举行的葬礼的录像：一个犹太佛教徒和一个后悔的不可知论者。而对阿尔玛·贝拉斯科来说，她原本是不会关注伊莉娜的，假如不是因为形势让她很快成了养老院里最有争议的那个人的话。

法国人

在女性不幸占了大多数的拉克之家,雅克·德凡被视为明星,是那个地方的二十八个男人里唯一的美男子。大家叫他法国人,不是因为他出生在法国,而是因为他优雅的风度——他会让女士先行,为她们把椅子拉开,从来不会敞着襟门到处跑,还有他虽然背上装了支架,但是会跳舞。多亏了脊柱上的支架、螺丝和螺母,他年纪九十还能走得抬头挺胸。他的一头卷发还没有掉光,很会打牌,耍花招的时候脸不红心不跳。他的身体健康,只是像大家一样有关节炎、高血压以及垂暮之年躲不过的耳聋,而且他的头脑相当好用,但还没有好用到能够记住自己是不是吃了午饭;因此他属于第二阶段,有人为他提供必需的照顾。他是与他的第三任妻子一起来拉克之家的,后者只待了三个星期就在街上被一个走神的自行车车手撞死了。法国人的一天开始得很早:他在海地护工让·丹尼尔的帮助下洗完澡、穿上衣服、刮好胡子,拄着拐杖穿过养老院,注意避开骑自行车的人,到街角的星巴克去喝他一天五杯咖啡里的第一杯。他之前离过一次婚,死过两次妻子,而且从来都没少过被他的魔术所诱惑而爱上他的女人。不久之前他算了一下,他谈过六十七次恋爱——他把这个数字记到了笔记本上以免自己忘记,因为这些幸运女人的面容和名字已经渐渐模糊了。他有好几个承认的子女以及与一个他已经记不住名字的女人意外生下的私生子,另外还有好几个侄子侄女,所有这些人都忘恩负义地数着日子盼着他到另一个世界去,好继承他的遗产。有传言说他因为行事大胆和无所顾忌而挣下了一笔小小的财富。他本人则毫无悔意地承认,他曾经坐过一阵子牢,在那里给自己的胳膊弄了如今因为皮肤松弛、长满老年斑和皱纹而看不清的海盗文身,还利用守卫们的积蓄赚了不少钱。

尽管拉克之家的好几位女士都非常中意他,没给他留下多少拈花惹草的余地,雅克·德凡从第一眼看到拿着记事本、挺着翘屁股转悠的伊莉娜·巴兹里起就迷上了她。女孩没有一丁点加勒比血统,所以她那个黑白混血人式的臀部是自然的奇迹,男人在喝完第一杯马蒂尼之后这样表示,他很奇怪竟然没有其他人注意到它。他生命中最好的时光是在波多黎各和委内瑞拉之间做生意度过的,他在那里喜欢上了从后面欣赏女人。那些巨大的屁股永远钉在了他的视网膜上:他做梦会梦到它们,到哪里都会看到它们,甚至是在拉克之家这么一个不太合适的地方,在伊莉娜这样一个干瘦的女人身上。突然之间,他那毫无追求和激情的老年生活被这种迟到和极端的爱意所充满,它惯有的平静被打破了。认识她没多久,他就用一个托帕石和钻石做的金龟子向她展示了他的热情,那是他死去的妻子们留下的首饰里为数不多的没被他们的后代们瓜分掉的几件之一。伊莉娜不愿意收,但她的拒绝让那个痴情男人的血压升上了天,她不得不亲自陪他在急诊室待了一整夜。在叹息和责备声中,雅克·德凡吊着一袋生理盐水,向她吐露了自己无私和柏拉图式的感情。他只渴望她的陪伴,欣赏她的青春和美貌,聆听她清亮的声音,想象她也爱他,哪怕是像一个女儿爱她的父亲。她也可以像爱一个曾祖父一样去爱他。

第二天下午回到拉克之家之后,当雅克·德凡像往常一样享用他的马蒂尼时,熬夜熬得眼睛通红、眼袋青黑的伊莉娜向露比塔·法里亚斯坦白了这件麻烦事。

"这一点儿也不新鲜,小女孩。我们随时都有可能撞见住户跑到别人的床上去,不只老头们这么干,女士们也会。因为男人很少,那些可怜的女人们只能将就。大家都需要有人陪。"

"德凡先生那种是柏拉图式的爱情,露比塔。"

"我不知道这是什么,但如果它是我想象的那种,你可别信他。法国人的鸡巴里植入了一个东西,一根用藏在蛋蛋里的吸管充气的塑料香肠。"

"你说什么呢,露比塔!"伊莉娜笑出声来。

"就是你听到的,我跟你保证。我没见过,但是法国人向让·丹尼尔展示过一次。太精彩了。"

为了伊莉娜好,那个善良的女人补充了她在拉克之家多年工作期间观察到的一点:年龄本身并不会让任何人变得更好或更睿智,而只会凸显每个人固有的那些东西。

"小气鬼是不会因为年龄增长而变大方的,伊莉娜,他只会变得更加小气。德凡很可能一直都是个下流胚,所以现在是个老色鬼。"她总结道。

由于无法将金龟子胸针还给自己的追求者,伊莉娜把它带给了汉斯·沃伊特,后者告诉她接受小费和礼物是完全被禁止的。这条规定不适用于拉克之家从临终者那里收到的财产,也不适用于为了让家人能在入住候补名单上排在第一位而暗中捐赠的钱款,但这些事是不能被提及的。经理收下了那个可怕的托帕石甲虫,打算将它还给它所谓的真正的主人,而在那之前他把它收进了办公室桌子的一个抽屉里。

一星期之后,雅克·德凡给了伊莉娜一些二十美元面值的纸币,一共一百六十美元,这一次她直接去找了露比塔·法里亚斯,后者推崇用简单的办法解决问题:她把它们放回了那位美男子存放现金的香烟盒,她能肯定他不会记得把钱拿出来过,或是自己有多少钱。伊莉娜就这样解决了小费问题,但却没有逃过雅克·德凡那些热情洋溢的书信,让她去昂贵的餐厅吃晚餐的邀请,叫她到他房间里去、添油加醋地给她讲他那些从未发生过的丰功伟绩的层出不穷的借口,最后还有他的求婚。那个犯起勾引别人的坏毛病来简直轻车熟路的法国人又变回了为自己的腼腆而痛苦不已的青涩少年,他没有当面求婚,而是给她写了一封完全可以辨认的信,因为他是用电脑写的。信封里装着满是迂回、比喻和重复的两页纸,可以归纳为寥寥数语:伊莉娜让他重新获得了活下去的能量和意愿,他可以给她提供安逸的生活,比如让她生活在阳光永远热烈的佛罗里达,而等她变成寡妇的时候,她会在经济上得到保障。他的提议无论从哪方面看,她都是赚的,他这样写道,因为他们的年龄差距对她是有利的。签名是一串潦草的蝇头小字。年轻女孩没有立刻告诉经理,她害怕被赶走,她没有回复那封信,希望它会从那位未婚夫的脑袋里消失,可是雅克·德凡最近的记性都不错。激情让他再一次青春焕发了,他继续给她写信,写得越来越急,而她则努力躲着他,向圣帕拉斯基娃①祈祷老头能把注意力转移到那一打追求他的八旬贵妇们身上去。

情况愈演愈烈,它原本会变得无法掩盖,如果不是一起意外事件终止了雅克·德凡的生命,也暂时中止伊莉娜的两难处境。那一周法国人不加解释地坐出租车出去了两次,这对他来说有些不寻常,因为他一上街就会迷路。伊莉娜的职责之一就是陪着他,但他是偷偷出去的,一个字也没提自己想去干什么。第二次外出应该能考验一下他的逆反行为,因为回到拉克之家时他极为迷茫和虚弱,实际上司

---

① 圣帕拉斯基娃,十世纪苦行修女,东正教圣徒。

机不得不把他从出租车上抱下来,像交一个包裹那样交给前台。

"您发生什么事了,德凡先生?"前台的女人问他。

"我不知道,我不清楚。"他回答。

对他进行检测并确认血压正常后,值班医生认为没必要再把他送到医院去,于是命令他卧床休息两天,但他也告知汉斯·沃伊特,雅克·德凡的精神状态已经不再适合继续留在第二阶段,已经到了将他转入第三阶段的时候,他在那里将享受不间断的看护。次日,经理准备将这个变化通知德凡,这项工作总是让他觉得不是滋味,因为没有人不知道第三阶段是天堂阶段的前厅,这间房子是没有回头路可走的。然而他被海地员工让·丹尼尔打断了,后者大惊失色地过来告诉他,他过去帮雅克·德凡穿衣服的时候发现他已经僵硬冰冷了。医生提议进行一次尸检,因为前一天为他做检查时他没有发现任何能够解释这个令人不快的意外迹象,但汉斯·沃伊特表示反对,何必要因为一件像九十岁的人去世这样可以预见的事情而散布疑虑呢。尸检可能会玷污拉克之家完美无瑕的声誉。得知发生的事情之后,伊莉娜哭了好一会儿,因为虽然很不情愿,她还是对这位可悲的罗密欧有了一点好感,但她也忍不住因为摆脱了他而有一点如释重负的感觉,以及因为自己觉得如释重负而产生的愧意。

法国人的去世将他的爱慕者们全都变成了哀伤的寡妇,但她们却无法从组织悼念仪式中获得安慰,因为死者的家属选择了尽快火化遗体这一紧急措施。假如他的家人没有引发一场风暴,那个男人本将很快被人遗忘,甚至包括那些爱他的女人。在他的骨灰被无声无息地撒掉之后不久,潜在继承人们发现老人的全部财产都被赠予了一个叫什么伊莉娜·巴兹里的人。遗嘱所附的简短说明表示,伊莉娜在他漫长一生的最后阶段给了他柔情,因此有资格成为他的财产继承人。雅克·德凡的律师解释,他的客户是通过电话要求他变更遗嘱的,之后还去了两次他的办公室,第一次是为了检查文件,之后那次则是为了在公证人面前签署它们,而且他表示非常清楚自己的意愿。他的后辈们指责拉克之家在管理中忽视了老人的精神状况,并指责这个伊莉娜狡猾地窃取了他的财产。他们宣布决定要反对这份遗嘱,控告律师无能、公证人是同谋,以及拉克之家给他们带来的伤痛和损害。汉斯·沃伊特冷静而礼貌地接待了这群乱糟糟的家属,这些是他在领导这家机构的多年间学会的,然而他却怒火中烧。他没有料到伊莉娜·巴兹里会有类似的诈骗行径,他觉得她连一只苍蝇也打不死,然而一个人活到老学到老,什么人都不能信。另一方面他问了律师那有多少钱,结果那包括了新墨西哥几块干旱的土地及好几家公司的股票,价值还有待确认。现金的总额无足轻重。

经理要了二十四小时的时间,用以协商比打官司成本更低的解决方案,紧急地叫来了伊莉娜。他希望小心应对,解决这起纠纷。他知道不应该与这只母狐狸为敌,但一站到她面前,他的火气就上来了。

"我想知道你到底是怎么讨好那个老人的!"他训斥她。

"您在跟我说谁,沃伊特先生?"

"还能是谁!当然是法国人!我鼻子底下怎么会发生这种事?"

"抱歉,我没告诉您是不想让您担心,我以为这件事能自己解决的。"

"然后它解决得非常好!我要怎么跟他的家人解释?"

"他们不一定要知道,沃伊特先生。老人们会陷入爱河,您是知道的,但这会让外面的人无法理解。"

"你跟德凡睡过吗?"

"没有!您怎么会这么想?"

"那我就完全不明白了。他为什么会让你成为他唯一的继承人?"

"您说什么?"

汉斯·沃伊特若有所思,他明白了伊莉娜·巴兹里没有对那个男人的意图起过疑心,她才是最对遗嘱感到震惊的那个人。他正想警告她要花上大力气才能拿到钱,因为那些合法继承人们会争到最后一个子儿,然而她却出其不意地告诉他她什么也不想要,因为那是不义之财,会给她带来厄运。雅克·德凡当时失去了理智,她说,拉克之家的任何一个人都能证明;最好还是不作声地把事情解决掉。只需要医生开一个老年痴呆症的诊断书就够了。为了让一头雾水的经理听懂,伊莉娜不得不重复了一遍。

为了将情况保密的预防措施没什么用。所有人都知道了,而伊莉娜·巴兹里一夜之间就成了养老院最具争议性的人物,她受到了住户们的仰慕以及拉丁裔和海地籍服务人员的抨击,对于后者来说拒绝金钱是一种罪过。"别朝天上吐唾沫,它会掉回你脸上的。"露比塔说了这么一句判词,而伊莉娜不知道如何把这句神秘的谚语翻译成罗马尼亚语。经理被这位来自地图上很难找到的国家的朴素移民的慷慨所打动,他帮她转了正,每周工作四十小时,给了她比她的前任更高的薪水;另外他还说服雅克·德凡的后代们给了伊莉娜两千美元以示感谢。最后伊莉娜并没有收到这个承诺的数额,但她无法想象那是多少钱,所以很快就把它抛到了脑后。

阿尔玛·贝拉斯科

雅克·德凡令人难以置信的遗产继承让阿尔玛·贝拉斯科注意到了伊莉娜,等到流言蜚语的风潮一平息下来,她就找了她。她在自己井井有条的住处接待了伊莉娜,像一位端庄的女王那样僵直地坐在一把小小的杏色扶手椅里,裙子上趴着内克,她的虎皮猫。

"我需要一位女秘书。我希望你能为我工作。"她提出。

那不是一个提议,而是一个命令。她们在走廊上碰到的时候阿尔玛很少跟她打招呼,所以这让伊莉娜大吃一惊。另外,养老院里的半数住户都靠养老金简朴度日,有时候也部分依靠家人的帮助,很多人都必须严格地遵循现有的服务,因为一顿额外的餐食就可能将他们有限的预算消耗殆尽;没有人能阔气到雇用一位私人助理。贫穷的幽灵,就像孤独的幽灵一样,也总是围着老人们打转。伊莉娜向她解释自己的时间很少,因为在完成拉克之家的工作之后她还要去一家咖啡馆打工,另外还要上门给狗洗澡。

"狗是怎么回事?"阿尔玛问。

"我有一个合伙人名叫蒂姆,他是我在伯克利的邻居。蒂姆有一辆小货车,他在里面装了两个水池和一条长水管。我们到狗的家里去,我的意思是,到狗的主人家里去,把水管接上,然后在院子里或街上给顾客们,也就是狗们洗澡。我们也会帮它们清理耳朵和剪指甲。"

"给狗?"阿尔玛忍着笑问她。

"对。"

"你一小时能赚多少钱?"

"每只狗二十五美元,但我得跟蒂姆分,也就是说,我能拿到十二块五。"

"我会试用你,每小时十三美元,为期三个月。如果我对你的工作满意,我会给你加到十五美元。你下午为我工作,在完成拉克之家的工作之后,从每天两小时开始。工作时间可以灵活一点,取决于我的需要和你的时间情况。可以吗?"

"我可以放弃咖啡馆的工作,贝拉斯科女士,但我不能不管那些狗,它们已经认识我了,会等着我。"

她们这么说定了,就这样开启了一段很快就将演变成友谊的关系。

新工作的最初几个星期,伊莉娜过得小心翼翼,而且有些迷茫,因为阿尔玛·贝拉斯科在对待她时表现得非常专横,她苛求细节,给出的指令却模糊不清,但伊莉娜很快就不再怕她,而贝拉斯科开始离不开她,正如拉克之家也已经离不开她了。伊莉娜带着动物学家一般的着迷观察着阿尔玛,宛如观察一只不死的蝾螈。这个女人跟她之前认识的任何一个人都不像,而且无疑也不像第二和第三阶段的老人。她热心于追求个人独立,摒弃多愁善感和对物质的眷恋,在感情方面似乎无牵无挂,只有对她的孙子赛斯是例外,而且她极其自信,不会在上帝或拉克之家某些住户信仰的那种甜蜜的幸福中寻找依靠,那些人自称崇尚灵性,到处宣扬能够达到超越意识之状态的方法。阿尔玛非常务实。伊莉娜猜测她的傲慢是一种对他人好奇心和自己单纯的防御,是一种很少有女人能够模仿而不显得不得体的优雅。她的头发又白又硬,剪成参差不齐的一绺一绺,她用手指打理它们。她在虚荣面前仅有的让步是她抹口红,用一种洋梨和橙子香调的男士香水;她经过时,这种清新的香味会驱散拉克之家那种隐隐混合了消毒剂、衰老,偶尔还掺杂了大麻的味道。她的鼻子笔挺,嘴角傲慢,骨骼修长,双手粗糙。她有一双栗色的眼睛,又粗又黑的眉毛和紫色的黑眼圈让她看起来像个失眠症患者,就连她的黑框眼镜也无法掩盖。她谜一般的气质让她难以接近:没有哪个员工会用通常用在其他住户身上的那种慈爱口吻跟她说话,也没有人能自诩跟她很熟,直到伊莉娜·巴兹里成功走进了她的秘密堡垒。

阿尔玛和她的猫住在一个家具和私人物品极少的公寓里,出门时开市面上最小的那款汽车,她一点也不遵守交通规则,觉得它们可守可不守(伊莉娜的职责之一就是交罚款)。习惯性的优雅举止让她显得彬彬有礼,但她在拉克之家交到的朋友只有园丁维克多,她会跟他一起待上很久,在挂在高处的种着蔬菜和花的木箱那里干活,另外就是凯瑟琳·霍普医生,她在她面前全无抵抗之力。她与其他几个手作艺人一起,在一个用木板隔断的棚屋里租了一间工作室。她在丝绸上作画,这件事她已经做了六十年,但现在她并不是为了艺术灵感,而是为了不要提前死于无聊。她每周会在助手科斯滕的陪伴下在工作室里待上好几个小时,后者患有唐氏综合征,但这并不妨碍她完成自己的任务。科斯滕了解阿尔玛使用的颜色组合和器具,为她准备布料,保持工作室的整洁并清洗画笔。两个女人无须言语就能融洽地在一起工作,她们能够猜到对方的意图。当阿尔玛开始双手发抖、腕力不足的时候,她雇了两个学生将她画在纸上的图案临摹到丝绸上,而她忠心的助手则像一个多疑的狱卒那样看着他们。科斯滕是个唯一一个在感受到柔情的冲动时,会用拥抱来问候阿尔玛或是用亲吻和闲聊来打断她工作的人。

阿尔玛没有刻意为之,却因为她那些设计独到、用色大胆的和服、长衫、丝巾和披肩有了名气。她本人并不穿它们,她穿宽大的裤子以及黑色、白色和灰色的亚麻上衣,都是一些朴素的衣服,这是露比塔·法里亚斯说的,但她猜不到那些衣服的价格。她画的那些布料在画廊中以惊人的价格出售,收入归贝拉斯科基金会所有。她的设计灵感来自她在世界各地的旅行——塞伦盖蒂①的动物,奥斯曼的陶器,埃塞俄比亚的文字,印加的象形文字,希腊的浮雕,一旦它们被竞争对手所模仿她就会推陈出新。她拒绝出售自己的品牌,也不愿与时尚设计师合作。她的每一件原创作品都只会在她严格的监督下生产有限的数量,而且每一件产品上都会有她的签名。巅峰时期她曾经有过五十多个员工,在圣弗朗西斯科市场街以南的一个大工厂里制作数量可观的产品。她从来没打过广告,因为她没有必要为了谋生而贩卖什么,但她的名字已经变成了独特和优质的保证。六十岁时她决定减少产量,这给依赖这些收入的贝拉斯科基金会造成了严重的伤害。

基金会是她神秘的公公伊萨克·贝拉斯科在1955年创立的,致力于在矛盾尖锐的街区建立绿化区域。这个计划首先是为了美观、生态和休闲,但却意外地产生了社会效益。哪里有了花园、公园或广场,哪里的犯罪率就会降低,因为那些之前为了一包海洛因或三十平方厘米的地盘就互相残杀的帮派成员和吸毒者,会团结在一起共同保护这个属于他们的城市一角。有些地方的墙上画了画,有些地方建起了雕像和儿童游乐设施,所有地方都聚集了为公众带来乐趣的艺术家和音乐人。贝拉斯科基金会由家族每一代的第一个男性后代领导,妇女解放运动没能改变这条不成文的规定,因为没有哪个女儿

---

① 塞伦盖蒂,位于东非大裂谷南部、坦桑尼亚北部,是联合国教科文组织人与生态中的生物保护区。

费这个事去质疑过它;将来有一天会轮到赛斯,他是创始人的曾孙。他完全不想要这份荣耀,但这构成了他将继承的产业的一部分。

阿尔玛·贝拉斯科太习惯于发号施令和保持距离了,而伊莉娜则太习惯于接收命令和保持低调,如果不是因为阿尔玛最心爱的孙子赛斯·贝拉斯科一心想要消除两人之间的鸿沟,她们永远也不会喜欢上对方。赛斯在他的祖母住进拉克之家后不久就认识了伊莉娜·巴兹里,这个女孩立刻抓住了他的心,虽然他也说不出来为什么。尽管有一个这样风格的名字,伊莉娜的长相却并不像过去十年间突然风靡男性俱乐部和模特公司的那些东欧美人:她完全没有长颈鹿的骨架、蒙古人的高颧骨和伊斯兰女人的忧郁,从远处看,伊莉娜可能会被误认为是个邋遢的小男孩。她如此透明,如此近似于隐形,需要很专心去看才能注意到她。她松垮的衣服和一直盖到眉毛的羊毛帽子也无法帮助别人发现她。吸引赛斯的是她神秘的智慧,她心形的精灵一般的面容,下巴上有一个深深的窝,她怯生生的绿眼睛,越发凸显她脆弱气质的纤细的脖子,还有她白得在暗处会发光的皮肤,甚至就连她指甲啃得参差不齐的孩子气的双手也会打动他。他感觉到一种陌生的欲望,想要保护她并全心全意地关爱她,这种新鲜的感情令人躁动。伊莉娜穿了太多层衣服,以至于无法判断她其他地方是什么样子,但几个月之后,当夏天逼着她不得不脱掉遮住她的背心,在她邋遢的打扮之下,竟然是个比例匀称和迷人的姑娘。羊毛帽子被吉卜赛人的头巾取代了,它没有完全包住她的头发,露出来的几绺卷发是极浅的金色,衬托着她的脸庞。

起初,赛斯唯一能与女孩发生联系的方式就是通过他的祖母,因为他常用的那些办法全都用不上,但后来他发现了文字不可抵挡的力量。他告诉她自己正在祖母的帮助下重现贝拉斯科家族自扎根圣弗朗西斯科以来至今的一个半世纪的历史。他从十五岁起就在心里酝酿这部长篇小说,画面、逸闻、想法、词语和更多的词语如喧腾的激流,如果无法宣泄于纸面,它就会将他淹没。这个形容有点夸张,所谓的激流只不过是贫瘠的小溪,但它却完全抓住了伊莉娜的想象力,于是赛斯除了动笔开写之外别无他法。除了拜访祖母听她口述历史之外,他开始在书本里和网上搜集资料,还开始收集不同时期的照片和信件。他赢得了伊莉娜的钦佩,阿尔玛却对此不屑一顾,责备他主意大、习惯差,这两者的组合对作家来说是致命的。假如赛斯花时间反思一下,他会承认祖母和小说都是他去见伊莉娜的借口,她是一个从北欧故事里走出的生灵,出现在最意想不到的地方——一家养老院;但无论他如何反思,他都无法解释她对他那种无法抗拒的诱惑力,她像孤儿一样瘦弱,像肺痨病人一样苍白,是他理想女性的反面。他喜欢健康、开朗、小麦色皮肤的简简单单的女孩,加利福尼亚和他的过去里随处可见的那种女孩。伊莉娜似乎并没有注意到自己给他造成的感觉,她用通常对待别人家宠物的那种疏离的亲切态度对待他。伊莉娜这种温柔的冷淡在从前会被理解为一种挑战,但现在却让他在长久的羞涩中动弹不得。

他的祖母努力在回忆中挖掘,帮助自己的孙子完成这本据他本人坦承已经开始又搁置了十年的书。这是一项野心勃勃的工程,没有人能比阿尔玛更能帮助他,因为她有时间,而且还没有出现老年痴呆的症状。阿尔玛跟伊莉娜一起到贝拉斯科家族位于海崖的住宅里查看她的那些箱子,自她离开之后就再没有人动过它们。她从前的房间关着门,只在打扫卫生的时候才会有人进去。阿尔玛几乎分掉了自己的全部财产:首饰给了儿媳妇和孙女,除了一只留着要给赛斯未来妻子的钻石手镯;书籍给了医院和学校;衣服和皮草给了慈善机构,在加利福尼亚没人敢穿皮草,因为大家都害怕动物保护主义者,这些人一激动就可能拿刀子捅人；其他东西被她给了想要的人，但她留下了自己唯一在乎的东西——信件、生活日记、剪报、文件和照片。"我必须整理这些资料，伊莉娜，我不希望等我老了之后有人来插手我的私生活。"起初她试着独自去做这件事，但随着她越来越信任伊莉娜，她开始委托她去做。女孩最后几乎完全接手了，除了偶尔寄到的那些装在黄色信封里的信件，阿尔玛立刻就会把它们藏起来。她被嘱咐不能去碰它们。

阿尔玛将回忆一样一样地交给她的孙子，她吝啬得很，想要尽可能地将它在手里抓更长时间，因为她担心如果他厌烦了围着伊莉娜打转，这份心心念念的手稿就会被遗忘在一个抽屉里，而她也就无法再这样频繁地见到他了。与赛斯见面时伊莉娜的在场是不可或缺的，因为，如果她不在，他就会心不在焉地一直盼着她来。阿尔玛一边在心里笑一边想着，要是家里知道赛斯这位贝拉斯科家族的继承人与一个靠照顾老人和给狗洗澡为生的移民结合，大家会做何反应。她觉得这个可能性不坏，因为伊莉娜比赛斯那些健美的临时女友中的大部分人都要聪明；但她是一块未经雕琢的宝石，必须接受打磨。她希望为她涂上一层文化的清漆，带她去音乐会和博物馆，让她去看成年人该看的书，而不是她喜欢的那些关于奇幻世界和超自然生物的荒唐的长篇小说，还要教会她举止得体，比如桌上餐具的正确用法。伊莉娜没有从她住在摩尔多瓦乡下的外公外婆或是她住在得克萨斯的酒鬼母亲那里学到这些东西，但她很机灵，也很懂得感恩。打磨她应该不难，而且这也是对她将赛斯吸引到拉克之家来的一种小小报答。

隐　形　人

在为阿尔玛·贝拉斯科工作一年之后，伊莉娜第一次怀疑这个女人有一个情人，但她不敢太在意这件事，直到过了一段时间，她不得不将它告诉了赛斯。起初，在赛斯开始让她染上悬疑和好奇的恶习之前，她从来没有想过要去窥探阿尔玛。她一点点进入了她的隐私，而她们两个人却全都对此毫无所觉。她有情人这个想法是在她整理那些从海崖的房子里一点点搬过来的箱子，以及看到阿尔玛房间里一个男人的照片时渐渐成形的，那张照片装在一个银色相框里，阿尔玛自己会定期用抛光布擦拭它。还有一张小一些的照片上是她的家人，它被摆在客厅里，除此之外公寓中就再没有别的照片了。这一点引起了伊莉娜的注意，因为拉克之家的其他住户身边都环绕着很多照片，那是一种陪伴。阿尔玛只对她说那是一位儿时的朋友。仅有的几次，她鼓起勇气多问了一句，对方就岔开了话题，但她从她嘴里套出来，他的名字叫福田一命，是日本人，而且是客厅里那幅古怪的画的作者。那上面画的是一片忧伤的风景，雪和灰色的天空，阴暗的单层建筑，电线杆和电线，还有唯一生命的痕迹——一只黑色的飞鸟。伊莉娜不明白，为什么阿尔玛会从贝拉斯科家族数量众多的藏画里选择这样一幅压抑的画来装饰自己的住处。照片里的福田一命是一个看不出年纪的男人，他像在提问那样歪着头。他的眼睛是眯着的，因为他面朝太阳，但他的目光却坦荡而直接；他性感的厚嘴唇上噙着一丝隐约的微笑,头发又直又多。伊莉娜感到这张脸对她有一种无情的吸引力,就好像在召唤她或是试图告诉她一件重要的事。独自在公寓里时她总是盯着他看,以至于她开始想象福田一命的整个身体,赋予他人格,为他创造了一个生命:他的脊背很健壮,性格孤僻,感情内敛,饱受折磨。阿尔玛拒绝谈论他这件事加剧了她想要了解他的欲望。她在箱子里找到了这个男人的另一张照片,是跟阿尔玛在海滩上拍的,两个人的裤腿都卷了起来,手里拿着拖鞋,站在水里,笑着去推对方。这对男女在沙子上嬉戏的态度暗示着爱情和亲密关系。她猜他们独自在那里,于是请某个人,一个过路的陌生人,拍下了这张拍立得。伊莉娜推断,如果一命差不多是阿尔玛的年纪,他现在可能已经有八十多岁了,但她丝毫不怀疑如果她见到他,她能认出他来。只有一命才有可能是阿尔玛诡异行为的原因。

伊莉娜能够通过她老板前几天入神而忧伤的沉默,以及随后一旦她下定决心要走时就会出现的突如其来而且几乎毫不掩饰的愉悦,预测到她会消失。她在期待着什么,而当它发生时,她就会欢喜起来:她会把几件衣服塞到一只小皮箱里,通知科斯滕不要到工作室里来,把内克交给伊莉娜。那只猫已经很老了,有一大堆怪癖和毛病——那张长长的建议和应对措施清单就贴在冰箱门上。它是一系列相似的猫咪里的第四只,它们全部都叫同一个名字,曾在阿尔玛一生中的不同时期陪伴着她。阿尔玛就像一位新娘那样迫不及待,她不说自己去哪儿,也不说打算什么时候回来。会有两三天都没有她的消息,而突然之间,就像她意外消失一样,她会容光焕发地回来,而她玩具似的小汽车里的汽油全都空了。伊莉娜帮她管账,她见过酒店收据,也发现阿尔玛会在这些出逃之旅中带上她仅有的两件丝绸睡袍,而不是她常穿的法兰绒睡衣。女孩问自己为什么阿尔玛要像去做什么坏事那样溜走。她是自由的,可以在拉克之家的公寓里接待任何人。

伊莉娜对于照片上那个男人的怀疑难以避免地感染了赛斯。女孩很小心地避免提及她的疑惑，但时常来访的他也开始留心他的祖母反复外出这件事。他问阿尔玛的时候，她会回答说她要去跟恐怖分子一起训练，去体验死藤水①，或者用他们之间那种嘲讽的语气随便给他一个莫名其妙的解释。赛斯认定他需要伊莉娜帮他弄清楚那个未解之谜，这件事可不容易，因为女孩对阿尔玛的忠诚是无懈可击的。他可以让她相信他的祖母会有危险。他对她说，阿尔玛似乎比她的实际年龄要健壮，但实际上却很脆弱，她有高血压，心脏也有问题，而且还患有早期帕金森病，所以她的手会抖。他无法告诉她细节，因为阿尔玛拒绝接受相关的医学检查，但他们应该看着她、避免风险。

"我们都希望我们爱的人安全，赛斯。但我们也希望自己拥有自主权。你的祖母永远不会同意我们干涉她的私生活，哪怕我们是为了保护她。"

"正因如此，我们才应该瞒着她这么做。"赛斯反驳道。

据赛斯说，2010年年初的时候，突然之间，也就两个小时吧，他的祖母性格大变。这位成功的艺术家和认真负责的楷模疏远了所有人，疏远了她的家人和朋友，把自己关进一家与她格格不入的养老院；用她儿媳多丽丝的话说，她开始把自己打扮得像个难民。她的大脑短路了，不然还能是什么原因呢，他还说。他们最后一次见到从前那个阿尔玛，是她在吃完一顿正常的午餐之后，宣布自己要去睡午觉

---

① 死藤水，一种亚马孙丛林印第安人使用的具有致幻作用的植物或由其制成的汤药。

的时候。下午5点,多丽丝去敲婆婆的门,提醒她晚上有个聚会;她发现她站在窗前,目光一片迷茫,光着脚、穿着内衣。她华美的长裙黯然地躺在一张椅子上。"告诉拉里我不去参加宴会了,让他今后也别再指望我会去了。"她坚定的声音不容反驳。她的儿媳无声无息地关上了门,把这个消息告诉了自己的丈夫。那天晚上他们要为贝拉斯科基金会筹款,那是一年中最重要的一个夜晚,是检验那个家族号召力的时候。侍者们已经摆好了桌子,厨师们正在为晚宴忙碌,交响乐队的音乐家们正在放置乐器。每年阿尔玛都会进行简短的致辞,内容永远都差不多,会摆好姿势与最重要的几名捐助者一起合影,与媒体交谈;她只需要做这些,因为其余的事情都由她的儿子拉里来负责。他们不得不在没有她的情况下处理好一切。

决定性的变化是从第二天开始发生的。阿尔玛开始收拾箱子,认定她拥有的那些东西对她的新生活几乎毫无用处。她应该简化自己。她首先去购物,之后与她的会计师和律师见了面。她给自己留了一份有限的养老金,将剩余的财产交给了拉里,但却没有指示他应该如何分配它,然后宣布她要住到拉克之家去。为了跳过等候名单,她买下了一位人类学家的位子,后者在得到合适的经济补偿之后愿意再多等几年。贝拉斯科家族里没有任何一个人听说过这个地方。

"那是伯克利的一家疗养院。"阿尔玛模糊地解释。

"一家老年人收容中心吗?"拉里警惕地问。

"差不多吧。我要简简单单、毫无累赘地度过我剩下的时间。"

"累赘?我想您不是指我们吧!"

"我们要怎么跟别人说?"多丽丝唐突地问。

"就说我老了而且疯了。这也不算假话。"阿尔玛回答。

司机把她跟猫和两只行李箱一起送过去了。一个星期之后,阿尔玛更新了自己几十年都没有用到过的驾驶执照,买了一辆柠檬绿色的微型汽车,它又小又轻,以至于有一次她在大街上抛锚的时候,三个女孩把它抬起来,把它翻成了像四脚朝天的乌龟那样车轮朝上的样子。阿尔玛选择这辆车的原因是它刺眼的颜色能让其他司机注意到它,而且它的体积能够保证如果她不幸轧到谁,也不会把他轧死。就像开着一辆由自行车和轮椅杂交出来的车一样。

"我觉得我的祖母有严重的健康问题,伊莉娜,而因为高傲她将自己关进了拉克之家,这样就不会有人知道了。"赛斯对她说。

"假如这是真的,她就已经死了,赛斯。另外,没有人把自己关在拉克之家里面。那是一个开放的社区,人们可以随意进出。因此他们不接受可能会逃走和走失的阿尔茨海默病人。"

"我害怕的正是这个。我的祖母在她的某一次出行中会发生这种事。"

"她总是会回来的。她知道自己去哪儿,而且我认为她不是一个人去的。"

"那么,是跟谁去?跟一个美男子?你不会在想我的祖母跟一个情人跑到酒店里去了吧?"赛斯开起了玩笑,但伊莉娜严肃的表情让他收起了笑声。

"为什么不会?"

"她是个老太婆!"

"一切都是相对的。她是老人,而不是老太婆。在拉克之家,阿尔玛算得上年轻。而且,爱情在任何年纪都会发生。汉斯·沃伊特说,老年时期适合谈恋爱;它对健康有好处,还能避免抑郁。"

"老年人们怎么做?我的意思是,在床上。"赛斯问。

"没什么问题,我猜。你应该去问你祖母。"她回答。

赛斯成功地将伊莉娜变成了自己的同盟,他们一起搜集信息。阿尔玛每周都会收到一个装着三朵栀子花的盒子,由一个快递员放在前台。那上面没有送花人或花店的名字，但阿尔玛丝毫不显得惊讶或好奇。她还经常会在拉克之家收到一个黄色信封，上面没有寄信人，她从里面拿出一个小一点的信封之后就会把它丢掉。那个小信封上也写着她的名字，但却带有手写的海崖的地址。在贝拉斯科家族的成员或工作人员中，没有任何人收到过这样的信封，也没有人把它们寄到过拉克之家来。他们在赛斯说起之前对这些信件一无所知。两个年轻人没能查出寄信人是谁，为何同一封信要用两个信封和两个地址，或是这些异常的信件到底是怎么回事。由于伊莉娜在公寓、赛斯在海崖都没找到它们的踪迹，他们猜想阿尔玛将它们保存在了她银行的一个保险箱里。

又与你共度了一个值得回忆的蜜月,阿尔玛!我有很久不曾见到你如此幸福和放松了。一千七百棵绽放的樱花树的魔术表演在华盛顿迎接了我们。多年之前,我曾在京都见过相似的景象。我父亲在海崖种下的那棵樱花树依然如此盛开吗?

你曾经抚摸着越战纪念碑黑色石块上的名字对我说,石头是会说话的,我们能听见它们的声音,死去的人们被困在这堵墙中,他们呼唤我们,为自己的牺牲感到愤怒。我一直在想这个。到处都有灵魂,阿尔玛,但我认为他们是自由的,心中并无怨恨。

一命

1996 年 4 月 12 日

波兰女孩

为了满足伊莉娜和赛斯的好奇心,阿尔玛·贝拉斯科开始回忆第一次见到福田一命的情景,然后接着一点点回忆起了她余下的人生,她清清楚楚地在心中保存着每一个重要时刻。她是在海崖府邸美丽的花园里认识他的,那是1939年的春天。那时候她是一个胃口比金丝雀还小的女孩,白天沉默、夜里哭泣,藏在她的姨父姨母为她准备的那个房间里有三面镜子的衣柜深处,那个房间是蓝色的交响曲:窗帘、华盖床的床帘、比利时地毯、墙纸上的小鸟和金色画框里雷诺阿画作的复制品是蓝色的;窗外的风景是蓝色的,雾气散开时,能看见大海和天空。阿尔玛·门德尔为了她所永远失去的一切而哭泣,尽管她的姨父姨母激烈地坚称她与父母和哥哥只是暂时分开,这是换了任何一个直觉能力不那么强的小女孩都会相信的说辞。她记忆中最后一个关于父母的画面是一个严肃的老年男子,留着大胡子,穿着黑色的长大衣、戴着黑色帽子,以及一个年轻得多的女人,站在格但斯克①码头哭得缩起了身体,两个人挥着白手帕与她告别。随着开往伦敦的轮船在悲切的汽笛声中越开越远,他们变得越来越小,越来越模糊,而她固执地站在船舷上,无法也与他们说一句再见。阿尔玛裹在外套里的身体瑟瑟发抖,她混在那些聚集在船尾目送祖国

---

① 格但斯克,波兰滨海城市。

消失的乘客们中间，努力想要保持他们从她出生起就让她谨记的那份慎重。随着他们之间的距离越来越远，她感受到了她父母的悲痛，这让她越发预感到她再也不会见到他们了。她的父亲做了一个对他而言非常罕见的动作，把一只手臂放到了她母亲的肩膀上，就像为了阻拦她跳到水里似的，而她则用一只手抓住帽子，不让它被风吹走，另一只手则疯狂地挥动着手帕。

三个月之前，阿尔玛曾经与他们在同一个码头上送别比她大十岁的哥哥萨穆埃尔。她的母亲流了不少眼泪才勉强同意自己的丈夫将他送去伦敦的决定，这是为了应对战争谣言变成事实这种可能性很小情况的预防措施。在那里，男孩将能够逃过征兵或是被人忽悠去自愿报名参军。门德尔夫妇不会想到两年之后，萨穆埃尔将会在皇家空军与德国人作战。看到她哥哥带着一种人们初次出门历险时那种爱逞强的态度登上轮船，阿尔玛有一种预感：有什么东西正威胁着她的家庭。这个哥哥是她生命的灯塔，他曾经照亮她的幽暗时刻，用他胜利者的微笑、有趣的玩笑和在钢琴上弹奏的歌曲赶走她的恐惧。至于萨穆埃尔，他从将刚出生的阿尔玛抱在怀中那一刻起就非常喜爱她，那时的她是一个有滑石粉气味、像只小猫一样喵喵叫的粉色小团子；这份对于妹妹的热爱在接下来的七年中有增无减，直到他们不得不分开。得知萨穆埃尔将要从她身边离开的时候，阿尔玛表现了人生中唯一一次夸张的绝望。一开始时她大哭大叫，接着在地上打滚，最后被她的母亲和家庭女教师毫不留情地泼了一身冰水。男孩的离开让她伤心欲绝、惊恐不安，因为她怀疑那是一连串剧烈变化的序曲。她曾经听父母说起过莉莉安，她母亲一个住在美国的姐妹，她嫁给了伊萨克·贝拉斯科，每次提到他的名字时他们都会补充说一句，那是个大人物。在那之前，女孩都不知道那个远方姨母和那个大人物的存在,她很奇怪,父母突然就逼着她用最工整的字迹给他们写明信片。让她觉得大事不好的还有她的家庭女教师在她的历史和地理课里加入了加利福尼亚,那是地图上地球另一端的一块橙色区域。她的父母希望在年终聚会之后通知她:她也将要到国外去学习一段时间。但与她哥哥不同的是,她将继续与家人一同生活,与她的姨父伊萨克和姨母莉莉安以及三个表兄表姐一起住在圣弗朗西斯科。

从格但斯克到伦敦、再从伦敦跨越大西洋到达圣弗朗西斯科的航程持续了十七天。门德尔夫妇指派英国家庭女教师哈尼卡姆小姐负责将阿尔玛安然无恙地送到贝拉斯科夫妇的家里。哈尼卡姆小姐是一个口音很重、举止做作、表情生硬的单身女人,在她认为社会地位低下的那些人面前趾高气扬,在上司面前则卑躬屈膝、殷勤得过了头,但她在为门德尔夫妇工作的一年半时间中赢得了对方的信任。没有人喜欢她,阿尔玛就更不用说了,但女孩的意见在选择家庭女教师或童年时期在家中对她进行教育的指导老师这件事情上没什么分量。为了保证那个女人愿意出门,她的雇主们承诺将给她一份丰厚的奖金,一旦阿尔玛在圣弗朗西斯科的姨父姨母家中安顿下来,她就能拿到它。哈尼卡姆小姐和阿尔玛住在船上最好的寝舱里,起初她们有些晕船,后来就开始无聊了。那个英国女人与头等舱的旅客们合不来,但若要让她与符合她社会地位的舱位的那些人待在一起,她宁愿从船舷上跳下去,于是她那两个星期都只跟自己年轻的学生说话。船上还有其他孩子,但阿尔玛对船上安排的任何儿童活动都不感兴趣,也没有交到朋友;她生家庭女教师的气,因为第一次离开母亲而偷偷哭泣,看仙女的故事,写伤感的信——把它们直接交给船长,让他放入某个港口的邮箱,因为她担心如果交给哈尼卡姆小姐,它们最后会被拿去喂鱼。那次漫长的航行中仅有的几个值得纪念的时刻就是穿越巴拿马运河,以及在一次化装舞会上,一个阿帕切人①把哈尼卡姆小姐推进了泳池,让她变成了披着床单的希腊女祭司。

贝拉斯科家的姨父姨母和表兄表姐们在圣弗朗西斯科喧闹的港口等待阿尔玛,他们身处一大群奋力往船上挤的亚洲码头工人中间,以至于哈尼卡姆小姐担心她们可能阴差阳错地到了上海。莉莉安姨妈身披一件灰色的阿斯特拉罕②羔皮大衣,戴着土耳其式的头巾,紧紧抱住了她的外甥女,而伊萨克·贝拉斯科和他的司机则试图把两位女旅客的十四个包裹和衣箱汇拢到一起。两位表姐,玛莎和萨拉,冷淡地在这位初来乍到的表妹的脸颊上亲了一下以示问候,然后就立刻忘记了她的存在。她们并没有恶意,而是因为正处在要找男朋友的年纪,这个目标让她们对其余所有人都视而不见。尽管贝拉斯科夫妇有钱也有名,她们要想找到理想中的丈夫并不容易,因为她们遗传了父亲的鼻子和母亲短粗的身材,但却几乎没有遗传到前者的聪慧和后者的亲切。唯一的男孩,表兄纳撒尼尔,比姐姐萨拉晚生六年,正犹犹豫豫地迈入青春期,长得像一只草鹭。他苍白、消瘦、高挑,在那个似乎多长了手肘和膝盖的身体里显得很不自在,但却有一双大狗一般深沉的眼睛。他眼睛看着地面,向阿尔玛伸出手,嘟囔着说了一句父母命令他说的欢迎语。她像抓住一个救生圈那样抓住了那只手,男孩想要摆脱她的努力完全是徒劳的。

阿尔玛就这样开始了她在海崖那座大房子里的生活,她将在那里度过几乎不间断的七十年。她在1939年最初的几个月里几乎倾尽了她存下的眼泪,之后只再哭过很少的几次。她学会了独自有尊严地咀嚼悲伤,相信没有人会在乎别人的问题,而不说出口的痛苦最

---

① 阿帕切人,原美国西部和墨西哥北部的印第安人。
② 阿斯特拉罕,俄罗斯阿斯特拉罕州首府。

终会淡去。她曾经接受过父亲的哲学教导，他是一个严厉和不容置疑的男人，很骄傲自己能独自成才，没有欠任何人任何东西，但这并不完全是事实。门德尔夫妇从子女在摇篮中的时候起就坚持向他们灌输一个成功的简化公式，那就是从不抱怨、从不要求，努力在所有领域成为第一，并且不相信任何人。阿尔玛将在之后的几十年中一直背负这一袋巨大的石块，直到爱情帮助她甩掉其中的一些。她冷静克制的态度强化了她从幼年起、从那些她必须要藏起来的秘密存在之前起就开始拥有的神秘气质。

在三十年代的大萧条时期，伊萨克·贝拉斯科成功避免了经济衰退所造成的最糟糕的后果，甚至增加了自己的资产。当其他人失去一切时，他在他的律师事务所里一天工作十八个小时，并投资了一些生意，它们在当时似乎有风险，但从长期看来却回报丰厚。他为人严肃，说话不多，心肠很软。在他看来，这种心软近似于性格中的弱点，因此他坚持要给人一种不可妥协的权威印象，但只要跟他接触两三次，就足以猜到他是个善良的人。他心肠软的名声最终成了他律师生涯的阻碍。之后，当他成为加利福尼亚高级法院法官的候选人时，他在竞选中败北，因为他的反对者们批评他在赦免犯人时过于慷慨，有损正义和公共安全。

伊萨克以最大的热情欢迎阿尔玛来到他的家里，但很快，小女孩夜里的哭声就开始影响他的神经。那是一种闷声闷气而压抑的抽噎声，隔着厚厚的雕花桃花心木衣柜门几乎无法听见，却传到了他在走廊另一头的卧室里，他习惯在那里看书。他觉得孩子们就像动物一样，天生有适应环境的能力。他觉得那个女孩很快就会忘记与父母分别的悲痛，或者他们可能会移民到美国来。他觉得自己无力帮助她，因为一想到她可能是因为女孩子的事情哭，他就难为情地无法上前。既然他无法理解他的妻子和女儿惯常的反应,那他就更加无法理解这个还未满八岁的波兰女孩了。他开始迷信地怀疑外甥女的眼泪预示了一次巨大的灾难。大战的伤疤在欧洲依然清晰可见;有关被战壕割开的土地、数以百万计的亡魂、寡妇和孤儿、腐烂的马匹的碎尸、致命毒气、苍蝇和饥饿的记忆依然新鲜。没有人想要这样的战争,但希特勒已经吞并了奥地利,控制了捷克斯洛伐克的一部分,他关于建立高等种族帝国的煽动性呼吁并不能像一个疯子的胡言乱语那样被抛到脑后。1月末的时候,希特勒已经提出他的目标是要将世界从犹太人的威胁中解放出来;驱逐他们还不够,他们必须要被消灭。有些孩子拥有灵力;伊萨克·贝拉斯科心想,如果阿尔玛在她的噩梦中看到什么可怕的事情,提前体会到了一种剧烈的痛苦,这也不奇怪。他的那两位表亲为何迟迟不离开波兰?他徒劳无功地向他们施压了一年,让他们像其他那么多逃离欧洲的犹太人一样从那里离开。他热情地提出收留他们,尽管门德尔夫妇有足够的资产,不需要他的帮助。巴茹·门德尔答复他,英国和法国会确保波兰的完整。他觉得自己很安全,有金钱和贸易关系作为保护;面对纳粹宣传的骚扰,他唯一的让步是让他的子女们离开了祖国。伊萨克·贝拉斯科不认识门德尔,但从信件和电报来看,他小姨子的丈夫明显是个既自大又讨厌而且还很固执的人。

过了将近一个月,伊萨克才决定介入阿尔玛的事情,甚至那时候他也没有做好准备亲自去做这件事,于是他想到这个问题应该由他妻子来负责。夜里隔开这对夫妇的只有一扇永远半开着的门,但莉莉安耳朵不灵,而且服用鸦片酊入睡,所以如果不是她的丈夫让她注意到这一点,她原本永远不会发现衣柜里的哭声。那时候哈尼卡姆小姐已经没有跟他们在一起了:抵达圣弗朗西斯科之后,那个女人拿到了承诺的奖金,十二天之后就返回了她的祖国。她烦透了美国人粗鲁的举止、无法理解的口音和民主,她说这些话的时候没有注意到它让贝拉斯科夫妇多么生气,而这两位杰出人士之前非常爱护她。另一方面,莉莉安在妹妹写了一封信来提醒她之后,在阿尔玛风衣的衬里中寻找门德尔夫妇之前放在那里的几颗钻石。那些石头并不是特别值钱,更多是为了符合一种保护女儿的传统,而它们却不见了。大家立刻就怀疑到了哈尼卡姆小姐身上,莉莉安提议派她丈夫的律师事务所里的一个调查员去追踪那个英国女人,但伊萨克认定不值得这么做。这个世界和这个家庭都已经太动荡了,不适合跨越大洋和大陆去追捕家庭女教师;几颗普普通通的钻石在阿尔玛的生命中不会有什么分量。

"我打桥牌的朋友跟我说圣弗朗西斯科有一个很棒的儿童心理医生。"得知外甥女的状态之后,莉莉安告诉丈夫。

"那是什么?"一家之主将视线从报纸上抬起来片刻,这样问道。

"你听名字就能明白了,伊萨克,你别装傻。"

"你有什么朋友认识哪个人有一个情绪失常到要去看心理医生的小孩吗?"

"肯定有,伊萨克,但她们死也不会承认的。"

"童年是生命中一个必然不幸的时期,莉莉安。孩子们应该拥有幸福的故事是迪士尼编出来骗钱的。"

"你太顽固了!我们不能让阿尔玛永远得不到安慰地哭下去。必须要做点什么。"

"好吧,莉莉安。等其他办法全都失败的时候我们就用这个极端措施。现在你暂时可以给阿尔玛吃几滴你的糖浆。"

"我不知道,伊萨克,我觉得这是一把双刃剑。我们不应该这么早就让那个女儿染上鸦片瘾。"

就在他们讨论心理医生和鸦片的利与弊的时候,他们意识到衣柜已经安静了三个晚上了。他们又竖起耳朵听了几个晚上,确认小女孩莫名其妙地平静了下来——她不只睡得安安稳稳,而且还开始像一个正常的孩子那样吃饭了。阿尔玛没有忘记她的父母和哥哥,也依然希望他们一家人能很快团聚,但她已经流光了眼泪,开始享受她与她一生中仅爱过的两个人之间初生的友谊:纳撒尼尔·贝拉斯科和福田一命。第一个人马上将满十三岁,是贝拉斯科夫妇的小儿子,第二个人像她一样即将满八岁,是园丁的小儿子。

贝拉斯科夫妇的两个女儿,玛莎和萨拉,生活在与阿尔玛截然不同的世界里,她们只关心时尚、聚会和可能成为她们未婚夫的人。在海崖府邸崎岖的小路上,或是餐厅里罕见的正式晚餐上与她相遇时,她们会吓一跳,记不起来这个小女孩是谁,为什么会在那里。而纳撒尼尔却无法对她置之不理,因为阿尔玛从第一天开始就寸步不离地跟着他,下定决心要用这个害羞的表兄取代她亲爱的哥哥萨穆埃尔。他是贝拉斯科家族中与她年龄最为相近的成员,而他羞涩和温柔的性格也让他成了最容易接近的一个。女孩在纳撒尼尔心中引起了一种混合了迷恋和惊恐的感觉。阿尔玛仿佛来自一张银版照片,有着从那个偷东西的家庭女教师那里学来的优雅的英式口音,以及掘墓人一般的严肃,如同一块木板那样坚硬和有棱有角,闻起来像她的旅行包中的樟脑丸。她的额头上有一绺不服管的白色额发,与她深黑色的头发和橄榄色的皮肤形成对比。起初,纳撒尼尔试图逃走,但没有什么能够让阿尔玛放弃她那笨拙的友谊,最后他让步了,因为他遗传了他父亲的好心肠。

他看出了表妹骄傲地加以掩饰的无声悲伤,但却用各种各样的借口逃避帮助她的义务。阿尔玛是个小鼻涕虫,他与她之间共有的仅仅是一点微弱的血缘关系,她只是在圣弗朗西斯科暂住,与她建立友谊是浪费感情。三个星期过去了,没有任何迹象表明表妹的来访将会结束,他的借口用光了,于是他开始问母亲他们是不是想要收养她。"我希望我们不要走到这一步。"莉莉安的回答令人不寒而栗。来自欧洲的消息令人心绪不宁,她的外甥女有可能会成为孤儿这件事开始在她想象中成形。这个回答的语气让纳撒尼尔推测阿尔玛会永远留下来,他开始听从自己喜爱她的本能。他睡在房子的另一个配楼里,没有人告诉他阿尔玛在衣柜里哭,但不知为何他知道了这件事,常常在夜里蹑手蹑脚地过去陪伴她。

是纳撒尼尔将福田介绍给了阿尔玛。她从窗口看见过他们,但一直到早春天气转暖,她才出门到花园里去。有一个星期六,纳撒尼尔用布蒙住了她的眼睛,向她保证会给她一个惊喜,然后拉着她的手穿过厨房和洗衣池来到了花园。当他把布拿下来时,她抬起眼睛,发现自己正站在一棵花繁叶茂的樱花树下,那是一片粉色的棉花云。树旁有一个穿着连身工作服、戴着草帽的男人,他长着一张亚洲人的面孔,皮肤黝黑,矮个子、宽肩膀,靠在一把铁锹上。他用磕磕绊绊、很难听懂的英语告诉阿尔玛,这是一个美丽的时刻,但它持续不了几天,因为花朵很快就会像雨一样飘落到地上。还是樱花树盛开的记忆更好,因为它会持续一整年,直到下一个春天到来。这个男人是福田孝夫,在这座大宅里工作多年的日本园丁,也是唯一一个能让伊萨克·贝拉斯科脱帽致敬的人。

纳撒尼尔回到了房子里,让孝夫陪着阿尔玛,他向她展示了整个花园。他带着她去了山坡上不同的阶梯平台,从房子所在的山顶,一直到海滩。他们走过装点着布满铜绿色锈斑的古典雕像、喷泉、异国树木和多肉植物的狭窄小路。他向她解释它们来自何处,需要怎样的照料,直到他们来到一个覆盖着爬藤玫瑰、可以俯瞰大海的凉亭,左手边是海湾入口,右手边是两年前建成的金门大桥。从那里能够远远望见海豹的领地,它们正在岩石上休憩,而且,如果耐心地俯视天际线而且运气够好的话,可以看到从北方来到加利福尼亚海域产崽的鲸鱼。之后孝夫带她去了温室,那是一个经典的维多利亚风格火车站的微型翻版,由锻钢和玻璃建成。那里面,在散落的阳光以及加温加湿设备带来的湿热中,娇贵的植物们从托盘上开始自己的生命,每一株植物都有一张写有它的名称和应该进行移植的日期的标签。在两张粗木长桌中间,阿尔玛发现了一个正专注于几棵乳香黄连木的小男孩。听到他们进来,他放下了剪刀,像士兵一样立正站好。孝夫朝他走过去,用一种阿尔玛听不懂的语言向他低语了几句,又揉了揉他的头发。"我最小的儿子。"他说。阿尔玛毫不掩饰地像研究另一个物种那样打量着父亲和儿子:他们不像《大英百科全书》插图里的那些东方人。

男孩鞠躬向她问好,做自我介绍的时候也低着头。

"我是一命,福田孝夫和福田英子的第四子,很荣幸认识您,小姐。"

"我是阿尔玛,伊萨克和莉莉安·贝拉斯科的外甥女,很荣幸认识您,先生。"她茫然而又饶有兴趣地解释。

这份最初的正式将在之后被亲昵染上幽默的痕迹,它奠定了他们漫长关系的基调。阿尔玛更高也更强壮,显得年纪更大。一命小小的个头很有欺骗性,因为他能毫不费力地扛起沉重的土袋,推着一辆载了东西的独轮车上坡。他有一个相对于身体来说有点大的脑袋、蜜色皮肤、一双分得很开的黑眼睛以及一头不听话的硬直发。他还在长恒牙,一笑起来,眼睛就眯成了两条缝。

在那个上午剩余的时间里,阿尔玛一直跟着一命。他把植物们放到他父亲挖好的坑里,向她揭示了花园的秘密生命、地底下彼此交织的根须、几乎看不见的昆虫、泥土中纤细的嫩芽——它们一个星期就能长到一拃高。他对她说起他这时候正要从温室里移出去的菊花,告诉她它们如何在春天被移植,在早秋开放,在夏日的花朵已经干枯的时候为花园带去色彩和快乐。他给她看了被花蕾压得喘不过气的玫瑰,告诉她如何剪除几乎所有花蕾,只留下一些,让玫瑰开得又大又健康。他让她注意用种子和球根培育的植物、喜阳和喜阴的植物,以及本地和外来植物之间的区别。福田孝夫用余光观察他们,他走过来告诉阿尔玛,最精细的工作是由一命负责的,因为他生来就有绿色的手指。这句夸奖让男孩脸红了。

从那天起,阿尔玛开始焦急地期待园丁们的到来,他们会在每周末准时出现。福田孝夫每次都会带着一命,有时如果工作更多,他还会带着他两个大儿子查尔斯和詹姆斯,或者他唯一的女儿惠子,她比一命大好几岁,只喜欢科学,几乎不愿意被泥土弄脏手。一命耐心而自律,不会因为阿尔玛在场而影响工作,他知道父亲会在一天里的最后给他留下半小时的空闲时间去跟她玩。

阿尔玛、纳撒尼尔与一命

海崖的房子太大了,而且总是住着太多人,所以没人会去留心孩子们的游戏。即便有人注意到纳撒尼尔会与一个比他小得多的女孩玩上好几个小时,他们的好奇心也立刻就会烟消云散,因为他们有其他事情要忙。阿尔玛已经放下了之前对于洋娃娃的有限热爱,学会了靠着一本字典玩拼字游戏,还学会了单凭果断下国际象棋,因为战术从来都不是她的强项。纳撒尼尔则厌倦了收集邮票和跟童子军男孩们去露营。他们两个人开始参与只有两个或三个人物的戏,由他来写,然后他们立刻就在阁楼上把它们演出来。没有观众从来都不是问题,因为过程远比结果要有趣得多,而且他们也不追求掌声:乐趣在于为剧本争执和排演角色。旧衣服、废弃的窗帘、散架的家具和不同程度破损的器具杂物成了服装、道具和特效的原材料,剩下的就靠想象力来补充。无须邀请就能进到贝拉斯科夫妇家里的一命也在剧团中出演了配角,因为他实在是个糟糕的演员。他非凡的记忆力和在绘画方面的特长弥补了他有限的天分:他能够一字不差地背诵长段长段的台词,它们的灵感来自纳撒尼尔偏爱的小说,从《德古拉》①到《基督山伯爵》都有,而且他还负责在幕布上画画。这种友谊将阿尔玛从孤苦无依的状态里带了出来,一开始她沉浸其中,但却

---

① 《德古拉》,爱尔兰作家布莱姆·斯托克创作的长篇小说。

没有持续太久。

第二年,纳撒尼尔进入了一所照搬英国模式的男校的中学部。他的生活一夜之间发生了改变。除了要穿长裤,他还必须面对那些开始努力成长为男人的男孩们无休止的粗鲁行为。他没有做好这个准备:他不像快满十四岁的样子,而是像个十岁的小男孩,还没有经历荷尔蒙的狂轰滥炸。他性格内向、谨慎,而且非常不幸的是,他喜欢阅读,体育极差。他永远不会像其他男孩那样变得自大、残忍和粗俗。因为他天生不是这样,所以他试图伪装成如此,却只是徒劳:他的汗水散发出一股恐惧的气味。第一个有课的星期三,他回家的时候一只眼睛又青又紫,衬衫上沾着鼻血。他拒绝回答母亲的问题,对阿尔玛说他撞到了旗杆上。那天夜里他尿了床,那是他记事以来的第一次。他吓坏了,把湿床单藏到壁炉井里,直到9月末点火时整个房子全是烟才被发现。莉莉安也没能让儿子说明白床单为什么消失了,但她想象到了原因,决定断然制止这种情况。她出现在校长面前——一个红头发、酒糟鼻的苏格兰人。他在一张属于一个军团的桌子后面接待了她,周围的墙壁上贴满了深色木板,头顶上是乔治六世①的画像。

这个红发男人告诉莉莉安,适当程度的暴力可以被认为是学校教学方法的一个重要组成部分,因此他们鼓励激烈的运动:学生之间的争执通过在拳击场上用拳击手套解决,不守纪律的行为则会在储藏室里由他本人通过一顿棍棒乱打加以纠正。拳头底下出男人。事情从来如此,纳撒尼尔·贝拉斯科越早学会赢得别人的尊重,对他越有好处。他还说,莉莉安的介入会让她的儿子变成笑话,但因为他是一名新生,他会网开一面,忘掉这件事。莉莉安气呼呼地离开了那

---

① 乔治六世(1895—1952),英国国王,现任英国女王伊丽莎白二世的父亲。

里,去了她丈夫位于蒙哥马利大街的办公室,她粗暴地闯了进去,但在那里也没有得到支持。

"你别管这个,莉莉安。所有男孩都会经历这些成人仪式,他们几乎全都能挺过来。"伊萨克对她说。

"也有人打你吗?"

"当然。你会看到,结果其实没那么坏。"

如果没有得到最出乎意料的那个人的帮助,中学的四年对纳撒尼尔来说本将是一场永无止境的风暴:那个周末,看到他满身都是乌青和伤痕,一命把他带到花园的凉亭里,为他演示了一套有效的武术,他刚会站就开始练习它了。一命在他手里放了一把铁锹,命他试着打破他的脑袋。纳撒尼尔以为他在开玩笑,于是像挥雨伞那样挥了一下铁锹。他试了好几次才理解了指令,开始真的朝一命扑过去。他不知道自己怎么就丢掉了铁锹,但他飞了出去,背部着地摔在凉亭的意大利细砖上,正对上在近处观战的阿尔玛惊呆的眼神。于是纳撒尼尔知道了,冷漠的福田孝夫在皮内大街上一间租来的车库里,教他的儿子以及日本移民留居地的其他男孩一种融合了柔道和拳术的武术。他把这件事告诉了父亲,后者只隐约听说过这些刚刚开始在加利福尼亚为人所知的运动。伊萨克·贝拉斯科去皮内大街时对福田能够帮助自己的儿子并不抱太大希望,但园丁告诉他,武术之美恰好在于它需要的不是身体力量,而是专注和灵巧,以此利用对手的体重和冲力来击败他。纳撒尼尔开始上武术课了。每周的三个晚上,司机都会把他送到那个车库去,在那里他先是与一命和其他小男孩对战,后来则与查尔斯、詹姆斯和其他的大男孩格斗。他有好几个月浑身骨头都散了架,直到他学会了摔倒也不抱怨。他不再害怕打架了。他永远无法达到初学者的水平,但已经超过学校里的大男孩们懂得的东西了。他们很快就不打他了,因为一有人面色不善地靠近他,他就会用喉音大吼四声,再摆出一个夸张的武术架势阻止他。伊萨克·贝拉斯科从未问起过那些武术课的结果,就像他之前也不知道自己的儿子被人打了一样,但他应该是进行了一些调查的,因为有一天他和一辆卡车和四个工人一起现身皮内大街,为车库铺上了木地板。福田孝夫恭恭敬敬地向他行礼,但也没有做出什么评论。

纳撒尼尔去学校之后,阁楼上的戏剧表演画上了句点。除了学业任务和为了自卫而做出的持续努力之外,男孩有一些抽象的苦闷和一种不自然的忧虑,他的母亲试图通过给他吃几小勺鳕鱼肝油来进行治疗。即便阿尔玛在他把自己关进房间瞎弹吉他之前赶紧把他拦下来,他也几乎没有时间去玩几局拼字游戏和象棋。他正在领悟爵士和布鲁斯,但看不上流行的舞蹈,因为他在舞池里会呆若木鸡,这暴露出他在节奏方面的无能——贝拉斯科家的所有人都遗传到了这一点。他半是嘲讽半是嫉妒地看着阿尔玛和一命展示林迪舞①,他们想鼓励他也来跳。孩子们有两张被划花的唱片,以及一台莉莉安废弃不用的留声机——阿尔玛把它从垃圾桶里救回来,一命则用他的绿色手指和耐心直觉将它拆掉又重新组装好。

一开始让纳撒尼尔吃尽苦头的中学生活,在接下来的几年中对他来说依然是一种折磨。他的同学们厌倦了设下圈套打他,但却一直嘲笑和孤立了他四年;他们无法容忍他的求知欲、他的优异成绩和他笨拙的身体。他一直都觉得自己出生在一个错误的地点和时间。他必须参加体育活动,那是英式教育的基柱,还要反复忍受最后一个跑到终点和没有人希望让他加入自己队伍的屈辱。十五岁时他的个子突然蹿高,他们不得不每两个月就给他买新鞋子、加长裤腿的贴

---

① 林迪舞,摇摆舞的一支。

边。他从班里最矮的那个长成了一个正常身高的男孩,他的腿、胳膊和鼻子都变长了,肋骨在衬衫下面隐约可见,干瘦脖子上的喉结像肿瘤一样突出。他开始一直戴着围巾,甚至在夏天也是如此。他讨厌自己不长毛的秃鹫似的侧脸,于是尽力待在角落里,只让人看到他的正面。他的脸上没有像他的敌人那样长满了青春痘,但却没有躲过青春期的典型情结。他无法相信,不到三年之后他就会拥有一个匀称的身体,他的五官会各归其位,他会变得像爱情电影演员那样英俊。他觉得自己丑陋、不讨人喜欢和孤独;就像他在自我批判最严重的那些时候向阿尔玛承认的那样,他开始反复想到自杀。"只有废物才会这样,纳特①。你最好还是从中学毕业,去学医,然后到印度去照顾麻风病人。我陪你去。"她这样反驳道。她并不太同情他,因为与她家庭的处境相比,她表兄关于存在的问题就是个玩笑。

他们两人之间的年龄差距不太明显,因为阿尔玛很早熟,她孤僻的性格也让她显得比实际年龄更大。当他活在一个看似永恒的青春期边缘地带之中时,她已经变得越发严肃和坚忍,这是她父亲强加给她的,也是她作为重要美德而有意维护的。她觉得自己被表兄和生活抛弃了。她能够看穿纳撒尼尔上中学之后形成的强烈自我厌恶情绪,因为她也有轻微程度的自我厌恶,但与那个男孩不同,她不会任由自己染上对着镜子寻找缺点或是为自己的命运哀叹不已的恶习。她有其他的事情要担心。

战争像一场末日飓风那样席卷了欧洲,她只能从电影院的新闻片中看到模糊的黑白影像:断断续续的战斗场景,战士们被由火药与死亡造成的不可磨灭的烟垢所覆盖的面孔,朝地面倾泻炸弹的飞机——炸弹们坠落的样子有一种如此荒谬的优雅,火光和烟雾的爆

---

① 纳特,纳撒尼尔的昵称。

炸，高喊希特勒万岁的德国民众。她已经不太记得她的祖国、她长大的那个家以及她童年时所说的语言了，但她的家人始终都在她的梦中萦绕。她的床头柜上摆着一张她哥哥的小像，还有他父母最近的一张照片——是在格但斯克码头上照的，她入睡之前会亲吻它们。战争的画面在白天纠缠着她，在她的梦中出现，让她没有权利像一个小女孩那样活着。当纳撒尼尔自欺欺人地认为自己是一个无人理解的天才时，一命变成了她唯一的知己。那个男孩没怎么长个子，她比他要高半个头，但他懂得很多，总是能在她被令人毛骨悚然的战争画面困扰时找到转移她注意力的办法。一命会想办法坐电车、骑自行车到贝拉斯科家，或者要是他能让父亲或哥哥同意带上他，他就会搭园丁们的小卡车过去。之后莉莉安会和司机一起把他送回家。如果有两三天没见面，两个孩子就会在夜里偷偷打电话说悄悄话。就连最肤浅的交谈也会在这些私密的电话中变得重要和深刻。他们两个人都从来没想到过要告诉大人：他们觉得电话用着用着就会坏掉，所以显然不可能给他们用。

贝拉斯科夫妇非常关注欧洲的消息，它们正变得越来越令人不解和震惊。在被德军占领的华沙，三点五平方公里的犹太人聚居区里挤了四十万犹太人。他们知道阿尔玛的父母也在其中，因为萨穆埃尔·门德尔从伦敦发电报来告诉了他们这件事。门德尔夫妇们的钱一点也没派上用场；在德军占领后的最初一段时间里，他们就失去了在波兰的资产，也无法进入他们在瑞士的账户，并不得不放弃了家族的庄园——它遭到查抄，变成了纳粹及其合作者的办公室。他们陷入了与聚居区里其他住户一样的极端贫困之中。那时候他们发现自己在本国同胞中一个朋友也没有。这是伊萨克·贝拉斯科所能查到的全部。不可能与他们取得联系，所有营救他们的行动也全都毫无结果。伊萨克用上了他与重要政治人物的关系，包括几个美国议员以及战争部长①,后者是他在哈佛时的同学,但他们只给出了没有履行的空洞承诺,因为他们手上的事情要比华沙地狱中的一项营救任务紧急得多。美国人在静观事态,他们依然觉得大西洋另一端的这场战争与他们无关,尽管罗斯福政府正在进行微妙的宣传工作,引导民众反对德国人。在标志着华沙犹太人聚居区边界的高墙之后,犹太人们正在极端的饥饿和恐惧中苦苦求生。有传言说,犹太人正被大规模流放,男人、女人和孩子被赶上货运火车并消失在夜色中,纳粹希望消灭犹太人和其他不受欢迎的人,毒气室,焚尸炉,以及其他无法确认因此也让美国人难以相信的暴行。

---

① 美国战争部长自1789年至1947年间为美国总统内阁成员,自1947年起由美国陆军部长和美国空军部长取代。

伊莉娜·巴兹里

2013年,伊莉娜·巴兹里用一大堆奶油点心和两杯可可私下庆祝了自己为阿尔玛·贝拉斯科工作三周年的纪念日。在此期间她深入地了解了这个女人,尽管她的生命中有着无论是她还是赛斯都无法破解的秘密,这有一部分是因为他们没有认真地向她提起过。由她负责整理的阿尔玛那些盒子的内容渐渐揭开了贝拉斯科家族的面纱。伊莉娜就这样认识了伊萨克,这个有着严厉的鹰钩鼻和善良眼睛的男人;认识了莉莉安,这个矮个子、宽胸脯、面孔很美的女人;认识了他们的女儿萨拉和玛莎,这两个衣着华丽的丑姑娘;认识了小时候的纳撒尼尔,瘦巴巴的,像是得不到爱护;之后,他成了一个身材细高、非常英俊的年轻人,而最后,病痛像錾刀一样在他身上刻下了深痕。她看到了刚到美国的那个小女孩阿尔玛;看到了那个在波士顿学习艺术的二十一岁的年轻女子,戴着黑色贝雷帽,身穿侦探式的雨衣——她在摆脱了莉莉安姨妈的嫁妆之后选择了这种后者从来都不赞同的男性化风格。做了母亲的阿尔玛,坐在海崖花园的凉亭中,膝头抱着三个月的儿子拉里,她的丈夫站在她身后,一只手放在她的肩膀上,摆出王室肖像画中的那种姿势。从年幼的时候起,就能看出阿尔玛将会成为怎样一个令人敬畏的女人,带着她白色的额发、微微弯起的嘴巴以及她魔鬼般的黑眼圈。根据阿尔玛的指示,伊莉娜必须将照片按照年份顺序放到相册里,但阿尔玛并不是总能想起来它们是在哪里或是什么时候拍的。除了福田一命的肖像,她的公寓里还有另一张装在相框里的照片:那是海崖大厅里的全家福,是阿尔玛庆祝五十岁生日的时候拍的。男士们穿着礼服,女士们身着长裙,阿尔玛穿着黑缎长裙,高高在上如同寡居的女皇,而她的儿媳多丽丝则苍白而疲惫,穿着一条前面带有褶皱的灰色丝绸连衣裙,以此掩饰她怀的第二胎——她正在等待女儿保琳的出生。一岁半的赛斯站着,一只手拉着祖母的裙子,另一只手抓着一只可卡犬的耳朵。

在一起工作的这段时间里,两个女人之间的关系逐渐变得类似于姨妈和外甥女。她们调整了相处模式,可以在那间小小的公寓里共度好几个小时,但既不交谈也不去看对方,每个人都埋头做自己的事。她们彼此需要。伊莉娜因为拥有阿尔玛的信任和支持而有一种优越感,与此同时,阿尔玛则感激女孩的忠诚。她因为伊莉娜对她的过去很感兴趣而对她赞赏不已。她需要她来帮她完成一些实际目标,并保证她能够独立生活。赛斯建议她在需要人照料的时候回到海崖去跟家人一起住,或者再雇一个人长期在公寓里帮忙;她不缺雇人的钱。阿尔玛快八十二岁了,她计划未来的十年内都不需要这种帮助,也不允许任何人为她做决定。

"以前我也害怕依赖别人,阿尔玛,但我已经意识到这没那么严重。我们会渐渐习惯,并会感激有人帮助我们。我无法一个人穿衣服或洗澡,刷牙和在盘子里切鸡肉我做起来也都很费劲,但我从来没像现在这么快乐过。"已经成功成了她朋友的凯瑟琳·霍普这样对她说。

"为什么,凯茜?"阿尔玛问。

"因为我有足够的时间,而且一生中第一次没有人在等我。我不用证明任何东西,不用着急,每一天都是一份礼物,而我最大程度地利用好了它。"

凯瑟琳·霍普之所以能够活在这个世界上，仅仅是因为她强烈的求生欲和外科手术创造的奇迹；她明白失去自理能力以及永远活在疼痛中意味着什么。对她来说，她不是像通常那样逐渐地开始依赖别人，而是在一夜之间就一步踩空掉了进去。她在登山的时候摔倒了，被卡在两块岩石中间，双腿和骨盆都被压碎了。营救行动是一次英雄壮举，它完完整整地在电视新闻中播出了，因为它被从空中拍了下来。直升机能够从远处捕捉到戏剧化的场景，却无法靠近她所在的幽深断崖，那时她已经休克，而且正在大出血。一天一夜之后，两个登山运动员下到了那里，那是一个非常冒险的举动，几乎让他们送了命，然后他们用吊带把她拉了上去。她被送到了一家专门治疗伤兵的医院，医生在那里开始为她重新组装数不清的碎骨头。她在两个月之后从昏迷中醒来，在问起她的女儿之后，她宣布自己觉得活着非常幸福。就在那天，有人从远方为她寄来了一条哈达——一条承载着祝福的白色围巾。在经历了十四次可怕的手术以及多年勇敢的复原治疗之后，凯茜决定接受她不能再走路了这件事。"我的第一次生命结束了，现在开始的是第二次。有时候你会看到我抑郁或愤怒，但你不用理我，因为我不会这样太久的。"她这样告诉她的女儿。佛教的禅修和一生冥想的习惯在那种情况下对她很有好处，因为她能够忍受会把其他像她一样热爱运动和精力充沛的人逼疯的静止不动，而且也因此能够从失去多年的伴侣这件事中振作起来——他在那次悲剧中没能像她一样坚持那么久，先一步离她而去了。她也发现她能从一个装有与手术室连接的摄像头的工作室中作为外科手术顾问行医，但她喜欢的是面对面地接待病人，就像她一直以来所做的那样。选择成为拉克之家第二阶段住户的时候，她反复考虑了一段时间，与将成为她新家人的那些人进行了交谈，然后发现有太多机会能让她从事本职工作了。入住那一周，她已然有了成立一个面向慢性病病人的免费治疗病痛的诊所以及一个治疗小病小痛的门诊室的计划。拉克之家有外聘的医生；凯瑟琳·霍普让对方相信她与他们没有竞争关系，而是互为补充。汉斯·沃伊特为她提供了一间大厅作为诊所的场地，并向拉克之家的领导层建议向她支付一笔薪水，但她更希望他们免除她每月的住宿费，这是一个对双方都合适的协议。很快，大家口中的凯茜就成了新住户的主心骨，她聆听别人吐露的秘密，安慰悲伤的人们，引导濒死者，分配大麻。半数住户都有可以使用大麻的医生处方，而凯茜则在自己的诊所中分发它，她对那些没有用药许可或者没钱私下购买大麻的人非常慷慨，不难看到住户们在她的门口排起长队，获得不同形态的这种药草，甚至是做成蛋糕和糖果的。汉斯·沃伊特并不干涉——何必要禁止他的人获得一种无害的解脱呢；他只要求他们不要在走廊和公共区域抽，因为既然抽烟是被禁止的，假如不禁止抽大麻，那就不公平了；但取暖器或空调的导管里还是会漏出一点烟雾，这让宠物们有时会晕乎乎的。

在拉克之家，伊莉娜十四年里第一次有了安全感。自从来到美国，她从未在同一个地方待过这么长时间。她知道这份安宁不会持久，所以好好品味着她生命中的这段插曲。并非一切都顺风顺水，然而与过去的种种问题相比，现在的问题显得微不足道。她必须拔掉智齿，但她的保险并不包括牙科治疗。她知道赛斯·贝拉斯科爱上了自己，要想在不失去这份友谊的同时与他保持距离将会越来越难。总是显得轻松和热情的汉斯·沃伊特在最近几个月里变得特别容易发火，以至于有些住户在暗地里聚在一起商量有什么能把他赶走又不会激怒他的办法。凯瑟琳·霍普认为应该给他时间，而她的看法依然还占着上风。经理做了两次结果不太好的痔核手术，这让他性格大变。伊莉娜最火烧眉毛的忧心事是她居住的伯克利旧棚户区遭到了老鼠的入侵：在裂了缝的墙壁之间和镶木地板下能听到它们挠爪子的声音。其他的租客在她的合伙人蒂姆的煽动下决定用老鼠夹子，因为他们觉得毒死它们不太人道。伊莉娜反驳说陷阱也是一样残忍，更糟糕的是还要决定由谁去收尸，但他们没有理会她。其中的一个夹子抓到了一只活着的小老鼠，蒂姆救下了它，同情地将它交给了伊莉娜。她是那种只吃蔬菜和核桃的人，他们无法容忍伤害动物，更加无法容忍自己犯下把它们煮熟的恶行。伊莉娜不得不给老鼠的爪子缠上绷带，把它安置到一个铺了棉花的盒子里，照顾它，一直到它不再恐惧，能够行走，回到它的同类身边。

她讨厌她在拉克之家的有些工作，比如保险公司的官僚制度，与住户们那些为了推卸抛弃他们的责任而因为一些蠢事提出抗议的家属们打交道，还有那些必须要去上的电脑课，因为她还几乎什么都没学到，科技就又向前跃进了一大步，她又再次落在了后面。而对于她负责的那些人，她没什么可抱怨的。就像她来到拉克之家那天凯茜对她说过的，她从来没觉得无聊。"老年和老态之间是有区别的。这不是年龄问题，而是身体和精神的状态问题，"凯茜这样告诉她，"老人们可以保持自己的独立性，而老态龙钟的人们则需要照顾和看护，直到他们有一刻又变成了孩子。"无论是关于老人还是老态龙钟的人，伊莉娜都学到了很多。他们几乎全都很感性，很有趣，而且不怕闹笑话；她跟他们一起笑，有时候也为他们哭。几乎所有人都有过精彩的人生，或者为自己编了一个精彩的人生。如果他们看上去非常迷茫，一般是因为他们听不清楚。伊莉娜非常注意不要让他们的助听器电池出问题。"变老最糟糕的地方是什么？"她问他们。他们回答，他们不想自己几岁了；从前他们是少年，之后变成了三十岁、五十岁、七十岁,却从不想着自己几岁了。为什么现在要想呢?有些人的能力非常有限,他们走路和移动都有困难,但他们什么地方也不想去。有些人心不在焉,迷迷糊糊记不清事情,但这一点对护工和家人的困扰超过对他们自己。凯瑟琳·霍普坚持要让第二和第三阶段的住户也保持活跃,伊莉娜负责让他们过得有趣、开心,并与外界保持联系。"每个年龄的人在生命中都应该有一个目标。这是治疗许多疾病的最好办法。"凯茜表示。对她而言,她的目标始终都是帮助他人,在那次事故之后也不曾改变。

星期五早上,伊莉娜会陪最有热情的住户们上街抗议,避免他们发生意外。她也会参加以慈善为目的的祈祷仪式和针织俱乐部,在那里,所有能拿针的女人,除了阿尔玛·贝拉斯科之外,都在为叙利亚的难民织背心。这么做通常是为了和平;和平是唯一不会引起分歧的话题。拉克之家有二百四十四个不再抱有幻想的民主党:他们投票支持巴拉克·奥巴马连任,但也抨击他优柔寡断,因为他没有关闭关塔那摩监狱,因为他驱逐拉美移民,因为那些无人机……总之,总是有足够的理由可以给总统和议会写信。那五六个共和党则小心翼翼地不公开发表意见。

为大家的精神活动提供便利也是伊莉娜的职责。很多有信教传统的老人将宗教作为庇护所,哪怕他们背弃上帝已经六十多年了,然而有些老人会从水瓶座时代的神秘心理学说中寻找作为替代的安慰。伊莉娜陆陆续续地为他们找来了超验冥想、奇迹课程、《易经》、直觉发展、神秘哲学、神秘塔罗、泛灵论、轮回、心灵感知、宇宙能量和外星生命的导师和大师。她负责组织宗教聚会,那是一个多种信仰仪式的混合体,以便没有人会觉得自己被排除在外。她会在夏至那天带领一队老太太到附近的森林里去,脱掉鞋子,头上戴着花冠,在小手鼓的乐声中围成一圈跳舞。守林员认识她们,主动要求为她们拍下抱着大树、与大地之母盖亚①和亡灵们交谈的照片。当伊莉娜在一棵红杉树的树干里听到她外公外婆的声音时,她不再在心里嘲笑她们了。那是其中一个将我们的世界与亡灵的世界连接在一起的千年巨人,这是那些八旬舞者们告诉她的。科斯特亚和佩特露塔在活着的时候不善言谈,在红杉树里也同样如此,但他们的寥寥数语足以让外孙女相信他们会守护她。冬至日那天,伊莉娜会临时准备一些室内的仪式,因为凯茜警告过她,如果在又潮湿又刮着大风的森林中举行活动,他们会得肺炎。

拉克之家的薪水将将够伊莉娜像一个正常人那样生活,但她毫无野心,需要的东西也不多,以至于有时候还能剩下一些钱。给狗洗澡和给阿尔玛当助理——她总是找理由多付她钱——的收入让她觉得自己是个有钱人。拉克之家已经变成了她的家,而每天跟她相处的那些住户,则取代了她的外公外婆。这些老人迟缓、笨拙、体弱多病、憔悴……他们让她动容,让她对于他们的问题有无限的好脾气——她不介意对着同一个问题把同一个答案重复上一千遍,她喜欢推轮椅,喜欢鼓舞、帮助、安慰他们。她学会了将他们从有时会如同短暂的风暴那样支配他们的暴力冲动中引开,她也不会被有些老人因为孤独而造成的贪婪和迫害妄想症吓到。她努力去理解这些都意味着什么:背上扛着冬天,每一步都走得战战兢兢,面对听不清的话语时的迷惑,其余的人类都走得很急、说得很快的那种感觉,空虚,脆弱,对于与他们本人无关之事的疲惫和冷漠,甚至包括他们的子女和孙辈——他们的缺席已经不像从前那么令人感到沉重了,老人们必须要很努力才能把他们记起来。皱纹、变形的手指和看不清的眼睛让她心中充满柔情。她会想象等她也老了,变成一个老太太时会

---

① 盖亚,古希腊神话中的大地女神。

是什么样。

阿尔玛·贝拉斯科不属于这个范畴;伊莉娜不需要照顾她,相反,她觉得自己得到了她的照顾,并对那个女人赋予她的那个无人依靠的侄女角色心存感激。阿尔玛是个实际的不可知论者,基本上没有任何信仰,她一点也不信水晶球、十二宫或者会说话的树;在她身边,伊莉娜觉得自己的那些不安得到了纾解。她渴望像阿尔玛一样活在可以掌握的现实之中,那里的问题都有原因、结果和解决办法,不存在潜伏在地下的可怕生物,也没有在每个角落里窥伺的下流敌人。与她相处的时光是如此美好,就算免费工作她也心甘情愿。有一次她向她提了出来。"我钱太多了,而你缺钱。不要再提这个了。"阿尔玛用几乎从来没对她用过的霸道语气回答。

赛斯·贝拉斯科

阿尔玛·贝拉斯科不慌不忙地吃早餐,收看电视新闻,然后会去上瑜伽课或者步行一个小时。回来之后她会淋浴,穿好衣服,等她估计清洁女工快到的时候,她就会逃去诊所帮助她的朋友凯茜。治愈疼痛最好的办法就是让病人们开心并活动起来。凯茜的诊所一直需要志愿者,她曾经请阿尔玛去教病人在丝绸上作画,但这需要空间以及那里无人能够负担得起的材料。凯茜拒绝让阿尔玛承担全部费用,因为这会让参与者心里不舒服,正如她所说,没有人喜欢成为被施舍的对象。面对这种情况,阿尔玛借鉴了她从前与纳撒尼尔和一命在海崖阁楼上的经验,临时准备了一些不用花钱的戏剧表演,这引来了排山倒海的笑声。她每星期去工作室三次,与科斯滕一起作画。她很少在拉克之家的食堂吃饭,她更喜欢在熟悉的街区的餐馆里吃晚餐,或是在公寓里,等着儿媳和司机一起为她送来几道她喜欢吃的菜。

伊莉娜需要保持厨房里一直都有必不可少的东西:新鲜水果、燕麦、牛奶、全麦面包、蜂蜜。她还要给文件分类,记录口头指令,去买东西或是去洗衣店,陪阿尔玛去处理事情,照顾猫咪,安排日程,组织为数不多的社交活动。阿尔玛和赛斯经常邀请她参加海崖每周必然会举行的周日午餐,在这个场合全家人都会过来向女家长致以敬意。对赛斯来说,他之前去参加只是为了有借口能等到吃甜点的时间,他从来没想过要缺席,而伊莉娜的出现则让这个场合有了光鲜的色彩。他依然在坚持不懈地追求她,但因为结果并没有太多可期待的,他也跟从前那些不介意与他逢场作戏的女友们出去约会。他厌倦了她们,也没能引起伊莉娜的嫉妒。就像他祖母说的,何必要把弹药浪费在秃鹫身上呢——这是贝拉斯科家族中流传的又一句神秘俗语。对阿尔玛来说,这些家庭聚会一开始时,她会满心欢喜地期待见到她的家人,尤其是她的孙女保琳,因为她经常能见到赛斯,但最后这种相见常常会变成一记重伤,因为任何话题都可以成为生气的借口。这并不是因为大家关系不亲密,而是因为他们习惯为了傻事而争吵。赛斯在寻找理由挑衅或激怒他的父母;保琳似乎正沉迷于某样东西,会精细入微地解释它,比如去势或动物屠宰场;多丽丝努力奉上她最棒的厨艺实验,真正的饕餮大餐,最后她经常会因为没有人欣赏它们而在自己的房间里大哭,而善良的拉里则圆滑地周旋于其中,避免大家产生摩擦。祖母利用伊莉娜来缓解紧张气氛,因为尽管她只是拉克之家一个无足轻重的雇员,贝拉斯科家族里的人在外人面前总会表现得很文明。女孩觉得海崖府邸极尽奢华,那里有六个卧室、两个客厅、满满当当的藏书室、双向的大理石楼梯,以及一个宫廷式的花园。她没有看到,它在将近一个世纪的生命中缓慢地损坏,连高度警惕的多丽丝也无法控制装饰栏杆的氧化,挺过了几次地震的地面和墙壁上的坑洼,以及瓷砖上的裂口和木板上的白蚁痕迹。这座房子矗立在太平洋和圣弗朗西斯科湾之间的岬角上一个得天独厚的位置。拂晓时分,海上升起的浓重雾气会像倾泻的棉花一样涌来,常常会将金门大桥完全遮住,但随着雾气在早晨渐渐消散,它纤细的红色支架会出现在点缀着海鸥的天空下,与贝拉斯科家族的花园咫尺之遥,甚至让人有一种可以用手触摸到它的幻觉。

正如阿尔玛变成了收养伊莉娜的姨妈，赛斯承担了表兄的角色，因为他没能拿到他所希望的情人角色。在他们相处的三年中，这两个年轻人建立在伊莉娜的孤独、赛斯掩饰未遂的激情和他们两人对阿尔玛·贝拉斯科的好奇之上的关系稳固下来。换作另一个不像赛斯那样顽固和深陷情网的男人，很久之前应该就已经放弃了，但他学会了控制自己的冲动，适应了伊莉娜强加于他的乌龟一般的速度。着急对他一点好处也没有，因为只要有一点侵入的信号，她就会退缩，然后他要过好几个星期才能收回丢掉的领地。如果他们偶然发生身体接触，她会躲开，而如果他有意这么做，她就会惊恐不安。赛斯徒劳地想要找到理由来解释这种不信任，但她封存了自己的过往。没有人能第一眼就想象到伊莉娜的真实性格，她凭借开朗和亲切的态度赢得了拉克之家最受喜爱雇员的称号，但他知道这面外墙下潜伏着一只多疑的小松鼠。

这些年里，赛斯的书在他自己并没做出多大努力的情况下渐渐成形，这要感谢他祖母提供的资料以及伊莉娜的不开窍。搜集贝拉斯科一家历史资料的任务落到了阿尔玛头上，他们是战争毁掉了波兰的门德尔家族之后，以及她的哥哥萨穆埃尔重新出现之前，她仅有的亲人。贝拉斯科一家算不上圣弗朗西斯科最显赫的家族，虽然他们的确是最有钱有势的家族之一，但他们的历史可以追溯到淘金热时期。家族中最突出的一位是大卫·贝拉斯科，他是戏剧导演及制片人、企业家，创作了超过一百部作品，他在1882年离开了圣弗朗西斯科，并在百老汇获得了成功。伊萨克的曾祖父属于留在圣弗朗西斯科的那一支，他们在这里扎下了根，并依靠一家稳定的律师事务所和很好的投资眼光积累了财富。

正如家族中的所有男性一样，赛斯成了律师事务所的合伙人，但他缺少先辈们的那种战斗本能。他出于责任完成了学业，从事法律工作则是因为同情客户,而不是因为信任司法体系或是出于贪婪。比他小两岁的妹妹保琳更加适合这个讨厌的职业,但这并没有免除他对于公司的义务。他年满三十二岁却还没有定下心,他的父亲这样责备他;他依然把棘手的案子丢给他的妹妹,不计开支地寻欢作乐,同时与半打临时女友调情。他大肆宣扬自己在诗歌和摩托车方面的爱好,为的是给女友们留下深刻印象,吓唬他的父母,但他并不想放弃律师事务所的稳定收入。他并不愤世嫉俗,而是在工作上懒惰,在几乎其他所有事情上都浮躁。当他发现他应该用来带文件去法庭的公文包里积累了越来越多的书稿时,他是第一个感到震惊的人。那是一个焦糖色的真皮公文包,上面有用黄金刻的他祖父的名字首字母,这在这个数字化年代是一件过时的老古董,但赛斯用它的时候会想象它拥有超自然能力——这是他的书稿自动增加的唯一可能的解释。文字在公文包肥沃的腹中兀自出现,在他想象的世界里安然游荡。匆匆忙忙写就的书稿有二百一十五页,但他没有花心思去校对它们,因为他的计划是讲述他从祖母嘴里套出来的故事,加上他自己找到的资料,然后付钱给一个匿名作家和一个认真的编辑,让他们对书稿进行整理和润色。这些书稿得以存在,多亏了伊莉娜坚持阅读并厚着脸皮批评它们,因为这迫使他必须有规律地一次写上十或十五页。它们就这样慢慢地增加了,而且也正是这样,他在无心之中,慢慢地变成了小说家。

赛斯是家族中唯一一个让阿尔玛挂念的人,尽管她并不承认。如果他有几天没打电话给她或是没来看她,她就会开始心情不好,并且很快编出一个借口来找他。她的孙子不会让她久等。他会像一阵风似的到来,胳膊下面夹着摩托车头盔,顶着乱糟糟的头发,脸颊红扑扑的,还带着给她和伊莉娜的礼物:炼乳点心、扁桃香皂、画纸、外星系僵尸片光盘。如果他找不到女孩,他的失望之情就会溢于言表,但阿尔玛会假装自己没注意到。他会拍一下祖母的肩膀表示问候,她则会眨一下眼睛作为回应,他们一贯如此:他们就像一同冒险的伙伴,有一种坦率和信任,不会表现出爱意,因为他们觉得那样太庸俗了。他们会像长舌妇那样聊上很久:他们首先会飞快地过一遍最近的新闻,包括家庭新闻,然后马上直接进入真正与他们有关的事情。他们久久沉浸在一个由不可能的事件和趣闻组成的神秘过去之中,沉浸在那些赛斯出生之前的时代和人物之中。在孙子面前,阿尔玛像一个任性的叙述者,她能完整无缺地回忆起她度过了生命最初几年的华沙大宅,那里摆放着古董家具的阴暗房间,身穿制服、低眉顺眼地贴着墙壁走路的女仆,然而她会用想象为它添上一匹最后在饥荒时代中变成了一锅炖马肉的麦色长鬃小马。阿尔玛救出了门德尔曾祖父曾祖母,将纳粹夺走的一切都还给了他们,让他们坐在摆着烛台、银质餐具、法式酒杯、巴伐利亚陶器和一家西班牙修道院里的修女手绣的餐巾的复活节餐桌前面。她的口才太好了,以至于赛斯和伊莉娜觉得自己正与门德尔夫妇一起走向特雷布林卡集中营;他们与他们一起挤在货车车厢里几百个不幸、绝望和干渴的人们中间,没有空气也没有光,他们呕吐、便溺、濒临死亡;他们与他们一起,赤身裸体地走进刑室,与他们一起消失在火炉的烟尘中。阿尔玛也会对他们说起曾祖父伊萨克·贝拉斯科,说他如何在一个春天死去,那天夜里下了一场冰雹,完全摧毁了他的花园,还有他如何拥有两场葬礼,因为第一场没能完全容纳下所有想要来向他表达敬意的人——成百上千的白人、黑人、亚裔、拉丁裔和其他受过他帮助的人列队走进墓园,犹太教教士因此不得不再举行一次葬礼。还有永远爱着丈夫的曾祖母莉莉安,她在变成寡妇的同一天也变成了瞎子,在黑暗之中度过了剩下的几年,医生们却找不出其中的原因。她也说起了福田以及给她的童年留下阴影的日本移民撤离事件,但没有太过突出她与福田一命的关系。

福田一家

福田孝夫从二十多岁起就开始在美国居住,却没有打算入乡随俗。就像许多"一世代",也就是第一代日本移民一样,他不希望如同从四面八方来到这里的其他民族一般融入美国这个大熔炉。他为自己的文化和语言感到骄傲,他完完整整地保存了它们,并且徒劳无功地想要将它们传给自己那些被"伟大的美利坚"所诱惑的后代们。他仰慕这片海天相接的广袤土地上的许多方面,但他无法避免地有一种优越感,他从来不会在家里之外的地方表露出来,因为这将会是对这个收容了他的国家的一种不敬。随着时间的流逝,他开始无情地被乡愁所困,抛下日本的理由渐渐变得模糊不清,最后他开始美化那些当初驱使他移民国外的陈年陋习。美国人的极端自大和物质主义冲击着他,它们在他眼中并非扩张性和注重实际的性格,而是一种庸俗;他困扰地发现他的孩子们正在模仿白人们的个人主义价值观和粗鲁的举止。他的四个子女出生在加利福尼亚,但父母双方都是日本血统,没有什么能够合理地解释他们对于祖先的漠然和对于等级制度的不尊重。他们不懂每个人注定所属的位置,感染了那些觉得一切皆有可能的美国人们愚蠢的野心。孝夫也知道他的孩子们在细节问题上与他背道而驰:他们会喝啤酒喝到晕头转向,像反刍动物一样嚼口香糖,顶着油腻腻的头发、踩着双色鞋随着骚动的节奏起舞。查尔斯和詹姆斯很可能会寻找幽暗的角落去抚摸道德存疑的女孩,但他相信惠子不会这么放肆。他的女儿模仿美国女孩可笑的穿衣打扮风格,偷偷地看他禁止她看的爱情杂志和下流电影,但她是个好学生,至少表面上是听话的。孝夫只能管得住一命,但小男孩很快便会脱离他的控制,像他的哥哥们一样变成一个陌生人。这就是在美国生活的代价。

1912年,福田孝夫已经因为某些玄奥的原因离开了家人、移民国外,但这个因素在他的回忆中渐渐失去了重要性,他经常问自己为何要做出这个如此激进的决定。日本已经对外开放,很多年轻人去了其他国家寻找机会,但在福田家族中,抛弃祖国依然被认为是一种无法挽回的背叛。他们的祖先是军人,几个世纪以来都为天皇抛洒热血。作为从瘟疫和幼年时期的意外中存活下来的四个孩子里唯一的男孩,孝夫承载着家族的骄傲,对父母和姐妹负有责任,还要每一个宗教节日里在家中的祭坛上供奉先人。然而,他在十五岁那年发现了大本——通往神明的道路,这种源于神道的全新宗教正在日本发展起来,而他终于感觉自己找到了一张引导他人生脚步的地图。他的精神领袖几乎全都是女人,据她们说,神明可以有很多,但所有神在本质上都是同一个,无所谓用哪种名字或仪式尊崇他们;历史上的神明、宗教、先知和信使都来自同一个源头:宇宙至高的神,唯一的灵,它充满一切存在。在人类的帮助下,神试图净化和重建宇宙的和谐,当这项工作完成时,神、人类和自然将在地球上和精神领域之中和平共存。孝夫完全沉浸在自己的信仰之中。大本预言了只有通过人的美德才能达到的和平,年轻人明白了他不能像家族中的其他男人一样,在军队中度过一生。他觉得远走他乡是唯一的出路,因为留下来并放弃从军将被视为一种不可饶恕的懦夫行径,是对他的家庭最大的侮辱。他试着写信向他的父亲解释,却只是伤了他的心,但他无比热诚地说出了他的理由,让后者最终接受了他将失去自己的儿子这个现实。离家的年轻人们是永远不会回来的。耻辱将要用鲜血来洗刷。他的父亲告诉他，最好是亲手结束自己的生命，但这种方式违背了大本的原则。

来到加利福尼亚海岸时，孝夫带着两套换洗衣服，一张父母的手工上色的相片，以及一把在他的家族中传承了七代的武士刀。它是他父亲在离别时分交给他的，因为他不能把它留给任何一个女儿，而且就算这个年轻人永远不会使用，自然法则也决定了它是属于他的。这把日本刀是福田一家唯一拥有的珍宝，它由最好的锻钢制成，又被古代的工匠锻造了十六次，配有雕花的银铜刀柄，装在一把装饰有红漆和镀金的刀鞘里。旅途中孝夫将他的日本刀裹在袋子里保护，但它修长弯曲的形状太显眼了。在令人疲倦的旅程中跟他一起住在底层船舱里的男人们对他有一种恰如其分的敬重，因为那把武器证明他来自一个荣耀的家族。

上岸之后，他立刻得到了圣弗朗西斯科小小的大本教团的帮助，没过几天，他就和一位同胞一起找到了一份园丁的工作。它会引来他父亲的非难，因为在他看来，一个士兵的双手不能沾上泥土，只能染上鲜血，但他却开始下定决心学习这门手艺，并且很快就在靠农业为生的"一世代"里有了名气。就像他的宗教所要求的那样，他干起活来不知疲倦，在生活中简朴廉正，十年中他积攒下了法定的八百美元，用来在日本找一个妻子。媒婆给他提供了三个候选人，而他选中了第一个，因为他喜欢她的名字。她叫英子。到码头上去等她时孝夫穿着他唯一的一套西服，它被转了三手，肘部和屁股都被磨亮了，但做工很好，还有一双擦得锃亮的鞋子和一顶巴拿马帽子，那是他在中国城买的。远道而来的未婚妻是一个比他小十岁的农村姑娘，身材结实，面孔恬静，性格可靠，言语大胆，他第一眼就发现，她要比媒婆之前告诉他的温顺许多。从震惊中恢复过来之后，孝夫觉得这种坚忍的性格是一个优点。

英子来到加利福尼亚时并没有多少期待。在船上,她与十二个与她情况相同的女孩被分在同一个空间有限的房间中,听说了与她一样天真的处女们令人心碎的故事:她们克服了远渡重洋的危险到美国来与有钱有势的年轻人们结婚,但在码头上等着她们的却是些老穷光蛋,或者在最糟糕的情况下,是要把她们卖到妓院去或是像女奴一样卖到秘密工厂去的人口贩子。她的情况不是这样,因为福田孝夫给她寄了一张近照,也没有隐瞒自己的情况;他告诉她他只能给她一种需要努力工作但却值得尊敬的生活,而且不会像她在日本的村子里过得那样艰辛。他们生了四个孩子,查尔斯、惠子和詹姆斯;几年之后的1932年,当英子以为自己失去生育能力时,他们迎来了一命,他是个虚弱的早产儿,他们本以为会失去他,所以最初的几个月都没给他取名字。他的母亲尽可能地用药草茶、针灸和冷水让他变得强健,直到他奇迹般地开始有了能够存活的迹象。然后他们给他取了一个日本名字,不同于他的哥哥们在美国容易发音的英语名字。他们叫他一命,它的意思是:生命,光,光辉或星辰,这取决于它所对应的汉字或表意符号。男孩从三岁起就开始像康吉鳗一样游泳,开始是在当地的泳池里,后来是在圣弗朗西斯科湾冰冷的海水里。他的父亲用体力劳动、对于植物和武术的热爱锻炼了他的性格。

一命出生的那段时间,福田一家好不容易熬过了大萧条时期最艰难的那几个年头。他们在圣弗朗西斯科郊区租下了土地,种植蔬菜和果树,供给当地市场。孝夫靠为贝拉斯科夫妇工作增加收入,这家人在他脱离了那个带他进入园丁行业的同乡的帮助之后为他提供了第一份工作。伊萨克·贝拉斯科因为孝夫良好的声誉而叫他来为自己在海崖购买的一处产业建造花园,他打算在那里建造一座能够让子孙后代住上百年的房子,这是他对工程师开玩笑说的话,却没想到它会成真。他的律师事务所从来没缺少过收入,因为他们代理加利福尼亚西部列车及航运公司;伊萨克是公司里为数不多的没有在经济危机中受苦的人。他的钱都换成了黄金,投到了捕鱼船、一间木材厂、金属车间、一家洗衣店和其他相似的生意上面。他这么做的目的是雇用一些在慈善厨房里排队领汤的走投无路的人,缓解他们的穷苦处境,但他利他主义的目的为他带来了意想不到的收益。依照他妻子乱七八糟的古怪想法建造房子的同时,伊萨克与孝夫分享了他在一座矗立在雾气和海风之中的山岩上复制其他纬度的自然景观的梦想。在将这个异想天开的想法在纸面上重现的过程中,伊萨克·贝拉斯科与福田孝夫之间建立起一种彼此尊重的关系。他们一起阅读植物目录,挑选并订购来自其他大陆的树木和花草——寄到时它们被包裹在湿润的口袋中,根部还带有原生土地的泥土;他们一起翻译手册上的说明,像拼拼图那样,一点点将从伦敦运来的玻璃温室搭建起来;他们还将一起让那个折中主义的伊甸园存活下去。

伊萨克·贝拉斯科对于社交生活和大部分家庭事务都不上心,把它们完全交到了莉莉安手里,而作为补偿,他对植物学有着不可抑制的激情。他不吸烟也不喝酒,没什么明显的恶习或无法抗拒的欲望;他没有能力欣赏音乐或美食,而且假如莉莉安能够允许,他可以站在厨房里,与大萧条时期的失业者们吃一样的粗面包,喝一样的清水汤。他就是这样一个对腐化和虚荣免疫的男人。他有的是一种精神上的焦虑,通过诉讼手段维护客户的热情,以及帮助有需要者的秘密爱好;但这些都比不上园艺带给他的快乐。他三分之一的藏书都是关于植物的。他与福田孝夫礼数周全的友谊建立在彼此的仰慕和对于自然的热爱之上,它最终变成了一种对于他的精神安宁至关重要的东西,是他在法律问题上遭到挫败时必不可少的慰藉。在他的花园里,伊萨克·贝拉斯科变成了那位日本大师谦卑的学徒,后者为他揭示了植物世界里那些植物学书籍上常常不曾言明的秘密。莉莉安深爱她的丈夫,努力给予他爱人的照顾,但她从来没有像从阳台上看到他与园丁一起肩并肩工作的时候那样渴望他。穿着连体工作服和靴子,戴着草帽,在烈日下挥洒汗水或是被绵绵细雨淋湿的伊萨克重新焕发了青春,他在莉莉安眼中再一次变成了在她十九岁时吸引了她的未婚夫,或是那个上床前在楼梯上吓她一跳的新婚丈夫。

阿尔玛在他家里住下两年之后,伊萨克·贝拉斯科与福田孝夫合作,打算建起一个观赏花卉及植物苗圃,梦想着它能够成为加利福尼亚最好的苗圃。他们首先要做的是以伊萨克的名义购买几块土地,这样做是为了规避1913年颁布的禁止"一世代"获得公民权、拥有土地或购买房产的法律。这对于孝夫来说是一个独一无二的机会,对贝拉斯科来说,则是他在大萧条时期的艰难岁月中做出的又一项谨慎的投资。他对股市的起起伏伏从来没有兴趣,更愿意通过投资创造就业。合作双方都明白,等孝夫的长子查尔斯成年之后,福田一家可以以当时的价格从贝拉斯科手中购回自己那一部分的股份,将苗圃转到查尔斯名下,关闭公司。查尔斯出生在美国,因此是美国公民。这是一个君子协定,只以简单的握手为证。

针对日本人的诋毁运动——指责他们在与美国农民和渔民的竞争中无视信用,荒淫无度地威胁白人妇女的贞操,并用他们反基督教的东方习俗腐蚀社会,这些宣传言论并没有波及贝拉斯科一家的花园。直到阿尔玛来到圣弗朗西斯科两年之后,福田一家一夜之间变成了黄色危险分子,这时她才知道了这些偏见的存在。而那时候,她与一命已经成了分不开的朋友。

1941年12月，日本偷袭珍珠港，击毁了十八艘军舰，造成了两千五百人死亡和上千人受伤，在不到二十四个小时的时间里改变了美国人的孤立主义思想。罗斯福总统对日本宣战，短短几天之后，旭日帝国的盟友希特勒和墨索里尼则对美国宣战。整个国家都动员起来，加入这场从十八个月之前就开始让欧洲染血的战争。日本的袭击在美国人中间引发了群体性的恐惧反应，而媒体则警告，黄种人即将入侵太平洋海岸，这种歇斯底里的宣传加深了人们的恐惧。针对亚洲人已经存在了一个多世纪的敌意被激发出来。已经在这个国家居住多年的日本人，他们的子女和孙辈，开始被人怀疑是间谍和通敌分子。围捕和拘押工作很快就启动了。只要船上有一个短波电台，就足以逮捕船主，尽管那是渔民与陆地之间唯一的通信工具。农民们用来连根拔除牧场土地上的树干和石块的甘油炸药被认为是恐怖主义的证据。遭到没收的东西从狩猎用的枪具到厨房用的小刀以及劳动工具，还有望远镜、照相机、神像、和服礼服或者非英语书写的文件。两个月之后，罗斯福因军事安全原因签署了针对太平洋沿岸——加利福尼亚州、俄勒冈州、华盛顿州全部日籍人员的撤离令，因为这些地区可能遭到日本军队的可怕入侵。亚利桑那州、爱达荷州、蒙大拿州、内华达州和犹他州也被宣布为军事区。军队将在三星期内建立必需的庇护所。

3月的圣弗朗西斯科清晨是在日本居民的撤离通知中到来的，孝夫和英子不理解它们的含义，但他们的儿子查尔斯向他们做了解释。原则上，在没有特别许可的情况下，他们不得离开距离他们房子半径八公里的范围，并且在宵禁时间，也就是晚上8点到早上6点之间，必须留在家中。当局开始进入住宅，查抄财产，逮捕可能煽动叛国的有影响力人士——社区负责人、公司经理、老师、神职人员，将他们送往无人知晓的地点;留下来的只有惊恐万状的女人和孩子。日本人不得不迅速地廉价出售他们的资产并关闭店铺。他们很快发现自己的银行账户遭到了冻结,他们破产了。福田孝夫和伊萨克·贝拉斯科的苗圃没有来得及成为现实。

8月,有超过十二万男人、女人和儿童遭到迁移;医院里的老人、孤儿院里的婴儿和收容所里的精神病人被关进了十个位于内地孤立地区的集中营,城市中只留下满是废弃街道和空房子的幽灵街区,游荡着遭到抛弃的宠物和那些与移民们一起来到美国的先人们迷茫的灵魂。这项措施是为了保护太平洋海岸,也是为了保护日本人,因为他们可能会成为其余民众怒火的受害者;这是一个临时的解决方案,将会以人道主义的方式得到执行——官方的说法是这样的,但仇恨的言论已经流传开来。"不管在哪里生蛋,毒蛇永远都是毒蛇。一个日裔美国人是日本父母生的,是日本传统教育出来的,生活在一个从日本移植来的环境中,他会无可避免地成为一个日本人,而不是美国人,只有极少数的例外。"只要你有一个在日本出生的曾祖父,就足以被归入毒蛇的行列。

一得知撤离的消息,伊萨克·贝拉斯科就去找了孝夫,希望为他提供帮助,并向他保证他的离开只会持续很短时间;因为撤离令是违宪的,并且违反了民主原则。他的日本合伙人用鞠躬回答了他,他被这个男人的友谊深深感动了,因为在那几个星期里,他们一家受尽了其他白人的辱骂、鄙视和攻击。"Shikata ga nai①,对此我们又能怎么样呢。"孝夫回答。这是日本人在逆境中的箴言。在贝拉斯科的坚持下,孝夫鼓起勇气请他帮忙做一件特殊的事:允许他将福田家族的武士刀埋在海崖的花园里。他成功地让它躲过了警察们的搜查,但

---

① 原文为日语,意思是"没办法"。

它所在的地方不安全。这把武士刀代表着他的祖先们的勇气以及他们为帝国倾洒的热血,不能遭受任性形式的羞辱。

那天夜里,福田一家穿上大本教的白色和服,前往海崖,在那里迎接他们的是身穿深色西服的伊萨克和他的儿子纳撒尼尔,他们还戴上了只有极少数时候去犹太教堂时才会戴上的圆顶小帽。一命把他的猫装在一个盖着手帕的筐子里带了过来,将它交给阿尔玛,让她代为照顾一段时间。

"它叫什么名字?"小女孩问他。

"内克。它在日语里是猫的意思。"

莉莉安在女儿的陪伴下,在二楼的一个大厅里请英子和惠子喝茶,而阿尔玛虽然不明白发生了什么,但却意识到这是一个庄严的时刻。她胳膊上挂着装猫咪的筐子,跟着男人们悄悄穿过了树影。他们举着煤油灯,接踵走下花园的梯田,一直来到一个面向大海的地方,那里已经挖好了一个坑。孝夫走在最前面,怀里抱着用白色丝绸包裹的武士刀,后面跟着他的长子查尔斯,手里拿着他们吩咐他做的用来保护武士刀的金属匣子;再后面是詹姆斯和一命,伊萨克和纳撒尼尔·贝拉斯科走在队尾。孝夫的脸上挂着他不打算掩饰的泪珠,在祈祷了几分钟之后,他立刻把武器放到长子托着的匣子里,屈膝跪下,低头以前额触地,而查尔斯和詹姆斯则把武士刀放入洞中,由一命在上面盖上了几把土。之后他们把武士刀埋好,用铁锹把洞填平。"明天我会种上白菊来标记这个地方。"伊萨克·贝拉斯科扶着孝夫站起来,他的声音因为激动而沙哑。

阿尔玛不敢跑到一命那里去,因为她猜到有一个强有力的原因将女人们排除在这个仪式之外。她等男人们回到房子里才抓住了一命,把他拉到一个隐蔽的角落里。男孩告诉她自己下个周六不会来了,在一段时间里也都不会来,也许要好几个星期或好几个月,而且他们也不能打电话。"为什么？为什么?"阿尔玛一边摇晃他一边冲他大喊,然而一命无法回答。他也不知道他们为什么必须离开,或是要去往何处。

黄色威胁

福田一家人堵死了窗户，在临街的大门上装了一把锁。他们已经付清了整年的房租，另外还有一笔钱，以便一等到能把房子记在查尔斯名下就把它买过来。他们把无法或不想带走的东西送给了别人，因为投机商只愿意付两三美元去买下那些价值要高上二十倍的东西。他们只有短短几天的时间来处理财产，每个人收拾一个箱子能装下的东西，然后坐上屈辱的大巴。他们必须自愿迁入内陆地区，否则就会遭到逮捕，面临间谍和战时叛国罪的指控。他们与另外好几百家人聚在一起，大家穿着自己最好的衣服，女人们戴着帽子，男人们戴着领带，孩子们穿着漆皮短靴，步履迟迟地走向他们被要求前往的民事管制中心。他们之所以屈服，是因为别无他法，也是因为这样能够展示他们对于美国的忠诚以及对于日本进攻的反对。正如日本社团领袖们所说的，这是他们对于战争的贡献，而很少有人发出声音反对他们。福田一家将被迁往托帕兹，那是犹他州的一个荒漠地区，但他们要到9月才会知道这件事；他们将在一个跑马场等上六个月的时间。

习惯了低调的"一世代"们一声不吭地服从了命令，但他们无法阻止一些第二代的年轻人，也就是"二世代"们的公开反抗；这些人被与他们的家人分开，送往图利湖，那是最严酷的集中营，他们将在那里像犯人一样度过战争时期。白人们沿街目送着这些由他们的熟人组成的令人心碎的队伍：他们日常购物的批发店的老板，他们打交道的渔民、园丁和木匠，他们子女们的校友，他们的邻居。大部分人都惶惑而沉默地看着，但也有一些种族主义的辱骂声和恶毒的玩笑。那些天遭到迁移的人里的三分之二都是在美国出生的，是美国公民。日本人在警察的桌子前面排起长队等候好几个小时，后者会为他们进行登记，交给他们写有身份证号的标签让他们挂到脖子上，他们的行李也是一样。有一群反对这项种族主义和反基督教精神措施的贵格会教徒为他们提供水、三明治和水果。

福田孝夫正要与家人一起登上大巴的时候，伊萨克·贝拉斯科牵着阿尔玛的手来了。他利用自己的职权吓住了那些想要逮捕他的警察和士兵。他怒不可遏，因为他无法不将发生在距离他家几个街区之外的事情与曾经发生在他在华沙的连襟一家身上的事情进行比较。他推开身边的人挤出一条路，上前紧紧抱住他的朋友，给了他一个装着钱的信封，孝夫徒劳地想要拒绝，而阿尔玛则在与一命道别。"给我写信，给我写信。"这是两个孩子在大巴悲伤的鸣笛声中离去之前对彼此说的最后一句话。

在一段他们认为无比漫长，但其实却只持续了一个多小时的旅程之后，福田一家到了位于圣布鲁诺市的坦佛兰跑马场。当局已经用带刺铁丝网把这个地方围了起来，正在全速改造马厩并搭建简易房屋，以便为八千个人提供住处。撤离令来得过于仓促，以至于根本没有时间完成设施的建造，也没有时间为营地提供必需品。汽车的发动机停了下来，囚犯们开始下来了，他们把孩子和行李搬下来，帮助老人下车。他们一言不发，紧紧聚在一起，犹豫不决地向前走去，无法理解从恼人的扬声器里发出的尖厉声音。雨水把地面变成了一个泥潭，也将人们和他们的行李浇得湿透。

几个配有武器的守卫将男人和女人分开进行体检。之后他们被注射了伤寒和麻疹疫苗。接下来的几个小时中,福田一家努力在堆积如山、完全混在一起的行李中寻找着自己的东西,在分配给他们的马厩中安顿下来。天花板上挂着蜘蛛网,地上有蟑螂、老鼠以及一拃厚的灰尘和草屑;空气中动物的气味久久不散,还混着他们试图用来杀菌的木馏油的味道。他们每人拥有一张行军床、一个布袋和两张军用毛毯。孝夫疲倦而无措,灵魂最深处的细缝都充满了屈辱,他把手肘撑在膝盖上在地上坐下,把头埋进两手之间。英子脱下了帽子和鞋子,换上拖鞋,挽起袖子,做好了尽可能苦中作乐的准备。她没有给孩子们唉声叹气的时间;她首先让他们去搭行军床和扫地,然后让查尔斯和詹姆斯去捡她在到达时看到的木片和木条,那些是临时工程留下来的,可以用来做几个搁板,放置他们带来的少量厨房用具。她吩咐惠子和一命根据她的指示在布袋里装上稻草做床垫,而她自己则去各处转了一圈,与其他女人打了招呼,打探了一下营地里的看守和警察们的情况。这些人与他们负责的犯人一样茫然,正在心里嘀咕自己要在那个地方待上多长时间。在她的第一次侦察中,英子发现唯一显而易见的敌人是那些韩国翻译,她判定他们对撤离者们怀有敌意,对美国官员则巴结讨好。她发现厕所和浴室数量不够,而且没有门;给女人用的澡盆有四个,而热水无法满足所有人的需要。隐私权已经不存在了。但她估计他们不会挨饿,因为她看到了装有补给的卡车,而且得知食堂从当天下午就会开始一天供应三餐了。

晚餐有土豆、香肠和面包,但香肠在轮到福田一家之前就被分光了。"你们过一会儿再来。"其中一个当差的日本人小声对他们说。英子和惠子等到食堂里的人走光之后,拿到了一罐肉丁和更多的土豆,把它们拿到了他们一家人住的房间里。那天夜里,英子开始在心里列了一张单子，记下了为了让在跑马场滞留的时间变得可以忍受而需要完成的步骤。单子上的第一项是食物，而附带的最后一项是更换翻译，因为她认真地怀疑这个是否能做到。她整个晚上都没有合眼，而当第一道曙光透过马厩的缝隙照进来时，她就摇了一下她的丈夫，他也没睡，而且依然一动不动地待在那里。"这里有很多事情要做，孝夫。我们需要代表来与当局进行交涉。你把外套穿上，去把男人们叫到一起。"

坦佛兰立刻就开始出现问题，但在那个星期结束之前，撤离者们已经组织起来，通过民主投票选出了代表，福田英子是其中唯一的女性。他们还登记了成年人们的职业和特长——老师、农民、木匠、铁匠、会计、医生……开办了一家没有笔也没有本子的学校，并且为因为挫败和无所事事而饱受折磨的年轻人们设计了体育和其他活动。大家白天夜晚都在排队，排队做所有事：洗澡，就医，洗衣服，宗教活动，寄信和一日三餐；他们永远都需要依靠足够的耐心来避免骚乱和斗殴。那里有宵禁，每天点两次名，禁止使用日语——这对"一世代"来说是不可能的。为了不让看守们插手，犯人们自己负责维持秩序，管制制造混乱的人，然而没有人能够避免流言像旋风一般传播开来，而这有时会引发恐慌。人们努力保持礼貌，以便能够让缺乏距离、混居和屈辱的生活变得更加可以忍受。

六个月之后的 9 月 11 日，犯人们开始被送上火车进行迁移。没有人知道他们要去哪里。在乱糟糟、令人窒息、缺少厕所、夜里没有灯光的火车上待了一天两夜，穿过他们无从辨认以至于好几个人都误以为到了墨西哥的荒芜风景之后，他们在犹他州的德尔塔车站停了下来。他们在那里换乘卡车和大巴继续到了托帕兹——将这个集中营称为沙漠宝石的人们可能并不是出于讽刺。① 撤离者们累得丢了半条命,又脏又怕,但他们没有遭受饥饿和干渴,因为有人给他们发了三明治,而且每个车厢都有几筐橙子。

托帕兹的海拔将近一千四百米,是一个有着一模一样低矮建筑的可怕城市,就像一个临时的军事基地,围着铁丝网,有高高的控制塔和荷枪实弹的士兵,到处都是一片干旱荒芜的景象,从那里掠过的只有大风和沙尘的旋涡。在国家西部为日本人准备的其他集中营也与此类似,而且全部都位于沙漠地区,不可能有任何人能够成功逃走。哪里都看不到一棵树,也看不到一丛草,任何地方都没有一点绿色。只有深色的简易房屋朝着目光迷失的地平线延伸。为了避免迷路,几家人一直聚在一起,没有松开彼此的手。所有人都需要用厕所,但没有人知道它们在哪里。看守们花了好几个小时才将人们安排好,因为他们也看不懂指示,但最后他们还是把住处分配好了。

福田一家迎着遮天蔽日、令人呼吸困难的尘土,找到了自己的地方。每个简易房屋都被分成了六个四米乘七米的单元,每家一个,由薄薄的柏油纸隔开;每组有十二间简易房屋,总共有四十二个组,每个组都有食堂、洗衣房、浴室和厕所。集中营占据了一片广阔的地区,但八千名撤离者住在两平方公里多一点的地方。囚犯们很快就发现那里的夏天像火炉般炎热,而冬天的气温低至零下几度。夏天的时候,除了可怕的高温,他们还必须忍受蚊子持续不断的攻击以及沙尘暴,它们会让天空都暗下来,让肺部灼烧不已。风一年到头都在刮,吹来距离营地一公里之外一个粪水形成的沼泽中的臭气。

---

① 托帕兹在英文中为 Topaz,指托帕石,即一种宝石级的黄玉。

就像在坦佛兰跑马场的时候一样,日本人们在托帕兹也很快组织起来。短短几个星期里就有了学校、幼儿园、体育中心和一份报纸。他们用木块、石头和建筑废材创造艺术;用风化的贝壳和桃核做首饰,填充碎布做洋娃娃,用木棍做玩具。他们用捐来的书本建起了一个图书馆,成立了剧社和乐队。一命说服他的父亲,虽然那里气候恶劣,土壤是碱性的,依然可以在箱子里种果蔬。这鼓舞了孝夫,其他人也很快开始模仿他。好几个"一世代"决定建造一个装饰性花园并挖一个小坑,在里面装满水,把它变成一个供孩子们嬉戏的池塘。一命用他神奇的手指造了一艘木帆船放到池塘里,不到四天之后,就有一打小船进行航行比赛了。每个区域的厨房都是由犯人们负责的,他们用从最近的村子里运来的风干和罐装食物,以及随后在第二年依靠一勺一勺给植株浇水而成功收获的果蔬创造了奇迹。正如英子预见的一样,他们不习惯吃油腻和高糖食物,很多人都病倒了。排队上厕所的人延伸出去好几个街区;上厕所这件事太紧迫也太痛苦了,以至于已经没有人会等到夜幕降临以缓解隐私缺失的问题了。几千个病人的排泄物盖满了厕所,而那家由白人工作人员、医生和日本护士负责的简陋医院根本无法满足需要。

等到能够用来制作家具的废弃木材用完了,内心翻腾着焦虑的人们也都被分配了任务,大部分撤离者开始陷入厌烦情绪之中。在这个处在近处高塔上无聊的岗哨和远处犹他州巍峨的群山监视之下的噩梦之城里,白天长似永恒,每天都是一样的,无事可做,除了排队就是排队,等邮件,靠打牌打发时间,找一些蚂蚁搬家似的事情来做,重复同样的对话,随着话都被说尽了,它们也失去了意义。祖辈们的习惯渐渐消失了,父亲和祖父发现自己失去了权威,夫妻们被迫毫无隐私地生活在一起,家庭们开始分崩离析。他们甚至无法在晚餐时围坐一桌,大家都在吵闹的公共食堂里用餐。无论孝夫如何坚持让福田一家人坐在一起,他的儿子们依旧更愿意跟其他同龄的男孩们一起吃饭,他也很难管住惠子,她已经长成了一个有着粉红面颊和闪亮眼睛的美人。唯一对这些令人绝望的折磨免疫的是孩子,他们成群结队地走来走去,忙于进行一些小小的恶作剧和想象出来的冒险,假装自己正在放假。

冬天很快来了。开始下起雪之后,每家人都拿到了一个煤炉,它变成了社交生活的中心,大家还领到了废弃不用的军服。这些褪色而且过于宽大的绿色制服就像冰封的景色和黑色的简易房屋一样令人沮丧。女人们开始为自己的住处制作纸花。夜里没有任何方法可以抵御狂风,它卷着冰碴,呼啸着穿过简易房屋的缝隙,掀起房顶。就像其他人一样,福田一家在睡觉的时候把所有衣服都穿在身上,裹在分到的两条军用毛毯里,在行军床上抱在一起,给予彼此热度和慰藉。几个月之后,夏天来了,他们几乎光着身子睡觉,早上起来的时候身上盖满了滑石粉般细腻的灰色沙土。然而他们觉得自己是幸运的,因为他们在一起。有的家庭被分开了:男人们被首先送往一个重置营地,之后轮到女人和孩子被送到另一个营地;有时候他们要等两三年才能重新团聚。

阿尔玛和一命之间的通信从一开始就遇到了阻碍。信件要迟上好几个星期才到,这并不是邮局的错,而是因为托帕兹的公职人员的延误,他们的人数不够,无法审阅每天都在他们桌上堆积如山的几百封信件。阿尔玛的信的内容不会对美国的安全构成威胁,所以会完整地寄到,但一命的信会在审查中变得残缺不全,她不得不在黑色墨水的条条道道之间猜测句子的含义。那些关于简易房屋、餐食、厕所、守卫的态度甚至气候的描述都显得很可疑。在其他更加习惯于瞒天过海的人们的建议下,一命在他的信中点缀以对美国人的赞美和爱国主义口号,直到他恶心得放弃了这种策略。于是他选择了画画。他花了比常人更多的努力才学会读和写,他十岁时还没有完全掌握字母,会不考虑书写规则地将它们混在一起,但他画画时从来都准确自信。他的画作完完整整地通过了审查,阿尔玛就这样了解了他在托帕兹生活的细枝末节,就像在看照片一样。

昨天我们说到了托帕兹，但我没有告诉你最重要的一点，阿尔玛：并非一切都是不好的。我们有聚会，体育，艺术。我们在感恩节吃火鸡，在圣诞节装饰简易房屋。外面的人们给我们寄来装着好吃的东西、玩具和书的包裹。我的母亲总是有新计划，所有人都尊敬她，包括白人。惠子热爱并享受着她在医院里的工作。我画画，在园子里种菜，修理坏掉的东西。我们上的课很短也很简单，就连我都能拿到好成绩。我几乎整天都在玩；这里有很多孩子，还有几百只没人要的狗，它们全都长得很像，小短腿，毛硬硬的。最痛苦的人是我父亲和詹姆斯。

开战之后，集中营的人分散到了全国各地。年轻的人们自力更生了，那种在拙劣模仿日本的孤立环境中生活的日子结束了。我们成了美国的一分子。

我在想你。等我们再见时我会给你泡茶，然后我们聊聊天。

一命
1986年12月3日

伊莉娜、阿尔玛与雷尼

两个女人会到内曼·马库斯①所在的联盟广场上去，沐浴着透过古老的彩色玻璃穹顶洒落的金色阳光吃午餐。她们到那里去最主要的原因是泡泡面包——一种现烤现吃的柔软、蓬松而轻盈的面包，以及阿尔玛喜欢的桃红香槟。伊莉娜则会要一杯柠檬水，两个人为了美好的生活而干杯。为了不冒犯阿尔玛，伊莉娜也会无声地为了贝拉斯科家族的财富干杯，因为它让她得以伴着轻柔的音乐声，在优雅的女顾客、展示大牌时装设计师的服装吸引顾客的高挑模特以及打着绿领带的殷勤侍者之间，拥有这样的奢侈一刻。这是一个精致的世界，是她的摩尔多瓦小村庄、她物质匮乏的童年和担惊受怕的少年时代的反面。她们不慌不忙地用餐，品尝带有亚洲风味的菜肴，然后再要一份泡泡面包。喝第二杯香槟的时候，阿尔玛就会开始天马行空地回忆。这时候她再一次提起了她的丈夫纳撒尼尔，她的许多故事里都有他的身影；她想办法让他在记忆中活了三十年。赛斯对这位祖父的记忆很模糊，对他来说，他是一个睁着热切的双眼瘫在羽毛大枕头里的骷髅。他祖父那痛苦的目光终于熄灭时他只有四岁，但他永远忘不掉他房间里的药物和蓝桉蒸气的味道。阿尔玛告诉伊莉娜，纳撒尼尔有与他的父亲伊萨克·贝拉斯科一样的好心肠，他死

---

① 内曼·马库斯，美国奢侈品百货集团。

的时候,她在他的文件中找到了几百张他从未催要过的过期付款单,以及免除许多欠债人债务的准确指示。她没有做好准备接手他在病来如山倒时没能处理的那些事情。

"我这一辈子都没管过钱的事。很奇怪,对吧?"

"您很幸运。几乎我认识的所有人都要为钱操心。拉克之家的住户们日子过得紧巴巴的,有些人都买不了药。"

"他们没有医疗保险吗?"阿尔玛惊讶地问。

"保险只包括一部分,而不是所有。如果他们的家人不帮他们,沃伊特先生就得动用拉克之家的特别基金了。"

"我会去跟他谈谈。你为什么之前不告诉我呢,伊莉娜?"

"您无法解决所有问题,阿尔玛。"

"没错,但贝拉斯科基金会可以负责拉克之家的公园。沃伊特能省下一大笔钱,用它来帮助最需要的住户。"

"您这么跟他说的时候,沃伊特先生会晕倒在您怀里的,阿尔玛。"

"太可怕了!我希望他不要。"

"您接着说。您丈夫去世时您做了什么?"

"当我就快要淹死在文件的海洋里时,我注意到了拉里。我的儿子一直明智地生活在暗处,在没有人发现的时候,他已经变成了一个谨慎负责的人。"

拉里·贝拉斯科很年轻时就匆匆结了婚,他没有举行婚礼,这是因为他父亲的疾病,也是因为他的未婚妻多丽丝已经明显能看出来怀孕了。阿尔玛承认,那段时间她在全心全意地照顾丈夫,尽管她们生活在同一个屋檐下,她也几乎没有时间更好地了解一下她的儿媳,但她非常喜欢她,因为她除了是一个品德高尚的人之外,还深爱着拉里,而且她生下了赛斯这个像小袋鼠一样一蹦一跳地驱散了家中悲伤的淘气小鼻涕虫,以及保琳这个会自己跟自己玩、似乎没有任何需要的文静小女孩。

"就像我从来不用管钱的事情一样,我也不用操心烦人的家务问题。直到我婆婆咽下最后一口气之前,海崖的房子都是她在管,哪怕是在她失明之后——我们找了一个管家。他就像英国电影里的那些人物的滑稽翻版。那个家伙极其傲慢,以至于我们家里人一直怀疑他会嘲笑我们。"

她告诉她那位管家在海崖待了十一年,而在多丽丝鼓起勇气就他的工作向他提出建议时,他就离开了。"有她没我。"那个男人这样告诉纳撒尼尔,后者已经起不来床了,几乎没有力气应对这些问题,但员工们都是他雇来的。在这样的最后通牒面前,纳撒尼尔选择了他的新儿媳,她虽然年轻,而且有七个月的身孕,却表现出了一个称职的女主人应有的样子。在莉莉安管家的时期,她是靠着热情和临时起意的想法打理那座房子的,到了管家手上,仅有的显著改变只是推迟每道菜的上桌时间,以及厨师因为无法忍受这一点而摆出的臭脸。而在多丽丝永不停歇的指挥棒下,这个家变成了一个吹毛求疵的样板,没有一个人能在里面坐得特别舒服。伊莉娜看到了她努力的成果:厨房是一个无菌实验室,孩子们不能进客厅,衣柜有薰衣草的味道,床单是浆过的,每天吃的都是美轮美奂的袖珍菜肴,鲜花由一位专业花艺师每周更换一次,但它们没有为这个家带来欢乐的气息,而是让它看着更像一个肃穆的殡仪馆。那根驯化的魔法棒唯一尊重的地方就是阿尔玛的空房间,因为多丽丝对她实在太毕恭毕敬了。

"纳撒尼尔病倒的时候,拉里接管了贝拉斯科家族的律师事务所,"阿尔玛继续道,"他从一开始就做得很好。纳撒尼尔死后,我可以将家族的事业委任于他,专心复兴垂死挣扎的贝拉斯科基金会。

那些公园里草木干枯,满是垃圾、栅栏桩和人们扔掉的避孕套。乞丐们带着他们塞满脏袋子的小推车和纸板屋顶在里面住了下来。我对植物一窍不通,但对于我公公和我丈夫的爱让我在花园里大发雷霆。对他们来说那是一项神圣的使命。"

"似乎您家族里的所有男人都有一颗善良的心,阿尔玛。这个世界上这样的人很少。"

"好人很多,伊莉娜,但他们都很低调。而坏人们则恰好相反,他们动静很大,所以也更引人注意。你不了解拉里,但如果你哪次有什么需要,而我又不在你身边,你可以不用犹豫就去找他。我的儿子是个好人,不会让你失望的。"

"他很严肃,我觉得我不敢去麻烦他。"

"他一直很严肃。他二十岁的时候就像五十岁了,但他一直就凝固在那个岁数了,老了也是一样。你看他在所有照片里都是同一副神色忧虑、塌着肩膀的样子。"

汉斯·沃伊特建立了一个简单的系统,让拉克之家的住户为员工的工作打分,他惊讶地发现伊莉娜每次都能拿到很高的分数。他猜测她的秘诀在于能像第一次听那样把同一个故事听上上千遍,老人们之所以反反复复讲这些故事是为了安放过去,通过抹去心中的愧疚并强调或真实或编造的美德,来创造一个可以接受的自我形象。没有人希望带着一个平庸的过去结束生命。但伊莉娜的方法更加复杂;对她而言,拉克之家的每个老人都是她外公外婆科斯特亚和佩特露塔的一个翻版,她会在夜里入睡之前向他们祈祷,请求他们在黑暗中陪伴着她,就像他们在她小时候做的那样。她在他们身边长大,他们在摩尔多瓦一个偏远的小村庄里守着一小块贫瘠的土地,那是进步的火焰未曾燃及之处。那里的大部分人依然以田地为生,依然像他们一个世纪前的先辈们那样在地里干活。1989年柏林墙倒塌时伊莉娜两岁,苏联刚刚解体、她的祖国成为一个独立共和国时她四岁,这两起事件对她来说毫无意义,但她的外公外婆与邻里们一齐唉声叹气。所有人都认为他们在共产主义社会也同样贫困,但还有东西吃、有安全感,而独立只给他们带去了破败和抛弃。能远走高飞的人都走了,其中就有伊莉娜的母亲拉德米拉,留下的只有老人和父母们无法带走的孩子。伊莉娜记得外公外婆因为努力种植土豆而伛偻的背影,因为8月的烈日和1月的冰冻而皱缩的脸,他们的疲惫深入骨髓,几无余力,毫无希望。她的结论是种田对身体很不好。她是外公外婆继续奋斗的理由,他们仅有的快乐除了她就是家酿的红葡萄酒,那种像颜料溶液一样涩口的饮料让他们能够克服片刻的孤独和厌倦。

清晨时分,走路去上学之前,伊莉娜会去水井那里打几桶水回来,下午的时候,在吃由汤和面包组成的晚饭之前,她会去砍烧炉子的柴火。她穿着冬天的衣服和靴子也才五十公斤,但却像士兵那样有力气,能把她最喜欢的住客凯茜抱起来,将她像一个初生的婴儿一样从轮椅搬到沙发或床上。她的肌肉来自水桶和斧子,她能够活下来的好运气来自圣帕拉斯基娃,她是摩尔多瓦的女守护神,是连接大地和天上的善良生命之间的桥梁。儿时的她与外公外婆一起跪在圣徒的神像前面祈祷:他们为土豆的丰收和母鸡们的健康而祈祷,祈求他们能在坏人和军人面前得到保护,也为他们脆弱的共和国和拉德米拉而祈祷。在小女孩看来,披着蓝色头巾、头顶金色光晕、手持十字架的女圣徒,要比她母亲在一张褪色照片中的剪影更像一个人。伊莉娜并不想念她,但她喜欢想象有一天拉德米拉会带着一个装满礼物的大包回来。她直到八岁才有了她的消息,那一次外公外婆收到了远方的女儿寄来的一点钱,为了不招人嫉妒,他们小心翼翼地把它花掉了。伊莉娜觉得很生气,因为她母亲没有给她寄来任何特别的东西,连一张纸条也没有;信封里只装了钱以及一个陌生女人的几张照片,她的头发染成金黄色,表情生硬,与外公外婆放在圣帕拉斯基娃旁边的那张照片里的年轻女人非常不同。之后她每年都会寄两三次钱来,这缓解了外公外婆的穷困处境。

拉德米拉的悲剧与其他成千上万的摩尔多瓦女青年并无多大区别。她十六岁时怀上了一个与其军团一起途经此地的俄罗斯士兵的孩子,她再也没有他的消息,却因为试图流产失败而生下了伊莉娜,也没能远走高飞。几年之后,为了让女儿做好准备面对世上的危险,拉德米拉会手拿一杯伏特加,肚子里还装着两杯,给她讲她那次远行的细节。

有一天,一个城里来的女人到村子里招募农家女孩去别的国家当女服务生。她为拉德米拉提供了一生一次的令她眼花缭乱的机会:护照和路费,简单的工作和不错的薪水。她向她保证,她只靠小费就能在不到三年的时间里存下足够买一套房子的钱。拉德米拉无视父母绝望的警告,跟着那个女皮条客爬上火车,丝毫没有怀疑自己最后会落入伊斯坦布尔阿克萨赖一家妓院的土耳其老板的魔爪。他们囚禁了她两年,每天让她接待三四十个男人,以支付她欠下的路费,但她欠的债从来没有减少过,因为住宿、吃饭、洗澡和安全套他们都要收钱。不听话的女孩们被殴打、被用刀捅、用火烫,或是早上被发现死在小巷中。在没有钱和证件的情况下逃走是不可能的,她们整天被关着,语言不通,既不了解那个街区,更不了解那个城市;即便躲开了妓院老板,她们也要面对警察,他们同时也是最持之以恒的客人,因为她们要免费地讨好他们。"一个女孩从三楼的窗户跳了下去,半身瘫痪,但却没能逃过继续接客的命运。"拉德米拉用这种介于演戏和教化之间的口吻告诉伊莉娜,她就是这样提及自己生命中的这段悲惨时期的,"由于她无法控制便溺,整个人都脏兮兮的,男人们就半价使用她。另外一个女孩怀孕了,就在一个中间有个洞让她放肚皮的床垫上接客;她的情况是客人们要付更多钱,因为他们相信,干一个怀孕的女人可以治疗淋病。当妓院老板需要新鲜面孔时,他们就会把我们卖给别的妓院,我们就这样变得越来越低级,直到坠入地狱的底层。拯救我的是火和一个同情我的男人。有一天晚上发生了火灾,波及了街区里的好几幢房子。记者们带着相机赶了过去,所以警方无法视而不见了;他们逮捕了我们这些在街上瑟瑟发抖的女孩,但却没有逮捕任何一个可恶的皮条客或客人。我们上了电视,大家骂我们是荡妇;我们是让阿克萨赖变得肮脏不堪的罪人。他们打算流放我们,但我认识的一个警察帮我逃了出去,给我弄到了一本护照。"拉德米拉历尽千辛万苦到了意大利,在那里给办公室打扫卫生,后来去了一家工厂当工人。她得了肾病,被糟糕的生活、毒品和酒精掏空了身体,但她依然年轻,她与她的女儿都拥有的半透明肌肤上还留着些许青春的痕迹。一个美国技工爱上了她,他们结了婚,他带她去了得克萨斯,在恰当的时候,她女儿也将在那里停留。

伊莉娜最后一次见到她的外公外婆是在 1999 年的那个早晨,他们把她留在了将她带往基希讷乌①的列车上,那是前往得克萨斯的漫长旅程的第一段。当时科斯特亚六十二岁,佩特露塔比他小一岁。他们比拉克之家里的任何一个九十多岁的住客都要苍老得多,后者是一点点体面地老去的,保留着整口或是自己的或是后装的牙齿,然而伊莉娜发现这个过程是相同的:他们一步一步走向终点,有些人快有些人慢,在路上渐渐变得一无所有。什么也带不去死亡的另一边。几个月之后,佩特露塔的头撞在一盘她刚端上来的洋葱土豆上,再也

---

① 基希讷乌,摩尔多瓦首都。

没有醒来。科斯特亚与她一起生活了四十年，他觉得独自活下去是没有意义的。他把自己吊死在谷仓的横梁上，人们在二十三天之后被他的狗的吠叫声和没有人挤奶的山羊的咩咩叫声吸引过来，在那里发现了他。伊莉娜直到多年之后才从达拉斯未成年人法庭的一位法官口中得知此事。但她从不提起这个。

早秋时分，雷尼·比尔住进了拉克之家其中的一间独立公寓。与这位新住户一同到来的是索菲亚，一只白色母狗，它的一只眼睛上有块黑斑，为它平添了一种海盗气质。他的出现是一件值得纪念的事，因为为数不多的男人里没有哪个能与他媲美。他们有的有伴侣，有的是穿尿布的第三阶段住户，即将步入天堂阶段，而仅有的几个鳏夫对大部分女人都毫无吸引力。雷尼·比尔八十岁，但没有人会认为他超过七十岁；这是那里几十年来最令人羡慕的榜样，他披着的头发是灰色的，长得可以在脑袋后面扎一个小尾巴，他的眼睛是令人难以置信的天青色，他像个年轻人那样穿着皱巴巴的亚麻长裤，还光脚穿帆布鞋。他几乎在女士们中间引发了一场暴乱；他填满了整个空间，就像把一只猛虎放到了这种梦幻的女性环境之中似的。就连管理经验丰富的汉斯·沃伊特本人也在问自己雷尼·比尔到这里来干什么。像他这样成熟并保养得很好的男人都有一个更加年轻的女人——第二或第三任妻子来照顾他们。还在忍受痔疮折磨的沃伊特用自己在痛苦之中能够聚集起来的全部热情欢迎了他。凯瑟琳·霍普尝试在自己的病痛诊所里用针灸帮助他，有个中国医生每周去那里三次，但他好转得很缓慢。经理估计，就连那些最萎靡不振的女士们，那些因为无法把握现在或是因为现在流逝太快而无法理解，因此每天坐在轮椅上目光放空地回忆往昔的女士们，也会因为雷尼·比尔而重新燃起对生活的热情。他没想错。一夜之间，蓝色假发、珍珠和涂了指甲油的指甲就出现了,这在这些活得如此有禅意和生态的女士们中间是件新鲜事,因为她们看不起非天然的美。"天哪!我们就像一个迈阿密的养老院。"他对凯茜说。他们互相打赌,猜测这个初来乍到者以前是做什么的:演员、时尚设计师、东方艺术品进口商、职业网球手。阿尔玛·贝拉斯科为这些推测画上了句号,她告诉伊莉娜,雷尼·比尔以前是牙医,并让她广为传播,但没有人愿意相信他是靠给人拔牙为生的。

雷尼·比尔和阿尔玛·贝拉斯科三十年前就认识了。见面时,他们当着前台的面长久拥抱在一起,当他们终于分开时,两个人的眼睛都湿了。伊莉娜从来没有在阿尔玛身上见到过这样的情感释放,而假如她对于日本情人的怀疑不是那么坚定的话,她就会觉得雷尼是那个与她秘密会面的男人了。她立刻打电话,把这个消息告诉了赛斯。

"你说他是我祖母的朋友?我从来没听她提到过他的名字。我回去调查一下他是什么人。"

"怎么调查?"

"我有调查员能做这个。"

赛斯的调查员是两个洗心革面的逃犯,一个是白人,另一个是黑人,两个人都相貌丑陋,他们负责在将案件提交法院之前搜集相关信息。赛斯举了一个最近的例子解释给伊莉娜听。有一个海员将航运公司告上了法庭,据他说,他因为一起工伤事故瘫痪了,但赛斯并不相信他。他的逃犯们请那位残疾人去了一家名声可疑的俱乐部,把他灌醉,拍下了他与一个妓女跳萨尔萨舞的视频。凭借这项证据,赛斯让对方的律师闭上了嘴,他们达成了协议,于是就省得要去打一场烦人的官司了。赛斯对伊莉娜承认,以他的调查员的道德标准来看这是一项高尚的工作;其他工作可能还要更加肮脏得多。

两天后赛斯打电话来约她去一家他们常去的比萨店,但伊莉娜周末洗了五条狗,觉得自己可以奢侈一把。于是她提出这次他们可以去一家体面的餐馆;阿尔玛已经在她心里种下了对于白色餐巾的渴望。"我来买单。"她对他说。赛斯骑着摩托来接她,带着她弯弯扭扭地超速穿过车流去了意大利街区,到那里的时候他们的头发被头盔压扁了,而且直流鼻涕。伊莉娜意识到自己的着装没有达到这家餐厅的要求——她从来都达不到,而领班傲慢的目光向她证实了这一点。看到菜单上的价目表时她几乎要晕过去了。

"你别害怕,我的公司会买单的。"赛斯安慰她。

"这比买一辆轮椅还贵!"

"你买轮椅干吗?"

"这是一个参照物,赛斯。拉克之家里有几个老太太买不起她们需要的轮椅。"

"这太悲惨了,伊莉娜。我推荐你吃大牡蛎配松露。当然了,还要一杯优质的白葡萄酒。"

"我要可口可乐。"

"搭配大牡蛎必须得是夏布利①。他们这里没有可口可乐。"

"那就矿泉水加一片柠檬。"

"你是个已经戒了酒的酗酒者吗,伊莉娜?你可以告诉我,你不用不好意思,这是一种疾病,就像糖尿病一样。"

"我不酗酒,但我喝葡萄酒会头疼。"伊莉娜反驳道,她不想跟他分享她最糟糕的记忆。

第一道菜之前,餐厅给他们上了一勺黑乎乎的泡沫,好像龙的呕吐物,她满心不信任地将来自大厨的这份心意倒进嘴巴里,与此同

---

① 夏布利,法国著名葡萄酒产区,这里指此地出产的葡萄酒。

时,赛斯则告诉她雷尼·比尔单身,没有孩子,曾经是圣芭芭拉的一家牙科诊所的正牙医生。他的一生没什么特别值得一提的事,除了他是一个运动好手、参加过好几次铁人三项——一项由游泳、自行车和跑步组成的野蛮竞赛——之外,坦白说看起来毫无乐趣。赛斯向自己的父亲提起过他的名字,在他印象里雷尼是阿尔玛和纳撒尼尔的朋友,但他并不确定;他隐约记得纳撒尼尔生病的时候他曾经在海崖见过他。拉里说,那段时间有很多朋友排着队来到海崖陪伴他的父亲,雷尼·比尔有可能是其中的一个。赛斯暂时没有更多关于他的信息,但他发现了一些关于一命的事。

"福田一家人二战期间在一个集中营待过三年半的时间。"他告诉她。

"在哪里?"

"托帕兹,犹他州的沙漠中央。"

伊莉娜只听说过德国人在欧洲的集中营,但赛斯详细向她解释了一下,并给她看了一张日美国家博物馆①的照片。原版照片底下的说明显示那就是福田一家。他告诉她,他的助手正在托帕兹撤离者的名单上寻找他们每个人的名字和年龄。

---

① 日美国家博物馆,位于美国加利福尼亚洛杉矶的日本移民居住区,是一家关于日裔美国人历史和文化的博物馆。

囚　徒

在托帕兹的第一年，一命常常给阿尔玛寄画，但随后每次间隔的时间越来越长，因为审查者们忙不过来，不得不限制撤离者的信件数量。阿尔玛将这些画稿认真地保存了下来，它们是福田一家这段时期生活的最好见证：挤在一间简易房屋里的一家人；跪在地上，用板凳当桌子写作业的孩子；厕所门口排起的长队；打牌的男人们；在大木盆里洗衣服的女人们。被囚禁者们的照相机已经被没收了，为数不多的那些把相机藏起来的人也无法冲洗底片。只有反映托帕兹的人道主义待遇和轻松氛围的乐观主义官方照片是被允许的：孩子们在打棒球，少年们跳起流行舞蹈，早上升旗时全体齐唱国歌，而铁丝网、监视塔或者携带着战斗装备的士兵是无论如何都不能出现的。然而，有一个美国看守主动给福田一家拍了一张照片。他的名字叫博伊德·安德森，他爱上了惠子，他第一次见到她是在她当志愿者的医院里，他到那里去是因为在开一个填料肉罐头时弄伤了手。

安德森二十三岁，像他的瑞典祖先一样个子很高、皮肤苍白。他的性格单纯亲切，是仅有的几个得到了撤离者们信任的白人之一。他在洛杉矶有一个焦急地守候着他的未婚妻，但当他看到穿着白色护士服的惠子时，他的心脏狠狠跳了一下。她帮他清洗了伤口，医生给他缝了九针，然后她专业而精准地为他进行了包扎。她没有看他的脸，而博伊德·安德森则头晕目眩地看着她，完全没觉得疼。从那天起他就开始小心翼翼地追求她,因为他不打算滥用职权,但更重要的是因为跨种族通婚在白人中是被禁止的,而且为日本人所反感。惠子有一张月亮般的脸庞,走路时永远都是轻轻柔柔的,她有资格在托帕兹最讨人喜欢的男孩里进行选择,但她在那个看守身上感觉到了一种同样的禁忌的吸引,也同样在与种族主义怪胎做斗争,她乞求上天让战争结束,让她的家人回到圣弗朗西斯科,让她能够摆脱这种罪恶的精神诱惑。而与此同时,博伊德则祈祷战争永远都不要结束。

7月4日,托帕兹有一场独立日的庆祝活动,就像六个月之前的新年庆祝活动一样。上一次的庆祝活动非常失败,因为营地还处于起步时期,人们还没有心甘情愿地接受自己的囚徒处境,但到了1943年,在沙尘暴和就连蜥蜴也无法忍受的酷热之中,撤离者们尽心尽力地展现了自己的爱国主义精神,美国人们则表现出了良好的态度。大家在烤肉、国旗和圆饼之间亲切地聚集在一起,男人们甚至有啤酒喝,他们第一次能够丢开偷偷用罐头桃子发酵酿成的恶心液体。为了让指责日裔公民遭到不人道待遇的那些坏心眼的记者们闭嘴,博伊德·安德森等人被指派为庆祝活动拍摄照片。守卫借此机会让福田一家站到了镜头前面。之后他给了孝夫一张照片,然后悄悄把另一张给了惠子,与此同时他放大了自己留下的那张照片,将惠子从他们一家中间剪了出来。那张照片将一直陪伴着他;他给它装上塑封保护套,把它放在钱包里,五十二年之后它将与他一起入土。那张合照中的福田一家站在一栋黑色的矮楼前面:孝夫塌着肩膀、神情严肃,英子一副不起眼而又挑衅的样子,詹姆斯半侧着身体显得不情不愿,惠子正值灿烂的十八岁,而十一岁的一命瘦巴巴的,顶着一头刺猬似的竖起来的头发,膝盖上结了痂。

那家人在托帕兹唯一留下的照片里少了查尔斯。孝夫和英子的长子那一年已经报名参了军,因为他觉得这是他的责任,而不是像有些逃避征兵的年轻人口中的志愿兵们那样，是为了逃避被囚禁的命运。他加入了完全由"二世代"组成的步兵442军团。一命给阿尔玛寄了一幅关于他哥哥的画，画的是后者立正站在国旗前面，上面还有几行没有被删掉的字，解释这页纸上画不下另外十八个身披军装加入战斗的小伙子。他太有绘画天赋了，只用寥寥几笔就表现出查尔斯无比骄傲的表情，那是一种可以追溯到遥远过去的骄傲，追溯到从前他家族中的那些武士先辈们，他们奔赴战场的时候明知自己是回不来的，他们做好了永不投降、光荣赴死的打算；这给了他们一种超人的勇气。像往常一样检查一命的画作时，伊萨克·贝拉斯科令阿尔玛在其中看到了一种讽刺：这些年轻人主动冒着生命危险，捍卫这个将他们的家人囚禁在集中营的国家的利益。

詹姆斯·福田在他十七岁生日的当天被两个全副武装的士兵带走了，他们没有给他的家人任何理由，但孝夫和英子预感到了这起不幸，因为他们的二儿子从出生起就很不听话。自从他们被囚禁以来，他就始终是个麻烦。正如这个国家的其他撤离者一样，福田一家已经逆来顺受地接受了他们的处境，但詹姆斯和其他"二世代"，也就是日裔美国人们，一直在反抗。起初他们尽其所能地违反规定，后来就开始煽动骚乱。开始的时候，孝夫和英子将其归咎于男孩不同于他哥哥查尔斯的火爆性格，后来他们认为那是青少年的叛逆行为，最终他们觉得责任在于他交的那些坏朋友。营地主管不止一次警告过他们，他不会容忍詹姆斯的行为——他会因为打架、言行无礼和轻度破坏联邦资产而被关进单人间里以示惩罚，但他的任何行为都不足以让他被关进监狱。除了某些像詹姆斯一样的"二世代"青少年的不当言行之外，托帕兹秩序井然得堪为表率，从来没有出现过任何严重的犯罪行为；最严重的就是有一次，在一名看守杀死了一个过于靠近铁丝网又没听到让他停下的指令的老人之后,爆发了罢工和抗议活动。主管考虑到詹姆斯很年轻,而且也被博伊德·安德森暗地里帮他说的好话软化了。

政府发放过一份只能回答"是"的调查问卷。所有十七岁以上的撤离者都必须作答。那些诡诈的问题要求他们忠于美国,要求男人们加入军队去他们被派遣前往的地方作战,要求女人成为随军人员,并要求他们拒绝效忠日本帝国。对于孝夫这样的"一世代"来说,这意味着在无权获得美国国籍的情况下放弃他们自己的国籍,但几乎所有人都这么做了。因为觉得自己是美国人感到受辱而不愿意签字的,是那些年轻的"二世代"。他们被起了"不–不"的外号,被政府划为危险分子,并遭到了日本群体的谴责,后者从很久很久以前就对这种丑闻深恶痛绝。詹姆斯就是那些"不–不"之一。他的父亲在他被逮捕时羞愧难当,他把自己关在分给他们一家的那间简易屋里,只有在上公共厕所时才会出门。一命给他带饭,然后再去排第二次队领自己的饭。英子和惠子也忍受着詹姆斯带来的羞愧,她们试图继续像往常一样生活,高昂着头承受恶毒的流言蜚语,来自本国人的非难目光,以及营地管理者们的敌意。福田一家人,甚至包括一命,都被审讯过好几次,但他们没有受到实质性的迫害,这要感谢博伊德·安德森,得到升迁的他尽可能地保护了他们。

"他们会把我弟弟怎么样?"惠子问他。

"我不知道,惠子。他们可能会把他送到加利福尼亚州的图利湖,或是堪萨斯的利文渥斯堡去,这归联邦监狱局管。我估计他们直到战争结束才会把他放出来。"博伊德回答。

"这里的人说他们会像枪毙间谍一样枪毙'不–不'……"

"你别听到什么都信,惠子。"

这件事对孝夫的精神造成了无法平复的打击。在托帕兹的最初几个月里，他会参加集体活动，整天整天地在园子里种菜，用他在厨房里找到的包装箱的木头制作精致的家具。当简易屋狭小的空间里再也装不下一件家具之后，英子鼓励他为其他家庭制作家具。他尝试获得教孩子们柔道的许可，但遭到了拒绝；营地的军事主管害怕他会在学生们心中种下反抗的念头，对士兵们的安全构成威胁。孝夫私底下还是偷偷与他的儿子们一起练习柔道。他期待着他们能得到自由，他计算着过了几天、几星期、几个月，将它们标注在日历上。他不停想着与伊萨克·贝拉斯科的那个流产的鲜花和植物苗圃的梦想，想着他存下又失去的那些钱，想着他付了好几年租金又被业主收回去的那个房子。他苦涩地说，在努力、工作和履行了几十年的责任之后，他的下场是像罪犯一样被关在一道铁丝网之后。他不喜欢交际。人群，无法避免的排队，噪音，隐私的缺失，这一切都让他焦虑。

与之相反，英子却在托帕兹如鱼得水。与其他日本女人相比，她是一个不听话的妻子，她会两手叉腰与丈夫对峙，但她也曾经全心投入在家庭、孩子和讨厌的农活之中，从未怀疑过自己心中竟然住着一个沉睡的行动主义天使。在集中营里她没有时间绝望或无聊，她时时都在帮别人解决问题，为了完成貌似不可能的事情而与当权者抗争。她的儿子们被安全地关在围墙之后，她不需要看着他们，这件事自然有八千双眼睛和军队的一个分遣队来做。她最关心的事是支撑孝夫，让他不要彻底垮掉；她绞尽脑汁地给他指派任务，让他保持忙碌、没有时间思考。她的丈夫衰老了，他们之间十岁的年龄差距非常明显。简易屋营地不可避免的群居让之前缓解了他们共同生活之艰辛的热情走到了尽头，两人之间的爱也变了，它对孝夫而言变成了暴躁，对英子而言变成了耐心。由于在住在同一个房间里的孩子面前感到难为情，他们努力不在窄小的床上触碰对方，他们之间曾经有过的和谐关系就这样渐渐干涸了。孝夫将自己困在怨恨之中，而英子则发现了自己在服务和领导方面的才能。

福田惠子在不到两年间三次被人求婚,没有人理解她为何要拒绝,除了在姐姐和博伊德·安德森之间担任信使的一命。女孩的生命中有两个愿望,按照先后顺序,分别是成为医生和嫁给博伊德。在托帕兹她轻轻松松地上完了中学,带着种种荣誉毕了业,但高等教育是她无法企及的东西。国家东部的几所大学会接受少数的日裔学生,他们是在集中营最优秀的学生中被挑选出来的,还可以获得政府的助学金,但由于詹姆斯的前科给福田一家打上了耻辱的印记,她不能申请。她也不能扔下她的家人:查尔斯不在,她觉得自己对她的弟弟和父母负有责任。与此同时,她在医院里实习,那里的医生和护士是从囚犯里面招募来的。她的导师是一个叫什么弗兰克·德利略的白人医生,五十多岁,身上带着汗水、香烟和威士忌的味道。他在私人生活中一败涂地,但在工作中却是一个很有能力和奋不顾身的人,就像他说的,从第一天开始,他就将穿着百褶裙和浆过的衬衫现身医院主动要求成为学徒的惠子放到他的翅膀下面保护起来。他们两个人当时都刚到托帕兹。惠子一开始负责倒小便盆、清洗用具,但她展示出了强烈的意愿和过人的才能,于是德利略很快就将她任命为自己的助手。

"战争结束后我要去学医。"她向他宣布。

"这可能要持续比你所能等的更长的时间,惠子。我提醒你学医要花很多钱。你是个女人,而且还是个日本女人。"

"我是美国人,跟您一样。"她反驳道。

"好吧,无所谓。你就待在我身边,总能学到点东西的。"

惠子一板一眼地按他说的去做了。她在弗兰克·德利略缝合伤口、固定骨头、治疗烧伤和替人接生的时候黏着他;没有什么更加复杂的情况了,因为严重的病患会被送往德尔塔或是盐湖城的医院。她的工作让她一天中的十个小时都心无旁骛,但有些夜里她会努力和博伊德·安德森在弗兰克·德利略的掩护下一起待上一会儿,后者是除了一命之外唯一知道这个秘密的人。尽管有风险,但在幸运之神的庇护下,这对情侣还是谈了两年的秘密恋爱。尽管那个荒芜之地中没有什么藏身之处,"二世代"年轻人们还是想出了种种天才的办法来逃避父母的监管和好管闲事者的目光。不过,惠子的情况有所不同,因为博伊德不能穿着制服、戴着头盔、拿着枪,像兔子一样在稀疏的草木丛中穿梭。白人们的营房、办公室和住所,那些本可以让他们构筑爱巢的地方,全都与营地分开,要不是弗兰克·德利略的绝妙援手,她根本进不去——他不仅帮她弄到了一张通过管制的许可,还有合适的理由不在自己的房间里住。在那里,在德利略杂乱肮脏的房间里,在装满了烟屁股的烟灰缸和空酒瓶中间,惠子失去了处子之身,而博伊德到达了天堂。

父亲在一命心中牢牢种下的对于园艺的热爱在托帕兹变得越发强烈。很多之前靠种地为生的撤离者从一开始就提出要种东西,就连荒芜的环境和严酷的气候也无法让他们退缩。他们一滴一滴数着,亲手浇水,夏天用纸做的遮阳棚、冬天最冷的时候用篝火保护植物;他们就这样在沙漠中种出了蔬菜和水果。食堂里从来都不缺食物,大家可以装上满满一盘吃的,还可以再要一盘,但如果没有这些农夫的坚定决心,他们就只能吃包装食品。罐子里是长不出任何对健康有益的东西的,他们这样说。一命在上课的时候到学校里去,白天的其余时间都花在菜园里。他那个"绿手指"的外号很快取代了他的名字,因为他碰过的东西总能发芽长大。夜里,在食堂为父亲和自己排了两次队之后,他会小心翼翼地把学校里的故事和课文装订起来,它们是远方的老师寄给小"二世代"们的。他是一个乐于助人和喜欢思考的男孩,可以望着澄净天空下的黛色远山一动不动地坐上好几个钟头,迷失在自己的思绪和情感之中。大家说他有当和尚的天赋,要是在日本,他本来会成为一家寺院里的小沙弥。虽然大本教不允许传教,孝夫还是固执地向英子和孩子们宣扬自己的宗教,但热情接纳它的只有一命,因为它适合他的性格,也符合他从很小的时候起就有的想法。他与父亲和另外一个简易屋的一对夫妇一起修行大本教。营地中有佛教仪式,还有几个基督教的忏悔室,但只有他们是信大本教的。英子有时会陪伴他们,但并没有多少信仰;查尔斯和詹姆斯对他们父亲的信仰从来都不感兴趣,而惠子则在孝夫的恐惧和英子的震惊之中,成了一个基督教徒。她将其归因为一个耶稣向她显灵的启示之梦。

"你怎么知道那是耶稣?"气白了脸的孝夫斥责她。

"还有谁会戴着一顶荆棘王冠呢?"她回答他道。

她必须参加一个长老会牧师的宗教课以及一个简短的私人宣誓仪式,到场的只有好奇的一命,以及在内心最深处为那份爱情的证明而感动的博伊德·安德森。自然,牧师推断女孩的皈依与守卫的关系要比与基督教的关系更大,但他没有提出反对。赐福他们的时候他在心里问自己,这对爱人在世界上的哪个角落才能找到立足之地。

亚利桑那

1944年12月，距离最高法院就不得无故逮捕任何文化背景的美国公民发表一致声明还有短短几天的时候，托帕兹的军事主管在两名士兵的护送下，向福田英子递交了一面叠成三角的国旗，在孝夫胸前挂上了一条悬着奖章的紫色丝带。军号的悲声扼住了那些为了纪念战死的查尔斯·福田而围绕在福田一家身边的人们的喉咙。英子、惠子和一命在哭泣，但孝夫脸上的神情令人费解。在集中营里度过的这些年间，他的脸庞已经凝固成了一张骄傲但没有表情的面具；然而他萎缩的身形和忧伤的沉默出卖了这个萎靡的男人。五十二岁的孝夫身上没有留下任何一点面对植物萌发时的愉悦，温和的幽默感，对于为子女们创造一个美好未来的热情，或是他与英子之间曾经有过的克制的柔情。作为长子，查尔斯本应在他无以为继时支撑这个家庭，他的英勇牺牲成了压垮他的最后一根稻草。查尔斯与步兵442军团的其他几百个日裔美国人一起死在了意大利，那场战斗被称为"紫心勋章之战"，因为它造就了数量惊人的献给英勇之士的勋章。这个全部由"二世代"组成的军团成了美国军事史上授勋最多的军团，但对于福田一家来说这永远都无法成为一种慰藉。

1945年8月15日，日本投降，集中营开始被逐渐关闭。福田一家拿到了二十五美元和开往亚利桑那州内陆的火车票。就像其他的撤离者一样，他们将永远不会公开提起这段屈辱的岁月，因为他们的忠诚和爱国精神遭到了质疑;没有尊严的生活是没有多大价值的。没办法①。他们没有被允许回到圣弗朗西斯科,那里也没有什么召唤他们回去。孝夫已经失去了租用他之前耕种的土地和他的房子的权利;他存下的钱和伊萨克·贝拉斯科在他遭到撤离时给他的钱已经一点也不剩了。他的胸口有一台持续发出噪音的发动机,他不停咳嗽,背痛难忍,感到自己已经无法重新回到繁重的农活中去了,但那又是像他这样处境的男人唯一能做的工作。以他冷漠的态度看来,他家人的贫困处境没什么大不了的;悲伤已经将他变成了一个无动于衷的人。如果不是一命殷切地坚持让他吃饭、陪伴着他,他会躲到一个角落里抽烟抽到死,而他的妻子和女儿却在一家工厂长时间做工,勉强维持一家人的生计。"一世代"终于可以拿到国籍了,但就连这件事也没能让孝夫振作起来。三十五年来他一直渴望能够拥有与任何一个美国人相同的权利,现在这个机会出现在他面前,而他唯一想做的却是回到日本——他战败的祖国——去。英子尝试带他去国家移民局登记,但最后只有她一个人去了,因为她丈夫只说了几句话,全都是在咒骂美国。

惠子不得不再一次推迟了自己学医的决定和结婚的幻想,但搬去洛杉矶的博伊德·安德森一刻也没有忘记惠子。几乎所有各州都取消了禁止跨种族通婚和同居的法律,但他们这样的结合依然会是一个丑闻;他们两个人谁也没敢向父母坦白他们已经在一起三年了。这对福田孝夫来说将会是一个灾难:他永远不会接受自己的女儿与一个白人在一起,更何况那个白人还曾经在他被关犹他州时在铁丝网边巡逻。他将被迫放弃这个女儿,同时也将失去她。他已经在战争中失去了查尔斯,也失去了詹姆斯——他被遣送回日本,孝夫没指

---

① 原文为日语。

望能再有他的消息。博伊德·安德森的父母是第一代瑞典移民，住在奥马哈，之前经营着一家乳制品店，直到在三十年代破了产，最后到一处墓园去当了管理员。他们是绝对正派的人，非常信教，对于种族问题很宽容，但他们的儿子在惠子接受结婚戒指之前是不会在他们面前提到她的。

每个星期一，博伊德都会开始写一封信，之后每天都会添上几段，他的灵感来自《写情书的艺术》，这本手册在从战场上返回的士兵们中间非常流行，因为他们都把未婚妻留在了异地。到了星期五，他会把信投进信箱。每个月的两个星期六，这个井井有条的人会坚持给惠子打电话，但并不是每次都能打通。星期天的时候，他则会去跑马场赌马。他缺少赌鬼那种无法抗拒的瘾头，时好时坏的运气让他竞争，并且会加剧他的胃溃疡，但他偶然发现了自己在赛马比赛中的好运气，并利用这一点增加他微薄的收入。夜里他学习机械，打算退伍后在夏威夷开一间修理厂。他觉得那是他们最好的安居乐业之处，因为那里有许多从屈辱的囚徒生活中解脱出来的日本人，尽管日本的袭击就是在那个地方发生的。博伊德在信中努力说服惠子夏威夷有很多优点，他们可以在一个没有那么多种族仇视的环境中抚养他们的孩子，但她想的不是孩子。惠子与几个中国医生保持缓慢和持续的通信联系，希望了解学习东方医学的途径，因为西方医学将她拒之门外了。她很快就会发现在这个问题上，正如她的导师弗兰克·德利略曾经提醒过她的那样，她身为女人和日裔这件事是一个无法克服的阻碍。

一命在十四岁时进入了中学。由于孝夫陷入忧伤之中无法自拔，而英子连四个英语单词都不会说，惠子就变成了她弟弟的代理人。帮他报名那天，她以为一命会把那里当成自己家，因为那里有像托帕兹一样丑陋的建筑和不友好的土地。学校校长布洛迪小姐接待了他们,她曾经在战争年代坚持说服政客和民众,日本家庭的孩子们应该像所有美国人一样拥有接受教育的权利。她曾经收集了成千上万本书,将它们寄往集中营。一命曾经装订过其中的好几本,并且记得清清楚楚,因为每一本的封面上都有布洛迪小姐的留言。男孩把这位好心的女士想象成灰姑娘故事里的仙女,而出现在他面前的是一个结实的女人,有着樵夫的胳膊和小贩的嗓门。

"我弟弟功课有些落后。他不太会读也不太会写,算数也不好。"惠子红着脸对她说。

"那你擅长做什么呢,一命?"布洛迪小姐直截了当地问男孩。

"画画和种植。"一命小声回答,他的目光盯在自己的鞋尖上。

"太棒了!我们这里正好需要这个!"布洛迪小姐欢呼。

第一个星期里,其他的孩子们用针对日本人的外号对一命进行了狂轰滥炸,这些外号在战争期间广为流传,但他却没有在托帕兹听到过。男孩也不知道日本人比德国人还要招人恨,更没见过亚洲人以一种堕落和凶残的形象出现的插画故事。他以自己一贯的平静承受了嘲笑,但当第一次有个大个子把手放到他身上的时候,他在空中翻了一个从父亲那里学会的带有柔道诀窍的跟斗,正是多年前他用来向纳撒尼尔·贝拉斯科展示武术能力的那一招。他被送到了校长办公室接受惩罚。"干得好,一命。"这是她唯一的评论。在那次精湛的技巧展示之后,他得以在这所公立学校平平安安地上了四年学。

我去亚利桑那州的普雷斯科特看望了布洛迪小姐。很多她从前的学生聚在一起，庆祝她的九十五岁生日。对于她的年龄来说她的状态很好，我跟你说，她一看到我就把我认出来了。你想象一下吧！她经手过多少个孩子？她怎么能把他们全都记住？她记得我为学校的庆祝活动画布告，还有我星期天的时候在她的花园干活。我是那所中学里最糟糕的学生，差得要死，但她会送分给我。多亏了布洛迪小姐，我才没有成为一个彻底的文盲，现在我才能写信给你，我的朋友。

我们没能见面的这一周太漫长了。雨水和寒冷都让它变得特别忧伤。我也没能找到栀子花寄给你，真抱歉。请给我打电话吧。

一命
2005年2月16日

波 士 顿

分别的第一年,阿尔玛一直在等一命的信,但随着时间的流逝,她习惯了朋友的沉默,正如她习惯了她的父母和哥哥的沉默。她的姨父姨母努力保护她不被新近来自欧洲的噩耗所影响,尤其是关于犹太人命运的那些。阿尔玛会问起她的家人,她不得不接受一些天马行空的答案,它们让战争有了一种与她曾经与一命在花园凉亭里读过的亚瑟王传说那样的色彩。据莉莉安姨妈说,之所以没有信来,是因为波兰的邮局出了问题,而至于她的哥哥萨穆埃尔那边,则是因为英格兰的安全措施。莉莉安说,萨穆埃尔在皇家空军肩负着至关重要而危险的秘密任务;他不得不完全隐姓埋名。何必要告诉她的外甥女,她哥哥已经与他的飞机一起坠落在法国了呢。伊萨克用大头针在一张地图上做标记,向阿尔玛展示军队的前进和撤退,但却没有勇气告诉她关于她父母的真相。自从门德尔夫妇被剥夺了财产、被困在华沙糟糕透顶的犹太人区以来,他再也没有过他们的消息。伊萨克向尝试帮助犹太人区的各种组织大力捐款,他知道1942年7月到9月之间,遭到纳粹分子放逐的犹太人数量超过了二十五万;他也知道每天都有几千人死于营养不良和疾病。将犹太人区与城市的其他区域隔离开来的那堵墙上装着铁丝网,但它并不是完全密不透风的;就像有些食物和违禁药品可以进去,濒临饿死的孩子们的恐怖照片可以出来一样,存在一些传递信息的办法。既然所有用来寻找阿尔玛父母的资源都毫无结果,既然萨穆埃尔的飞机已经爆炸了,唯一可能的猜测就是他们三个人都已经死了,但只要没有无可辩驳的证据,伊萨克·贝拉斯科就会避免让自己的外甥女承受这份痛苦。

有一段时间,阿尔玛似乎适应了她的姨父姨母、她的表哥表姐和海崖的家,但正处于青春期的她重新变回了刚到加利福尼亚时的那个沉默寡言的小女孩。她发育得很早,而第一次的荷尔蒙冲击恰好赶上了一命无限期的消失。当他们带着通过精神交流和邮件保持联系的承诺分别时,她十岁;当来信变得愈来愈少时,她十一岁;当距离变得无法跨越,她对失去一命这件事认了命的时候,她十二岁。她一声不吭地在一所她憎恶的学校里完成自己的任务,像那个领养了她的家庭所期望的那样行为处事,努力不引起大家的注意以回避感性的问题,因为它们会掀起她心中所埋藏的叛逆和痛苦的风暴。纳撒尼尔是唯一一个她不会用无可指责的表现欺骗的人。男孩有一种直觉,可以猜出他的表妹什么时候会把自己关进衣柜里,这时他就会从房子的另一端踮着脚尖走过来,为了不吵醒他耳朵很灵又睡得很浅的父亲,他低声恳求着把她从藏身之处带出来,把她放到床上盖好被子,陪在她身边一直到她睡着。他也在生活中过得如履薄冰,内心藏着一场风暴。他数着自己还有几个月才能上完中学,到哈佛去学习法律,因为他从没想过要反对他父亲的计划。他的母亲希望他去上圣弗朗西斯科法学院,而不是到大陆的另一端去上学;然而伊萨克·贝拉斯科认为男孩应该远远离开,就像自己在他这个年纪的时候所做的那样。他的儿子应该成为一个负责而善良的人,一个受人尊敬的人。

阿尔玛将纳撒尼尔离家去哈佛上学的决定视为对她本人的伤害,把表哥也加到了抛弃她的人的名单上:先是她的哥哥和她的父母,然后是一命,现在是他。她认定她命中注定要失去自己最爱的那些人。她像第一天在圣弗朗西斯科码头时那样,固执地跟着纳撒尼尔。

"我会给你写信的。"纳撒尼尔向她保证。

"一命也这么跟我说过。"她愤怒地回答。

"一命在一个禁闭营地,阿尔玛。我会在哈佛。"

"那还更远呢,不是在波士顿吗?"

"我每个假期都会到这里来跟你一起过,我保证。"

当他为旅行做准备的时候,阿尔玛就像影子一样跟着他在家里走来走去,找各种借口阻拦他,而当这一切都没有结果时,她开始寻找不再那么爱他的理由。八岁时她曾经像一个孩子那样热烈地爱上了一命,像一个老人那样宁静地爱上纳撒尼尔。他们两个人在她心里具有不同的功能,而且同样不可或缺;她清楚地知道没有一命也没有纳撒尼尔她是活不下去的。对前者她爱得热切,需要时时刻刻都看着他,与他追追打打地跑到海崖那一直延伸到海边的花园里,那里到处都是绝佳的藏身之处,让他们共同发掘出爱抚这种从不出错的语言。自从一命去了托帕兹,她就靠花园里的回忆和她的日记活着,日记每一页的边边角角上都用小字写满了叹息。她在这个年纪已经显出了对于爱情的执着狂热。而对纳撒尼尔,她从来没想到过要跟他一起躲在花园里。她满怀嫉妒地爱着他,认为自己比任何人都要更了解他,他把她从衣柜里救出来的那些晚上,他们曾经手拉着手一起入睡,他是她的心腹,她的密友。当她第一次在内裤上发现深色血迹的时候,她吓得发抖,等着纳撒尼尔从学校回来,把他拉到厕所里,给他看她下体在流血的确凿证据。纳撒尼尔大概知道原因,但却不知道该如何应对,他不得不去问他的母亲,因为阿尔玛不敢。女孩身上发生的一切他都知道。她给过他她的生活日记的钥匙,然而他不用去看就已经一清二楚了。

阿尔玛比一命早一年从中学毕业。那时他们已经彻底失去了联系，但她依然觉得他就在那里，因为她日记里从不间断的独白是写给他的，她这样做更多是出于忠诚，而不是思念。她已经接受了自己不会再见到他这件事，但由于没有别的朋友，她心中除了对花园里秘密游戏的回忆之外，还怀有一种悲壮的爱意。当他像一个壮丁那样每天顶着烈日在一块甜菜地里劳作时，她不情不愿地参加了莉莉安强迫她参加的社交首秀舞会。有一些聚会是在她姨父姨母的宅邸里举行的，另外一些则是在皇宫酒店内部的庭院里，它有五十多年的历史，有着华美的玻璃天花板、巨大的水晶灯和种在葡萄牙瓷花盆里的热带棕榈树。莉莉安肩负起了帮她觅得佳婿的责任，她觉得这要比把她不太讨人喜欢的女儿嫁出去更容易，但却发现阿尔玛会破坏她最完美的计划。伊萨克·贝拉斯科很少干预家中女人们的生活，但这一次他无法保持沉默了。

"这种到处钓金龟婿的行为太卑鄙了，莉莉安！"

"你太天真了，伊萨克！要不是我妈妈给你嘴边放了个鱼饵，你以为你会跟我结婚吗？"

"阿尔玛是个小女孩。法律应该禁止人们在二十五岁之前结婚。"

"二十五岁！这个年纪在哪儿都找不到像样的人，伊萨克，他们全都被抢光了。"莉莉安跟他吵了起来。

外甥女想到远方去上学，而莉莉安最终让步了；一两年的高等教育能包装任何人，她心想。他们同意阿尔玛到波士顿的一所女子学院去，纳撒尼尔也在那里，可以保护她免受那座城市的危险和诱惑。莉莉安不再给她介绍潜在的结婚对象，转而开始准备必要的嫁妆，包括盘子一样圆的裙子、套装背心和冰激凌色的安哥拉羊毛衫，因为尽管它们一点也不适合她这样一个长手长脚、五官立体的女孩,但却正当流行。

尽管她的姨母担心不已,到处寻找同样去往这个方向的人,希望将外甥女交到一个正派的人手里,女孩还是坚持要独自出门。她搭乘布兰尼夫航空公司的航班到了纽约,然后将从那里乘火车前往波士顿。一下飞机她就在机场见到了纳撒尼尔。他的父母发电报通知了他,于是他决定来等她,陪她一起坐火车。带着自从纳撒尼尔最后一次造访圣弗朗西斯科以来积累了七个月的那份亲密,这对表兄妹彼此拥抱,然后着急地互相告知关于家人的消息,与此同时,一个身穿制服的黑人行李工用一辆小车推着行李,跟着他们去到出租车那里。纳撒尼尔数了数行李和帽盒,问他的表妹是不是带了衣服来卖。

"你不能批评我,你从来都是个公子哥儿。"她争辩道。

"你有什么打算,阿尔玛?"

"就是我在信里跟你说的那些,表哥。你知道我喜欢你的父母,但我在那个家里要憋死了。我必须自力更生。"

"我看出来了。用我爸爸的钱吗?"

阿尔玛没想到这个细节。自力更生的第一步是拿到一个随便什么学位。她的爱好还有待确定。

"你妈妈到处给我找丈夫呢。我不敢告诉她我要跟一命结婚。"

"赶紧醒醒吧,阿尔玛,一命从你生命里消失已经十年了。"

"八年。不是十年。"

"把他从你脑袋里弄出去。哪怕几乎不可能的事情真的发生了,他重新出现而且对你有兴趣,你也非常清楚你是不能跟他结婚的。"

"为什么?"

"什么为什么?因为他属于另一个种族,另一个社会阶级,另一种文化,另一种宗教,另一个经济水平。你还需要更多理由吗?"

"那我就一辈子当个老处女。你呢,你爱上什么人了吗,纳特?"

"不,但如果我有的话,你会是第一个知道的。"

"最好是这样。我们可以假装我们是情侣。"

"为了什么?"

"为了让所有接近我的傻瓜气馁。"

女孩在最近的几个月里改变了自己的外表:她已经不再是一个穿短袜的女学生了,新的着装让她有了一种优雅女人的感觉,然而作为她存放秘密的树洞的纳撒尼尔,却没有被香烟、海蓝色的套装或是樱桃红的帽子、手套和皮鞋所打动。阿尔玛依然是一个任性的小女孩,她被纽约的人潮和喧嚣吓到了,紧紧抓着他,一直到进了自己的酒店房间才松手。"你留下来跟我一起睡吧,纳特。"她恳求他,带着她幼年躲在衣柜里抽噎时的那种惊恐表情,但他已经不再天真了,而现在跟她睡觉有了另一种意味。第二天他们拖着杂七杂八的行李,乘火车到了波士顿。

在阿尔玛的想象中,波士顿的学院会是一个比她唉声叹气上完的那所高中更为自由的所在。她迅速准备好了把自己的嫁妆拿出来,与纳撒尼尔一起在这座城市的咖啡馆和酒吧里游戏人生,并且在空余时间上些课,以免辜负她的姨父姨母。她很快就将发现没有人会看她,比她更加复杂的女孩成百上千,她表哥总有借口放她鸽子,而且她根本没有做好准备面对学业。她的室友是一个来自弗吉尼亚州的矮胖姑娘,一有机会就向她展示《圣经》里证明白人高人一等的证据。黑人、黄种人和红皮肤的人是猴子的后代;亚当和夏娃是白人;耶稣可能是美国人,她无法确定。她说,她不同意希特勒的所作所为,但必须承认他在犹太人的事情上做得并不是没有道理:他们是一个该下地狱的种族,因为他们杀死了耶稣。阿尔玛要求把她换到另一个房间去。这件事花了两周才办完,而她的新室友是一个各式怪癖和恐惧症的集大成者,但至少不是个反犹太分子。

女孩在迷茫之中度过了头三个月,她就连吃饭、洗衣服、交通或上课时间这样最简单的事情都搞不明白;过去,这些事情一开始是由她的家庭女教师处理的,后来轮到了忘我的莉莉安姨妈。她从来没有自己铺过床或是熨过一件衬衫,这些事有家政女工会做;她也从来不用束手束脚地花钱,因为在她姨父姨母家里是没人谈钱的。当纳撒尼尔告诉她,她分到的生活费里不包括下馆子、喝茶、做指甲、剪头发或做按摩的钱时,她大吃一惊。她的表哥每周会出现一次,手里拿着本子和笔,教她为自己的开支记账。她保证自己会有所改正,但下一个星期又会欠钱。在这个壮丽而高傲的城市里,她觉得自己是一个异乡人;她的女同学们排挤她,男孩子们看不起她,但这些她都没在信里跟她的姨父姨母承认过,而每次纳撒尼尔建议她回家去时,她都会说,无论什么都比夹着尾巴回去的那份屈辱好。她会把自己关在浴室里,就像以前把自己关在衣柜里一样,打开淋浴喷头,用水声掩盖她诅咒自己的坏运气的那些粗话。

11月,沉沉的冬天完全压住了波士顿。阿尔玛在华沙度过了生命的前七个年头,但她不记得那里的气候如何了;她完全没有准备好面对接下来的几个月。在冰雹、大风和降雪的摧残下,城市失去了颜色:光线消失了,所有一切都变成了灰色和白色。人们在室内生活,瑟瑟发抖,尽可能地靠近暖气片。无论阿尔玛穿多少衣服,只要一出门,寒冷就会撕开她的皮肤,刺穿她的骨头。她的手和脚因为长了冻疮而变得红肿,她的咳嗽和感冒从来没有好过。早上的时候她不得不汇集所有的意志力才能从床上爬起来,像因纽特人那样把自己包裹得严严实实，迎着恶劣的天气，从学校里的一栋楼走到另一栋楼——她必须贴着墙以免被风吹倒，拖着双脚在冰上行走。街道变得难以通行，清晨时车辆被雪堆压在下面，它们的主人不得不用尖镐和铲子清雪；人们缩着身子，包裹在羊毛和皮草中行走；孩子、宠物和鸟儿都消失了。

然后，当阿尔玛终于接受了自己的失败，向纳撒尼尔承认她准备好给姨父姨母打电话、请求他们将她从这个大冰柜里解救出去时，她第一次遇见了薇拉·诺伊曼，她是一个视觉艺术家和企业家，曾经用丝巾、床单、桌布、盘子、衣服，总之可以作画或印刷的任何东西，将她的艺术带到普通大众面前。薇拉在1942年注册了自己的品牌，在短短几年间就开创了一个市场。阿尔玛隐约记得莉莉安姨妈与她的朋友们比赛，看看谁能第一个买到薇拉每一季新设计的丝巾或连衣裙，但却对这位艺术家一无所知。为了避免在两节课之间挨冻，她一时冲动参加了她的一次讲座，坐在一个座无虚席的大厅的最后，那里的墙壁上挂着手绘面料。这些墙壁俘获了所有从波士顿的冬天里逃走的颜色，它们大胆、任性、美不胜收。

观众们站起来用掌声欢迎了演讲者，而阿尔玛又一次了解了自己有多么无知。她没有想到莉莉安姨妈那些丝巾的设计者会是个名人。薇拉·诺伊曼的外表并不摄人，她身高一米五，而且是个害羞的人，躲在一副深色镜框、遮住了半张脸的大眼镜后面，但只要她一开口，就不会有人怀疑她是个巨人。阿尔玛几乎看不到讲台上的她，但却能听见她的每一句话，她觉得自己的胃缩成了一个拳头。她有一种清晰的直觉，这是她生命中决定性的一刻。在一小时十五分钟的时间里，这个古怪、聪慧、女权主义的矮个子女人用自己不知疲倦的旅行中的故事震撼了观众，那些旅行是她好几个系列的灵感之源：印度、中国、危地马拉、冰岛、意大利以及地球上的其他地方。她说到了自己的哲学,她使用的技术,她作品的商业化和传播,她一路走来克服的阻碍。

那天夜里阿尔玛打电话给纳撒尼尔,激动地大喊着向他宣布了自己的未来:她要追随薇拉·诺伊曼的脚步。

"谁的脚步?"

"设计你父母的床单和桌布的那个人,纳特。我不想继续浪费时间去上那些对我来说一点用也没有的课了。我已经决定要在大学里学习设计和绘画。我会去参加薇拉的培训班,然后我要像她一样环球旅行。"

几个月之后,纳撒尼尔结束了法律系课程,回到了圣弗朗西斯科。尽管莉莉安姨妈向阿尔玛施压,让她回加利福尼亚,她却没有跟他一起回去。她在波士顿坚持了四个冬天,不知疲倦地画画,再也没有提起那里的气候。她画不出一命那种流畅的线条,也无法像薇拉·诺伊曼那样大胆用色,但她决心用良好的品位取代天赋上的不足。那时候她对于自己继续前进的方向已经有了明确的想法。她的设计将会比薇拉的更为高雅,因为她并不打算满足大众的喜好,在商业方面获得成功,而是为了享受而创作。她从未想过要为了维持生计而工作。不是什么十美元的丝巾或是批发的床单和餐巾;她只会画或印一定数量的成衣,只用最上等的丝绸,每一件都将签上她的名字。从她手中诞生的东西将是如此独特而昂贵,莉莉安姨妈的朋友们会为此抢破头。那些年里,她战胜了那座威严的城市给她带来的麻痹感,她学会了出行,学会了喝鸡尾酒时不要完全昏了头,也学会了交朋友。她觉得自己太波士顿了,以至于回到加利福尼亚度假时,她以为自己到了另一片大陆上的一个落后国家。她也在舞池里有了仰慕者,她幼时与一命的疯狂练习在那里显出了效果。在一次野餐会上的草丛后面,她还第一次有了婚前性行为。这平息了她过去二十年里的好奇心和处女情结。之后她与不同的年轻人有过两三次类似的体验，但都没什么值得记住的，它们让她越发坚定了要等一命的决心。

复　活

　　距离毕业还有几星期时,阿尔玛打电话给圣弗朗西斯科的纳撒尼尔,商量贝拉斯科一家到波士顿来的细节问题。她是家族中第一个将要获得学士学位的女人,而她毕业于设计与艺术史这个相对冷门的专业也无损其价值。就连玛莎和萨拉也会参加她的毕业典礼,部分原因是她们想要之后继续去纽约购物,然而她的姨父伊萨克将会缺席——他因为患有心脏病而无法坐飞机。姨父打算不遵医嘱,因为阿尔玛在他心中的地位要超过他自己的女儿,但莉莉安不允许他这么做。在与表哥的交谈中,阿尔玛随口告诉他,她有好几天都觉得自己被监视了。她说,她没太在意,那很可能是她想象出来吓唬自己的,毕业考试让她很紧张,但纳撒尼尔坚持要了解细节。她接到过几个匿名电话,有人——一个外国口音的男人——问她是不是阿尔玛,然后立刻就挂掉了;被人监视和跟踪的不自在的感觉;一个男人在她的女同学中间调查关于她的事,根据她朋友向她描述的情况,他似乎就是那个她几天前在上课前、在走廊上、在大街上见过好几次的人。作为一个多疑的律师,纳撒尼尔建议她采取合法的预防措施,书面提醒学校里的警察局:如果有什么事发生,这将能证明她的怀疑。他还嘱咐她夜里不要一个人出去。阿尔玛没有理会他。

　　那正是学生们为了告别大学而举行各种古怪聚会的时候。在音乐、酒精和舞蹈之中,阿尔玛忘记了那个她想象中的邪恶影子,直到毕业典礼之前的那个周五。她在一个无法无天的聚会上度过了大半个晚上，喝了太多的酒，全靠可卡因保持清醒，对这两样东西她都很敏感。凌晨3点，一群吵闹的年轻人开着一辆敞篷车，在她宿舍前面放下了她。阿尔玛根本站不稳，披头散发，手里拿着鞋，在钱包里找钥匙，可是她还没找到就跪倒了，一直吐到肚子里没东西了才停下来。她又干呕了好一会儿，泪水从脸上流下来。最后她试图站起来，身上被汗水浸得湿透，胃里阵阵痉挛，一边哆嗦一边痛苦地呻吟。突然，有两只手一把攥住了她的胳膊，她觉得自己被架着站了起来。"阿尔玛·门德尔，你应该觉得羞愧！"她没有认出电话里的那个声音。她弯下腰，再一次犯了恶心，但那两只手把她抓得更紧了。"放开我，放开我！"她一边蹬腿一边嘟囔。脸上挨的一记巴掌让她找回了一点理智，她看到了一个男人的身影，一张布满伤疤似的线条的深色脸庞，一个刮了胡子的脑袋。她无法解释地感到了一阵强烈的轻松，她闭上眼睛，任由自己陷入了糟糕的酒醉以及置身于这个刚刚打过她的陌生人铁一般的臂膀间的风险之中。

周六早晨7点，阿尔玛醒来时发现自己裹在一床硬得刮到她皮肤的毯子里，躺在一辆汽车的后座上。她身上有呕吐味、尿味、烟味和酒气。她不知道自己在哪里，也完全不记得前一天夜里发生了什么。她坐起来，试图想要整理一下衣服，这时她意识到自己的连衣裙和衬裙都不见了，只穿着胸罩、内裤和吊袜带，丝袜破了，光着脚。她的脑袋里有猛烈的钟声不停在响，她觉得冷，嘴巴很干，而且非常害怕。她再次躺下了，蜷缩起身体，一边抱怨一边叫纳撒尼尔的名字。

过了一会儿她觉得有人在摇晃她。她吃力地睁开眼睛，努力集中视线，隐约看见一个男人的侧影，他打开了车门，朝她弯下腰。

"咖啡和阿司匹林。这能让你舒服一点。"他一边说一边递给她一个纸杯和两粒药丸。

"别管我，我要走了。"她硬邦邦地回答，努力想要坐起来。

"你这个样子哪里也不能去。你的家人再过几个小时就来了。毕业典礼是明天。把咖啡喝了。如果你想知道的话，我是你的哥哥萨穆埃尔。"

死于法国北部十一年之后，萨穆埃尔·门德尔就这样复活了。

战争结束后，伊萨克·贝拉斯科曾经得到过确凿无疑的证据，证明阿尔玛的父母在波兰北部特雷布林卡附近的一个纳粹灭绝营中遭受了怎样的命运。苏联人没有如美国人在其他地方所做的那样留下营地解放的资料，官方对于这个地狱中所发生的事言之甚少，但犹太事务局①估计，1942年7月到1943年10月之间有八十四万人在那里丧命，其中八十万是犹太人。至于萨穆埃尔·门德尔，伊萨克查到他的飞机坠毁在法国的德战区，英国军方的记录显示没有幸存者。那时候，阿尔玛已经很多年没有关于她家人的消息了，她在姨父确认消息很久之前就认为他们已经死了。得知这件事时，阿尔玛没有像大家预想的那样为他们哭泣，因为那些年她一直在如此努力地练习如何控制自己的感情，以至于已经失去了表达它们的能力。伊萨克和莉莉安认为有必要为这场悲剧画上句号，于是带着阿尔玛去了欧洲。在萨穆埃尔飞机坠毁的那个法国村庄的墓园里，他们放上了一块写着他的名字和生卒日期的纪念牌。他们没有从苏联人手里拿到去往波兰的许可，阿尔玛要在很久之后才会进行这次朝圣之旅。战争已经在四年前结束了，然而欧洲依然是一片废墟，到处都游荡着背井离乡、寻找家园的人们。阿尔玛的结论是，为了回报作为家中唯一幸存者的这份幸运，她需要不止一辈子。

---

① 犹太事务局，犹太人非营利性机构，成立于1929年。

在那个陌生人声称自己是萨穆埃尔·门德尔所带来的震撼中,阿尔玛从汽车后座上站起来,三口就吞下了咖啡和阿司匹林。那个男人不像她在格但斯克码头告别时有着红润脸颊和顽皮神情的年轻人。她真正的哥哥是这个模糊的回忆,而不是她眼前这个男人——他瘦削干瘪,目光冷硬,语气残忍,被日光晒伤了皮肤,脸上刻着深深的皱纹和几道伤口。

"我怎样才能知道你是我的哥哥?"

"你不能。但如果我不是,我就是在跟你浪费时间。"

"我的衣服在哪儿?"

"在洗衣房。它们再过一个小时会洗完。我们有时间说说话。"

萨穆埃尔告诉她,他的飞机坠毁时,他看到的最后一个场景是上下颠倒、不停旋转的世界。他很肯定自己没来得及跳伞,因为那样的话他就会被德国人发现,他也没法解释自己是如何在爆炸和发动机的大火之中幸免于难的。他猜测自己在下坠时从座位上被弹出去了,然后落到树冠上被挂住了。敌方的巡逻队在找到他的副驾驶员的尸体之后就没有再继续搜索了。他是被法国抵抗运动的几名成员救出来的,身上有多处骨折,而且失忆了;发现他割过包皮之后,他们把他交给了一个犹太人抵抗队伍。这支队伍将他藏在山洞、马厩、地下室、废弃工厂和乐意伸出援手的好心人家里好几个月,频繁地从一个地方换到另一个地方,直到他断掉的骨头长好,不再是一个累赘,可以作为战士加入那个队伍。他糊里糊涂的大脑恢复得要比骨头慢得多。通过他被发现时身上穿的制服,他知道自己来自英格兰。他能听懂英语和法语,但回答时用的却是波兰语;他要过好几个月才能回想起他会说的其他语言。因为不知道他的名字,他的同伴们给他起了个外号叫"刀疤脸",原因是他脸上有疤,但他决定叫自己"冉阿让",就像他在恢复期间读的那本雨果小说里的主人公一样。他与同伴们在一场看似没有尽头的由小规模战斗组成的战争中并肩作战。德国军队是如此高效,如此骄傲,如此贪婪地渴望着力量和鲜血,以至于萨穆埃尔队伍的破坏行动根本无法撕开这头怪物的铁甲。他们活在阴影之中,像绝望的老鼠一样逃窜,始终有一种挫败和无力感,但他们依然继续前进,因为他们别无他法。他们只用一个词彼此问候:胜利。他们也以同样的方式道别:胜利。结局是可以预见的:他在一次行动中被捕,被送往奥斯维辛。

战争末期,在集中营幸存下来之后,"冉阿让"成功地秘密坐船去了巴勒斯坦,尽管控制该地区的英国努力阻止,以免造成与阿拉伯人的冲突,犹太难民依然如潮水般涌向那里。战争将他变成了一头从不放松警惕的孤狼。他与偶遇的女人们随意厮混,直到其中的一个女人,一位同为他所加入的以色列特务机构摩萨德效力的胆大心细的女调查员,告诉他他要当父亲了。她的名字叫安娜特·拉科西,与她的父亲一起从匈牙利移民到那里,他们是一个人数众多的大家庭仅有的幸存者。她与萨穆埃尔保持着一种亲切的关系,既不浪漫也没有未来,这对他们两人来说都很舒服,若不是她意外怀孕,它是不会发生改变的。安娜特以为自己在经历了饥饿、殴打、强奸和药物"实验"之后已经失去了生育能力。在确认让她的肚子大起来的不是一个肿瘤而是一个孩子之后,她将它归结为上帝的一个玩笑。她直到第六个月才把这件事告诉她的爱人。"天哪!我还以为你终于胖了一点!"他是这么说的,但却无法掩饰自己的激动。"我们要做的第一件事是查清楚你是谁,这样小家伙才能知道他自己是从哪里来的。阿让这个姓是假的。"她抗议道。他将寻找自己身份的决定推迟了一年又一年,但安娜特立刻投入了这项工作,带着与她为摩萨德寻找逃脱了纽伦堡审判的纳粹战犯的藏身之处时一模一样的那份坚韧。她从萨穆埃尔在停战前的最后一站奥斯维辛开始,然后一步步按图索骥。她挺着大肚子去了法国,与为数不多的还留在那个国家的几个犹太抵抗组织成员之一交谈,后者帮他找到了救出那架英国飞机驾驶员的那些战士;这并不容易,因为战争结束后,所有法国人都成了抗争的英雄。安娜特最后到伦敦查阅皇家空军的文件,在那里找到了好几张与她爱人有某种相似之处的年轻人的照片。再也没有其他事情让她如此坚持了。她打电话给他,给他念了五个名字。"有哪个名字让你觉得熟悉吗?"她问他。"门德尔!我能肯定。我姓门德尔。"他回答,几乎无法抑制卡在喉咙里的哽咽。

"我儿子四岁了,他跟我们的父亲一样名叫巴茹。巴茹·门德尔。"萨穆埃尔与阿尔玛一起坐在汽车后座上,这样告诉她。

"你跟安娜特结婚了吗?"

"没有。我们正尝试住在一起,但这并不容易。"

"你知道我的消息已经有四年了,而你直到现在才想到要来看我?"阿尔玛责备他。

"我来找你干什么?你认识的那个哥哥已经在一次空难中死掉了。那个在英格兰入伍成为飞行员的男孩已经完全消失了。我知道这段故事,因为安娜特一直不停地重复它,但我并不觉得那是我的故事,这是一个空洞的故事,毫无意义。事实上我不记得你,但我能肯定你是我的妹妹,因为安娜特在这种事情上是不会犯错的。"

"我的确记得我曾经有一个会跟我一起玩、会弹钢琴的哥哥,但你不像他。"

"我们有好几年没见了,我告诉过你,我不一样了。"

"你为什么决定现在过来?"

"我不是为你来的,我在执行一项任务,但我不能谈这个。我之所以借这次旅行的机会来到波士顿是因为安娜特觉得巴茹需要一个姑姑。安娜特的父亲几个月之前去世了。她和我的家庭中都没有什么人留下来了,只有你。我不打算强加给你任何事,阿尔玛,我只是想让你知道我还活着,还有,你有一个侄子。安娜特给你带了这个。"他说。

他递给她一张小男孩与他的父母的彩色照片。安娜特·拉科西坐着,怀中抱着她儿子;那是一个很瘦的女人,脸色苍白,戴着一副圆眼镜。他们身边是同样坐着的萨穆埃尔,胳膊交叉抱在胸前。男孩五官立体,继承了他父亲的深色卷发。萨穆埃尔在照片后面写了一个特拉维夫的地址。

"来看我们吧,阿尔玛,你可以认识巴茹。"从洗衣店取回衣服、开车将她送回宿舍,与她道别时,他这样对她说。

福田之刀

福田孝夫的濒死状态持续了好几个星期。他的肺部被癌细胞侵蚀了,呼吸时会像一条离开了水的鱼那样发出鼾息声,但却迟迟没有死去。他几乎说不了话,而且他太虚弱了,想要靠写字进行交流的尝试根本无济于事,因为他肿胀发抖的双手无法描画出精细的日本字。他拒绝进食,他的家人或护士一不注意就要使用管饲。他很快就陷入了深度昏睡,但与母亲和姐姐轮流在医院陪伴他的一命知道他是有意识的,而且很痛苦。他给他垫枕头让他保持半坐的姿势,为他擦汗,用护肤霜涂抹他干燥得呈鳞片状的皮肤,在他的舌头上放上小冰块,给他讲关于植物和花园的事。有一次只有他们两个人的时候,他注意到父亲的嘴唇一直在动,口型像是在说一个香烟品牌的名字,但他在这种情形下还想吸烟的这个想法实在太无厘头了,于是他排除了这种可能性。他整个下午都在试图理解孝夫想要告诉他的话。"森田景美?您说的是这个吗,爸爸?您想见她?"他最后问他。孝夫用他仅剩的一点力气点点头。她是大本教的精神领袖,一个据说能与灵魂交流的女人,一命认识她,因为她经常来与这些信奉她宗教的小社群见面。

"爸爸想让我们叫森田景美来。"一命对惠子说。

"她住在洛杉矶,一命。"

"我们还有多少钱?我们可以帮她买机票。"

森田景美到的时候,孝夫已经不会动,也睁不开眼睛了。唯一显示他活着的信号是呼吸机的呼呼声;他悬在生死边缘,等待着。惠子从工厂的一位女同事那里借了车,到机场去接女祭司。那个女人像一个穿着白色睡衣的十岁孩子。她满头的白发、伛偻的肩膀和拖着双腿走路的样子,与她毫无皱纹、仿佛一张沉静的铜色面具的光洁脸庞形成了鲜明对比。

森田景美小步走到床前,拉住了孝夫的手;孝夫半睁开眼睛,过了一会儿才认出自己的精神导师。这时一个几乎难以觉察的表情让他衰败的面孔焕发了生机。一命、惠子和英子退到房间深处,而景美低声吟诵着一段长长的祷词或是一首古日语的诗。之后她把耳朵贴到那个濒死之人的嘴巴上。漫长的几分钟之后,景美亲吻了孝夫的额头,朝他的家人转过身。

"孝夫的父亲、母亲和祖父母在这里。他们从很远的地方来引领他到另外一边去,"她指着床腿,用日语说,"孝夫已经可以走了,但在那之前他有一个口信要给一命。这个口信就是:'福田之刀埋在海上的一个花园之中。它不能留在那里。一命,你必须取回它,将它放在它应在之处,放在我们家族先辈的祭坛之上。'"

一命举起双手覆在额前,深深鞠躬接受了这个口信。他已经记不清他们掩埋福田之刀的那个夜晚了,时光已经让那个场景变得模糊,但英子和惠子知道那个海上的花园在哪里。

"孝夫还想再抽最后一支烟。"森田景美在离开之前补充道。

从波士顿回来之后,阿尔玛证实了自己离开的几年之间,贝拉斯科一家的改变要比信中反映出来的更大。头几天她觉得自己是多余的,像一个过路的访客,她思考着她在这个家里的位置在哪里,以及她到底要如何对待她的人生。她觉得圣弗朗西斯科土里土气的;要想靠着画画出名,她必须到纽约去,在那里她将置身于著名的艺术家之中,而且也更加接近欧洲的影响。

贝拉斯科家有了三个孙辈:玛莎三个月的儿子以及萨拉的双胞胎女儿,遗传规律的错误给了她们一副斯堪的纳维亚式的长相。纳撒尼尔负责打理父亲的公司,他独自住在一间有海湾景色的顶层公寓里,把空余时间都花在开帆船在海湾航行上。他的话很少,朋友也很少。二十七岁的他依然在抵抗他母亲为他找一个合适的妻子的侵略性活动。备选的女孩太多了,因为纳撒尼尔来自一个好家庭,多金又英俊,他是他父亲希望他成为的那种体面人,是犹太人侨居地所有待嫁女孩目光的焦点。莉莉安姨妈变了一点,她依然善良和活跃,但却聋得更厉害了,要大声喊着说话,而且满头白发——她没有染头发,因为她不希望显得更年轻,而是恰好相反。她丈夫突然之间像是老了二十岁,他们之间不大的年龄差距看起来似乎翻了三番。伊萨克经历了一次心脏病突发,尽管他恢复过来了,身体却大不如前。他要求自己每天去办公室几个小时,但已经将工作移交给了纳撒尼尔;他彻底放弃了他从来都不感兴趣的社交生活,花大量时间阅读,在自己花园的凉亭里享受大海和海湾的风景,在温室里种植乳香黄连木,研究关于法律和植物的文章。他变得多愁善感,最微不足道的情感也会让他湿了眼睛。莉莉安心里有一种恐惧的刺痛。"你发誓你不会比我先死,伊萨克。"当他喘不过气,拖着身体爬到床上躺倒,脸色像床单一样白,骨头动弹不得的时候,她这样要求他。莉莉安一点也不会做饭,她一直都有个厨子,但自从她丈夫病倒之后,她开始按照她母亲亲手写在一个笔记本上传给她的菜谱,准备永远不会出错的汤。她逼他去看过一打医生,陪他去诊所,以免他隐瞒自己的病情,监督他吃药。另外她还求助于神秘的力量。她不只是像她应做的那样在清晨和黄昏向上帝祈祷,而是无时无刻不在祷告:"以色列啊,你要听,耶和华我们的神,我们独一的主。"为了得到保佑,伊萨克睡觉的床头挂着一个土耳其玻璃眼和涂色黄铜法蒂玛之手;他的床头柜上永远都会点着一支蜡烛,旁边放着一本希伯来《圣经》、一本基督教《圣经》和一小瓶圣水,那是家里的一个女佣从圣犹大教堂带回来的。

"这是什么?"有一天伊萨克问。他的床头柜上出现了一个戴帽子的骷髅。

"撒麦迪男爵。他们从新奥尔良给我寄来的。他是死亡之神,也是健康之神。"莉莉安告诉他。

伊萨克的第一个念头是一把将入侵他房间的这些迷信物品都扔出去,但他对妻子的爱占据了上风。如果这些能帮到莉莉安,那么他睁一只眼闭一只眼也没什么关系,因为她正在无可救药地从恐慌的斜坡上滑落。他无法给她别的安慰。他被自己垮掉的身体弄懵了,因为他一直都强壮而健康,觉得自己坚不可摧。强烈的疲惫感深入骨髓,他只有靠着大象一般强大的意志才能完成他加在自己身上的责任。其中一项就是活下去,不要让他的妻子失望。

阿尔玛的到来给了他一丝能量。他不是个感情外露的人,但糟糕的健康状况让他变得脆弱,他必须很小心才能不让内心深处汹涌的柔情决堤而出。只有莉莉安在私密的时刻才隐约窥见过她丈夫性格中的这一面。他们的儿子纳撒尼尔是伊萨克赖以支撑自己的拐杖,他最好的朋友、工作伙伴和心腹,但他从来无须告诉他这一点;他们两个认为这是理所应当的,把它说出来反倒会让他们不好意思。他用一种属于和蔼可亲的家长的感情对待玛莎和萨拉,但私底下他对莉莉安承认过他不喜欢他们的女儿,觉得她们小家子气。莉莉安也不太喜欢她们,但她无论如何都没有承认过。对于外孙和外孙女,伊萨克的喜爱是有距离的。"我们等他们再长大一点吧,他们还不是人呢。"他用开玩笑的语气说,但他在心里也是这样觉得的。然而,对于阿尔玛,他从来都有一种偏爱。

当这个外甥女在1939年从波兰来到海崖生活时,伊萨克一下子就喜欢上了她,以至于后来他甚至因为她父母的失踪而感到一种充满负罪感的快乐,因为这给了他在小女孩的心中取代他们的机会。他没有打算要像培养他自己的子女那样培养她,而只是要保护她,这让他有了爱她的自由。他把满足她作为一个女孩子的种种需要的任务交给了莉莉安,而他自己则从在智力上挑战她和与她分享自己对于植物和地理学的热情之中找到了快乐。正是在有一天他向阿尔玛展示他园艺方面的书籍的时候,他有了成立贝拉斯科基金会的想法。他们花了好几个月列举不同的可能性,直到这个想法具体成形,而当时十三岁的女孩想到了要在那个城市最贫穷的街区建造花园。伊萨克欣赏她;他着迷地观察着她思想的发展,理解她的孤独,会在她靠近他寻求陪伴时心生感动。女孩会在他身边坐下,把一只手放在他的膝头,开始看电视或研究园艺书籍,那只小手的重量和热度对他而言是一份珍贵的礼物。而只要没有人在,他就会在经过她身边时摸摸她的头,给她买好吃的东西放在她的枕头下面。那个从波士顿归来、有着剪成几何形的额发和红唇、走路步子很重的年轻女人,不是从前那个爱害羞、因为害怕一个人睡而抱着猫咪睡觉的阿尔玛,然而一旦克服了彼此的不适,他们就又恢复了曾经在十多年里彼此分享的那种美好关系。

"你还记得福田一家吗?"几天之后,伊萨克问他的外甥女。

"我怎么会不记得!"阿尔玛吃惊地大喊。

"昨天他们的一个儿子给我打电话了。"

"一命吗?"

"对。他是最小的儿子,对吧?他问我他能不能来看我,他必须要跟我谈谈。他们现在住在亚利桑那。"

"姨父,一命是我的朋友,我从他们一家被关起来之后就没见过他了。让我参加这次见面好吗?"

"我听他的意思,那是一件私密的事。"

"他什么时候来?"

"我会通知你的,阿尔玛。"

十五天之后,身穿一套深色便装、打着黑色领带的一命出现在海崖的房子里。等待时阿尔玛的心脏跳得飞快,还没等他按门铃,她就给他开了门,扑到他怀里。她还是比他个子高,几乎把他扑倒了。一命被弄懵了,因为他没想到会见到她,也因为日本人觉得不应该公开表达感情。他不知该如何回应这种热情,然而她没有给他思考的时间;她抓住他的手,把他拉进房子里,眼睛湿湿地重复着他的名字,他们刚一跨过门槛,她就结结实实地在他嘴上亲了一下。伊萨克·贝拉斯科在书房里,坐在他心爱的扶手椅上,膝头抱着一命已经十六岁的猫咪内克。他能够看见那一幕,感动不已的他把自己藏到了报纸后面,直到阿尔玛终于将一命带到他面前。女孩让他们单独相处,然后关上了门。

一命简短地将他们一家人经历的命运告诉了伊萨克·贝拉斯科,后者已经对此有所了解,因为自从他们通电话以来,他尽可能地调查了福田一家的事。他不仅知道孝夫和查尔斯死了,詹姆斯被遣返了,留下的寡妇和两个孩子生活在贫穷之中,还对此采取了一些措施。一命给他带来唯一的新消息就是孝夫关于那把刀的口信。

"孝夫去世了我很难过。他是我的朋友和老师。我也为查尔斯和詹姆斯的事情感到遗憾。没有人碰过你家武士刀所在的地方,一命。你随时可以将它带走,但它被掩埋时举行了一场仪式,我想你父亲希望它也能以同样庄严的方式被发掘出来。"

"是的,先生。我暂时没有地方能存放它。我能把它留在这里吗?我希望不用很久。"

"那把刀为这所房子带来了荣耀,一命。你着急把它拿走吗?"

"它应该被放在我祖先的祭坛上,但我们暂时没有房子,也没有祭坛。我的母亲、姐姐和我住在一个小旅馆里。"

"你几岁了,一命?"

"二十二岁。"

"你已经成年了,是一家之主了。应该由你来接手我和你父亲之前的生意。"

伊萨克·贝拉斯科开始向大吃一惊的一命解释,他在1941年与福田孝夫共同成立了一家公司,打算建立一个观赏性花卉和植物的苗圃。战争导致公司没能起步,但他们两个人都没有终止他们曾经达成的口头约定,因此它依然存在。在圣弗朗西斯科湾东部的马丁内斯市有一块合适的地,是他以非常优惠的价格买下来的。那是一块两公顷的土地,平坦、肥沃、灌溉良好,有一间简朴但体面的房子,福田一家人可以住在那里,直到他们找到更好的地方。一命必须非常辛勤地工作来让生意发展起来,就像他曾经与孝夫约定的那样。

"土地我们已经有了,一命。我会投入启动资金来改造土地、种上植物,其余的就是你的事了。你将依靠销售出去的东西尽可能地支付你的那部分资金,这个不着急,也没有利息。等到时机成熟,我们会把公司归到你的名下。目前那块地属于贝拉斯科、福田及其子女公司。"

他没有告诉他,成立公司和购买土地是在不到一个星期之前完成的。一命要等到四年之后把公司转到他名下时,才会发现这件事。

福田一家回到了加利福尼亚并在距离圣弗朗西斯科四十五分钟

路程的马丁内斯市安顿下来。一命、惠子和英子起早贪黑地工作,收获了第一批鲜花。他们发现那里有着他们所能希望的最好的土地和气候,只要把产品摆到市场上就够了,英子则表现得比家中其他任何一个人都要更有胆量和力气。她在托帕兹培养出了战斗和组织精神;她在亚利桑那撑住了整个家庭,因为孝夫只是在香烟和咳嗽中苟延残喘。她对丈夫的爱里有一种巨大的忠诚,因此她不会质疑她作为妻子的命运,然而寡居对她来说是一种解脱。当她与孩子们一起回到加利福尼亚并拥有了两公顷的希望时,她毫不犹豫就站到了事业的最前线。一开始惠子不得不听命于她,拿起铁锹和钉耙在地里干活,但她满脑子想的都是一个与农活相去甚远的未来。一命热爱植物,面对繁重的工作有一种钢铁般的意志,但他在金钱问题上缺少实际经验和眼光。他理想主义,充满幻想,沉迷于绘画和诗歌,比起做生意他在冥想方面更有才能。他没打算去圣弗朗西斯科出售他种出来的美丽鲜花,直到他的母亲命令他洗掉指甲里的泥,换上西装、白衬衫,打上彩色的领带——死气沉沉的不行,把小货车装满,然后开到市里去。

惠子列了一张最有格调的花店的清单,而英子手上拿着这张清单,一家一家地拜访它们。她会留在车里,因为她对自己那副日本农妇的长相和糟糕的英语心知肚明,而羞红了耳朵的一命要去推销自己的产品。与金钱有关的一切都让他不自在。按照惠子的说法,她的弟弟不适合生活在美国,他低调、朴素、消极而谦恭,要是他自己能说了算,他会像那些印度的托钵僧和先知一样,裹着遮羞布,拿着一个碗四处化缘。

那天夜里,英子和一命开着一辆空车从圣弗朗西斯科返回。"这是我第一次也是最后一次陪着你,孩子。你是这个家的一家之主。我们不能把花当饭吃,你必须要学会把它们卖出去。"英子对他说。一命试图把这个角色交给他的姐姐,但惠子的一只脚已经迈出家门外了。他们意识到把花卖个好价钱有多么容易,因此估计他们四五年就能还清买土地的钱,只要他们尽可能节俭过活,并且不要发生什么不幸。另外,在看到成果之后,伊萨克·贝拉斯科承诺会帮他们与费尔蒙酒店签订一份维护酒店大堂和会客厅精美鲜花的合同,那家酒店就是以此著称的。

在十三年的厄运之后,一家人的生活终于开始好起来了;这时候惠子宣布她已经三十岁,是时候应该开始走她自己的路了。这些年间博伊德·安德森结婚又离了婚,成了两个孩子的父亲,他再次请求惠子到夏威夷去,他在那里成功地经营着一家修理厂和一个小型卡车车队。"忘了夏威夷吧,如果你想跟我在一起,就得到圣弗朗西斯科来。"她回答他。她已经决定好了要学护理学。她曾经在托帕兹为人接生过好几次,每当迎来一个新生儿,她都会有同一种着迷的感觉,那是她所能想象的最接近神明启示的体验。这个由医师和外科医生控制的产科领域从不久之前开始被移交到助产士手中,而她希望站在职业的前沿。她被一个护理学及女性健康项目录取了,它的优势在于不用交学费。之后的三年里,博伊德·安德森继续不紧不慢地远程追求着她,他相信她一旦拿到学位就会跟他结婚,搬到夏威夷去。

这似乎令人难以置信,阿尔玛:惠子决定退休了。她费了这么大劲才拿到学位,又这么热爱她的职业,我们还以为她永远都不会退休呢。我们算过,她在四十五年里将五千五百个宝宝带到了这个世界。就像她说的,这是她为"人口爆炸"做出的贡献。她已经八十岁了,从十年前开始寡居,有五个孙辈,是时候应该休息了,但她有想法要开一家饭店。家里没有人理解她,因为我姐姐连个鸡蛋都煎不了。我有了一些空余时间来画画。这一次我不打算再像之前那么多次一样再现托帕兹的风景。我在画日本南部的一条山间小径,它在一座非常古老而遗世独立的寺庙旁边。我们应该一起回日本,我想让你看看这座庙。

一命
2005年11月27日

爱 情

1955年对于一命来说并不只是付出努力与汗水的一年。那也是他迎来爱情的一年。阿尔玛放弃了回到波士顿变成第二个薇拉·诺伊曼和进行环球旅行的计划。她生活唯一的目标就是与一命在一起。几乎每一天的日落时分，当田里的劳作结束时，他们都会在距离马丁内斯九公里的高速公路上的一家汽车旅馆里见面。阿尔玛总是会先到，向一个巴基斯坦员工支付房费，后者会面带深深的不屑将她从头到脚打量一遍。她会既自豪又傲慢地看着他的眼睛，直到男人垂下目光，把钥匙交给她。这个场景从周一到周五都会原封不动地反复上演。

在家里，阿尔玛告诉大家她正在伯克利大学进修夜间课程。即便对伊萨克·贝拉斯科这样一个自诩思想开明，可以与自己园丁做生意或成为朋友的人来说，家里有一个人与福田家的一员有亲密关系也将是不可接受的。在莉莉安看来，阿尔玛会嫁给犹太人移居地的一个体面人，就像玛莎和萨拉一样，这件事没什么可商量的。唯一一个参与阿尔玛秘密的人是纳撒尼尔，而他也同样并不赞同。阿尔玛没有告诉他旅馆的事，他也没有问她，因为他宁愿不知道细节。他无法继续认为一命的事是他的表妹一时昏了头，只要再也看不到他，她马上就会好；但他期待阿尔玛会在某一刻明白过来他们毫无共同之处。除了皮内大街上的武术课，他已经不记得自己与一命在童年时代有过的关系了。自从他开始上中学、阁楼上的戏剧表演结束之后,他就很少再看到他,尽管一命常常到海崖来跟阿尔玛玩。福田一家回到圣弗朗西斯科之后,当他父亲派他给他们送温室的钱时,他有过几次与他短暂相处的机会。他不明白自己的表妹到底在他身上看到了什么:他是个枯燥无味的家伙,毫无存在感,与那种强大而自信、可以掌握像阿尔玛这样一个复杂女人的男人恰好相反。他相信即使一命不是日本人,他对他的看法也是一样的:种族与此无关,这是性格问题。一命缺少那种男人们所必需的、他本人也不得不依靠意志的力量培养出来的野性和侵略性。他清楚地记得那段令人恐惧的岁月,校园中的风暴,以及为了学习一项需要他所不具备的邪恶的职业而付出的异乎寻常的努力。他感激父亲强迫自己追随他的脚步,因为作为律师他得到了磨炼,披上了鳄鱼皮,得依靠自己继续前进。"这是你的想法,纳特,但你不了解一命,你也不了解你自己。"当他向她陈述他对于男性魅力的理论时,阿尔玛这样回答。

阿尔玛与一命在那家汽车旅馆里度过了美好的几个月,尽管他们被从各个角落里爬出来的夜行蟑螂逼得无法关灯。这段回忆在之后的几年里支撑着阿尔玛,那时她试图用极度的严格克制爱情与欲望,用忠诚的苦行取代它们。她在一命身上发现了爱情与愉悦各个细微的维度,从放纵与急切的热情,到那些被激情送上云端的神圣时刻。那时,他们额头贴着额头,一动不动地躺在床上,久久凝视着彼此的眼睛,感激自己是如此幸运,怀着因灵魂最深处受到触动而生出的谦卑。他们因抛开了一切技巧而变得澄净,在那样一种已经无法分辨快乐与悲伤的沉醉之中,在生命的兴奋与为了不再分离而就在那里死去的甜蜜诱惑之中,毫不设防地躺在一起。在因爱情的魔力而与世隔绝时,阿尔玛能够忽视在内心深处呼唤她回归正常、要求她保持谨慎、提醒她注意后果的声音。他们活着只是为了那一天的相会，没有明天也没有昨天，唯一有意义的只有这个肮脏的房间，它被堵死的窗户，它发霉的气味，它破旧的床单和它永远呼呼作响的排气扇。存在的只有他们两个人，在把钥匙插到门上前跨过门槛时第一个窒息的吻，站立时的爱抚，脱掉并掉到哪里就扔在哪里的衣服，赤裸又颤抖的身体，感觉到的另一个人的热度、滋味和气息，皮肤和头发的质感，在欲望中迷失直到筋疲力尽，拥抱着小憩片刻，然后回到重生的愉悦之中，回到嬉闹、大笑和窃窃私语之中，回到亲密无间的奇异世界之中，这样的美妙。一命能够让垂死的植物重获生机或者闭上眼睛也能修好钟表的绿色手指，激发了阿尔玛自身奔放而饥渴的天性。她喜欢给他惊喜，挑战他，看着他因为羞涩和快乐而红了脸。她大胆，而他谨慎，她会在高潮中发出声音，他会捂住她的嘴。她会想出一连串浪漫、热烈、甜蜜又粗俗的话在他耳边轻诉，或急着写信给他；他保留着他的性格和文化所特有的那种保守。

  阿尔玛任由自己沉溺在爱情无意识的快乐之中。她问自己，怎么会没有人注意到她闪闪发光的皮肤，她深不见底的眼睛，她轻快的脚步，她慵懒的声音，那种她既不能也不想控制的燃烧的能量。那段时间她在日记里写道，她就像漂浮在水里一样，觉得皮肤上冒着矿泉水泡泡，全身的小绒毛都畅快地竖了起来；她的心脏像气球那样越吹越大，马上就要炸掉了，但这颗充了气的巨大心脏里除了一命再也容不下别人，余下的人类都已经变得模糊不清了；她会赤身裸体地对着镜子审视自己，想象着一命正从镜子的另一头看着她，欣赏她修长的双腿，有力的双手，有着深色乳头的坚挺乳房，有一条从肚脐延伸到阴部、黑色汗毛形成的细线的平坦腹部，抹了口红的双唇，贝都因女人般的皮肤；她会把脸埋在他的汗衫里入睡，它浸满了园丁的气息，腐殖物和汗水的味道；她会捂上耳朵回忆一命缓慢而温柔的声音，他犹疑的笑声与她夸张而响亮的笑声形成鲜明对比。他会谨慎地给出建议,解释关于植物的事,他会用日语说情话,因为他觉得用英语说出来太空洞了,会在她给他看她的设计、告诉他她想要效仿薇拉·诺伊曼时惊叹不已,却从来没有停下来为他自己的命运哀叹:他是真正拥有天赋的人,但却只能在干完田里的粗活之后画上几小时的画,直到她出现在他的生命中,独占了他全部的空余时间,吸走了他所有的空气。阿尔玛对于获知自己被爱的需求是无法满足的。

往日的痕迹

起初,阿尔玛·贝拉斯科和雷尼·比尔这个刚到拉克之家的朋友希望能够享受圣弗朗西斯科和伯克利的文化生活。他们去看电影、戏剧演出、演唱会和展览,尝试异国风味的餐厅,带着狗一起散步。三年来第一次,阿尔玛重回家族在剧院的包厢,然而她的朋友被第一幕剧弄得晕头转向,在第二幕睡着了,那时托斯卡还没来得及用一把餐刀刺穿斯卡皮亚的心脏。① 他们退场了。雷尼的车比阿尔玛的车要舒服一些,他们通常会到纳帕去享受葡萄园的田园风光并品尝红酒,或是去博利纳斯②呼吸海边的空气,吃生蚝,但最后他们厌倦了依靠意志努力保持年轻和活跃,渐渐屈服于休憩的诱惑。出行就意味着需要开车、找停车处和站着,他们将频繁外出换成了在电视上看电影,在公寓里听音乐,或是带着一瓶能够搭配灰鱼子酱的桃红香槟去拜访凯茜,鱼子酱是凯茜在汉莎航空当空姐的女儿从航班上带来的。雷尼在病痛诊所帮忙,教病人们用湿纸和牙科胶合剂为阿尔玛的戏剧制作面具。下午的时候他们会在图书馆看书,那是唯一一个比较安静的公共场所;噪音是群居生活的其中一个不便之处。如果没有别的选择,他们会顶着其他嫉妒阿尔玛好运气的女人们审

---

① 此为普契尼的歌剧《托斯卡》中的剧情。
② 纳帕与博利纳斯都是加州的城市。

视的目光,在拉克之家的餐厅吃晚饭。伊莉娜觉得自己格格不入,尽管有时他们也会请她一起出去;对阿尔玛来说她已经不再是不可或缺的了。"那是你的想法,伊莉娜。雷尼与你完全没有竞争关系。"赛斯安慰她,但他也同样担心,因为如果他的祖母减少伊莉娜每周工作的时间,他能见到她的机会就变少了。

那天下午,阿尔玛和雷尼像他们常常会做的那样坐在花园里回忆往昔,伊莉娜则在不远处用水管给索菲亚洗澡。两三年之前,雷尼在网上看到一个组织正在救助罗马尼亚成群结队在街头悲惨流浪的狗,并将它们带到圣弗朗西斯科,交给愿意提供此类帮助的好心人收养。索菲亚那张一只眼睛周围有块黑斑的脸吸引了他,他不假思索地在线填了表格,按照要求汇了五美元,第二天就去接它了。对方忘了在描述中提及这只母狗少了一条腿。它靠着剩下的三条腿正常生活,那场事故唯一的后遗症是,它会弄坏一切四条腿的东西——比如椅子和桌子的其中一条腿,但雷尼用取之不尽的塑料玩偶解决了这个问题;每当狗弄掉玩偶的一只手或一条腿,雷尼就会给它另一个,事情就这么过了。而它性格中唯一的弱点是不忠于它的主人。它爱上了凯瑟琳·霍普,一不小心就会像子弹一样跑去找她,一下子蹿上她的膝头。它喜欢坐着轮椅到处走。

索菲亚在水管的水流下面一动不动,伊莉娜一边用罗马尼亚语跟它说话作为掩饰,一边注意去听阿尔玛和雷尼的谈话,试图将它转述给赛斯。她觉得偷听他们谈话很卑鄙,但探究这个女人的秘密已经成为她和赛斯共有的癖好。因为阿尔玛告诉过她,她知道阿尔玛与雷尼的友谊始于1984年,也就是纳撒尼尔·贝拉斯科去世的那一年,它只持续了几个月,但当时的情况赋予了它某种强度,让他们得以在拉克之家重逢之后,像从来不曾疏远过那样重拾了这份友谊。那时候,阿尔玛正向雷尼解释,七十八岁的她已经放弃了自己在贝拉斯科家族中的家长角色,她厌倦了对人尽责、履行义务这些她从少女时期就开始做的事。她在拉克之家度过了三年,越来越喜欢这个地方。她说,她将它作为一种施加在自己身上的苦行,以此为她生命中的特权、虚荣和物质主义付出代价。最理想的方式本应是在一座寺庙中度过她的余生,但她不是素食主义者,而且冥想会让她背痛,因此她决定到拉克之家来,虽然她的儿子和儿媳对此很恐惧,他们宁愿看到她在印度剃度出家。在拉克之家她很自在,没有放弃任何本质上的东西,而且如果有需要,她三十分钟就能到海崖,尽管除了参加家庭午餐会,她是不会回到家族的房子里去的——她从来没有觉得那是她的,因为它一开始属于她的公公婆婆,后来属于她的儿子和儿媳。起初她不跟拉克之家里的任何人说话;她就像独自一人住在二等酒店里一样,然而随着时间的流逝,她交了几个朋友,而自从雷尼到来之后,她觉得自己完全有了伴。

"你本可以选择一个比这里更好的地方的,阿尔玛。"

"我不需要更多了。我唯一需要的就是冬天里的壁炉。我喜欢看着火苗,它就像海浪一样。"

"我认识一个寡妇,她在游轮上度过了生命的最后六年。船刚在最后一站靠岸,她的家人就又送她去进行下一次环球旅行了。"

"我的儿子和儿媳怎么就没想到这个办法呢?"她笑了。

"这样做的好处是,如果你死在远洋上,船长会把你的尸体从船舷上扔下去,你的家人就不用费劲把你埋掉了。"雷尼补充道。

"我在这里挺好的,雷尼。我正在发现在脱离装饰和附加物之后,我是一个什么样的人;这是一个相当缓慢但非常有用的过程。所有人在生命的最后都应该这么做。假如我恪守纪律,我会试着在比赛中赢过我的孙子,写我自己的回忆录。我有时间、自由和宁静的生活,这些是我在之前喧闹的生活中从未拥有过的。我正在准备死去。"

"你离这个还很远呢,阿尔玛。我觉得你容光焕发。"

"谢谢。这应该是因为爱情。"

"爱情?"

"我们就说我有一个人好了。你知道我说的是谁:一命。"

"难以置信!你们在一起多少年了?"

"等一下,让我算算……我从我们两个大概八岁的时候就喜欢他了,但作为爱人我们过了五十八年,从1955年开始,中间有几次长时间的中断。"

"你为什么跟纳撒尼尔结婚了?"雷尼问她。

"因为他想要保护我,而我那时候也需要他的保护。你记得他是个多么高尚的人吧。纳特帮助我接受了有些力量比我的意志更加强大这件事,那是甚至比爱情还要强大的力量。"

"我想认识一命,阿尔玛。等他来看你的时候你告诉我。"

"我们的事还是个秘密。"她红着脸回答。

"为什么?你的家人会理解的。"

"不是因为贝拉斯科家族的人,而是一命家里的人。出于对他的妻子、儿女和孙辈的尊重。"

"都过了这么多年了,他妻子应该知道这件事,阿尔玛。"

"她从来没有装聋作哑过。我不想伤害她;一命不会原谅我的。而且,这也有它的好处。"

"什么好处?"

"首先,我们从来不用应付家庭问题,孩子、金钱和夫妻们需要面对的其他问题。我们在一起只是为了彼此相爱。另外,雷尼,你必须捍卫一段秘密的关系,因为它脆弱而美好。你比任何人都更加清楚这个。"

"我们两个人晚生了半个世纪,阿尔玛。我们是禁忌关系专家。"

"一命和我在我们年轻的时候曾经有过一个机会,但我没有那个勇气。我无法放弃安全感,我被成规们困住了。那时候是五十年代,是一个非常不同的世界。你记得吗?"

"我怎么会不记得?一段这样的关系在当时几乎是不可能的,你会后悔的,阿尔玛。偏见最后会摧毁你们,杀死爱情。"

"一命知道,所以他从来没有要求我这么做。"

他们停顿了很长时间,入神地欣赏着在一丛倒挂金钟上劳作的蜂鸟,伊莉娜则故意慢吞吞地用一块毛巾擦干索菲亚,为它梳理毛发,之后雷尼对阿尔玛说,他很遗憾有将近三十年没见过她了。

"我得知你住在拉克之家。这是一个逼着我不得不相信命运的巧合,阿尔玛,因为我几年前就在等候名单上了,在你来之前很久。我迟迟没有决定来看你,是因为我不想把死去的故事再挖出来。"他说。

"它们没有死去,雷尼。它们从来没有像现在这样鲜活。年龄就是这样:过去的故事会重获生命,附在我们的皮肤之上。我很高兴我们将一起度过今后的几年。"

"不是几年,而是几个月,阿尔玛。我有一个无法手术的脑部肿瘤,在出现更加明显的症状之前我的时间不多了。"

"我的天呐!我太难过了,雷尼!"

"为什么?我活够了,阿尔玛。激进的治疗方式能让我多撑一点时间,但这么做不值得。我是个懦夫,我怕痛。"

"我很奇怪拉克之家竟然会接收你。"

"没有人知道我有什么病,也没必要宣传它,因为我不会占据这里的位置很长时间。等我的情况恶化我就会离开的。"

"你怎么会知道呢?"

"目前我头痛,身体虚弱,有点迟钝。我已经不敢骑自行车了,那曾是我生命的激情所在,因为我摔了好几次。你知道我曾经三次骑自行车穿越美国,从太平洋一直骑到大西洋吗?我想享受我剩下的时间。之后我会开始呕吐,行走和说话都会变得困难,我会失去视力,出现抽搐……但我不会等这么久的。我必须要在头脑清楚的时候采取行动。"

"我们的一生过得太快了,雷尼!"

雷尼的剖白并没有让伊莉娜觉得吃惊。拉克之家最健康的住户之间也会自然而然地讨论主动死去这个问题。按照阿尔玛的说法,世界上有太多老人都活得比生物学所需要和经济所能允许的时间更久,强迫他们留在一个痛苦的身体或绝望的头脑中是没有意义的。"很少有老人是幸福的,伊莉娜。大部分人都活在贫穷之中,既没有健康也没有家人。这是生命最为脆弱和艰难的阶段,比幼年更甚,因为它每天都在恶化,唯一的未来就是死亡。"伊莉娜对凯茜说过这个,她认为不久之后人们就将可以选择安乐死,那将会成为一项权利,而不是罪行。凯茜很清楚,拉克之家有好几个人都有条件寻求一种体面的解脱,尽管她理解做出这个决定的理由,她却不打算这样离开。"我一直活在疼痛之中,伊莉娜;但如果我转移注意力,这是可以忍受的。最糟糕的是手术后的复健。吗啡也无法减轻疼痛,唯一能帮到我的是知道这不会一直持续下去。一切都是暂时的。"伊莉娜猜测由于职业的关系,雷尼有比泰国那种包在咖啡纸里出售的没有信息的药见效更快的药物。

"我很平静,阿尔玛,"雷尼继续说道,"我享受生活,尤其是你和我共同度过的时间。我已经准备很久了,这对我来说不是没有思想准备的。我已经学会了关注身体。身体会告诉我们一切,只要倾听就可以了。我在得到诊断之前就知道我得了什么病,我也知道任何治疗都没用。"

"你害怕吗?"阿尔玛问他。

"不。我猜死去之后与出生之前是一样的。你呢?"

"有一点……我想象死后我们就与这个世界没有联系了,没有痛苦、人格、记忆,就好像这个阿尔玛·贝拉斯科没有存在过一样。也许会有东西留下来:灵魂,生命的本质。但我承认我害怕脱离身体,我希望那时候一命会与我在一起,或者纳撒尼尔会来找我。"

"如果就像你说的,灵魂与这个世界没有联系,我不知道纳撒尼尔怎么能够来找你。"他评论道。

"没错。这是自相矛盾,"阿尔玛笑了,"我们是多么执着于生命啊,雷尼!你说你是个懦夫,但与一切告别并跨过一个我们不知通往何处的门槛是需要果断的。"

"所以我到这里来了,阿尔玛。我不认为我能独自完成这件事。我想你是唯一一个可以帮助我的人,当死亡时刻到来时唯一一个我能要求陪在身边的人。这个要求过分吗?"

阿尔玛，当我们昨天终于能够在一起庆祝我们的生日时，我注意到你心情不好。你说不知道怎么回事，我们突然就七十岁了。你害怕我们的身体出问题，害怕你所谓的衰老的丑陋，尽管你现在比二十三岁的时候还要美。我们并不是因为年满七十岁才变老的。我们从出生那一刻起就开始衰老，我们每天都在变化，生命是连续不断的河流。我们在进化。唯一不同的是现在我们离死亡更近了一点。这又有什么不好呢？爱情与友情是不会变老的。

一命
2002 年 10 月 22 日

光 与 影

为了孙子的书而回忆往昔的系统练习对阿尔玛·贝拉斯科有好处,因为她就像她这个年纪的人一样受到了脆弱的大脑的威胁。之前她迷失在迷宫之中,如果想要找回某件特定的事,她是找不到的,但为了向赛斯给出令他满意的回答,她决定以一定的顺序重建过去,而不是像雷尼·比尔在拉克之家里空闲的时候所做的那样跳着来。她想象出不同颜色的盒子,每一个对应她生命中的一年,然后把她的经历和感情放入其中。她把盒子分成三组放进巨大的柜子里,七岁时住在姨父姨母家中的她曾经在那里泪流成海。那些虚拟的盒子里装满了梦想和某些不安;那里安然存放着童年的恐惧和幻想,青年的叛逆,成年的痛苦、工作、激情和爱情。她觉得轻松,因为她试着原谅自己所有的过错,除了让别人遭受折磨的那些。她将一生的片段黏合在一起,为它们抹上梦幻的色彩,任由自己夸大其词、胡编乱造,因为赛斯无法驳斥她自己记忆中的内容。她就像在进行一种想象练习,更多是出于对撒谎的渴望。然而,对于一命,她将他留给自己,却不曾想到伊莉娜和赛斯正背着她调查她生命中最珍贵和隐秘的东西,她唯一无法吐露的事,因为如果她那样做了,一命就会消失,那样她就没有继续活下去的理由了。

伊莉娜是她在这趟飞往过去的航班上的副驾驶员。照片和其他文件都会经她的手,由她来进行分类,将它们归纳成册。她的提问能在阿尔玛误入死胡同时帮她指明道路；她就这样理清并明确了她的一生。伊莉娜沉浸到了阿尔玛的人生之中，就像她们两人共同进入了一部维多利亚时代的小说：一座乡间别墅里，出身高贵的夫人和与她的女伴被困在对一杯又一杯永无止境的茶水的厌恶之中。阿尔玛认为每个人都拥有一个可以避难的内心花园，但伊莉娜不想走进她自己的那个花园；她宁愿将它换成阿尔玛的花园，它更加可爱。她认识那个从波兰来的忧伤的小女孩，认识在波士顿时年轻的阿尔玛，认识那个艺术家和妻子，她知道她最喜欢的裙子和帽子，她的第一间画室——在她的风格确立之前她独自一人在那里用画笔和颜色做实验，她知道她的旧旅行箱，它的皮革破旧磨损，上面贴着贴花纸，已经没有人会用了。这些画面和经历清晰而准确，仿佛她也曾经活在那些年代，曾经与阿尔玛一同经历过其中的每一个时刻。她觉得这太神奇了，只要依靠语言的力量或一张照片进行回忆，阿尔玛就能让它们变得栩栩如生，让她能将它们据为己有。

阿尔玛·贝拉斯科曾经是一个精力旺盛和活跃的女人，她既无法忍受自己的弱点，也无法忍受其他人的弱点。然而时间正在使她变得温和，她对别人和自己都更有耐心了。"如果什么都无法让我痛，那是因为我早上已经死了。"一觉醒来必须一点一点拉伸肌肉以避免抽筋时，她会这样说。她的身体不如从前了，她必须想办法避开楼梯，或是在听不见某句话时猜测它的意思；所有一切都要花掉她更多的力气和时间，有些事情她就是做不了，比如在夜里开车、给车加油、拧开一瓶水的瓶盖、从市场把袋子拎回来。她在这些事情上需要伊莉娜。然而，她的头脑明晰，只要不陷入混乱的诱惑，对于现在和过去她都能记得很清楚；她的注意力和推理能力都没有问题。她依然可以画画，对于颜色拥有同样的直觉；她会去画室，但很少画画，因为她会累，她更愿意把事情交给科斯滕和助手们来做。她不提自己的局限，在它们面前从来不会大惊小怪，但伊莉娜了解它们。她讨厌老人沉浸在自己的大病小痛里出不来，因为没有人对这个话题感兴趣，就连医生们也不会。"有一个大家都知道，但没有人敢于公开表达的想法，那就是我们这些老人是多余的，我们占用了应该属于有生产力的人们的空间和资源。"她说。照片里的很多人她都认不出来——她的过去里那些无关紧要、可以删除的人。而从另外一些照片里——伊莉娜贴到相册里的那些，可以看到她生命的各个时期，时光的流逝，生日、聚会、假期、毕业典礼和婚礼。那些是幸福的时刻，没有人会给痛苦拍照。她出现得很少，但到了秋天开始的时候，伊莉娜得以从纳撒尼尔为她拍的肖像照里更好地看出阿尔玛曾经是一个怎样的女人；它们是贝拉斯科基金会资产的组成部分，被圣弗朗西斯科小小的艺术圈发现了。一家报纸因此将阿尔玛称为"城里被拍得最美的女人"。

前一年的圣诞节，一家意大利出版社曾经出了一套豪华版纳撒尼尔·贝拉斯科摄影集；几个月之后，一个精明的美国老板在纽约和圣弗朗西斯科吉里大道最有名望的画廊各组织了一场展览。阿尔玛拒绝参与这些项目，也不愿与媒体接触。她说，她宁愿别人看到的是那时的模特，而不是现在的这个老太太，但她向伊莉娜坦承这不是因为虚荣，而是谨慎。她没有力气审视她过去的这个方面；她害怕那些裸眼无法看出但相机却可以揭露的东西。然而，赛斯的固执最终战胜了她的抗拒。她的孙子去了那家画廊好几次，他被深深打动了；他不会允许阿尔玛错过展览，因为他觉得这是对纳撒尼尔·贝拉斯科记忆的一种侮辱。

"请您为了祖父去做吧，要是您不去，他会在坟墓里不安生的。明天我去找您。您让伊莉娜陪我们过去。你们会很惊喜的。"

他是对的。伊莉娜曾经翻看过意大利出版社的那本书，但这并没有让她为在那些巨大的肖像画面前的震撼做好准备。赛斯开着家里那辆笨重的奔驰轿车带她们过去,因为无论是阿尔玛的小车还是他的摩托车都坐不下他们三个。他们是在下午大家都在午睡的时候到的,想着这时候画廊里应该没有人。他们只在门口的人行道上碰到了一个乞丐和一对澳大利亚游客,画廊那个中国瓷娃娃似的负责人正试图向后者推销什么东西,没有注意刚到的这几个人。

纳撒尼尔在1977到1983年之间为他的妻子拍照时,用的是第一代宝丽来20×24相机,它能够极其精确地捕捉最微小的细节。贝拉斯科并不是他那代人中最著名的职业摄影师之一,他自认为是摄影爱好者,但却是为数不多的拥有足够资源、可以买得起相机的人之一。另外,他有一个非凡的模特。阿尔玛对于她丈夫的信任感动了伊莉娜;看到那些肖像照时她觉得不好意思,仿佛亵渎了一场私密而脱俗的仪式。艺术家和他的模特是分不开的,他们凝固在一种盲目的联系之中,而性感却毫无性意味的照片正是源自这种共生。很多照片里的阿尔玛都是赤身裸体,态度懒散,没有意识到她正在被观察。在某些画面里那种空灵、流动而半透明的氛围中,那具女性的身体迷失在相机后男人的梦境中;而在另一些更加现实主义的画面中,她以一种平静的好奇直面纳撒尼尔,就像一个女人独自面对镜子,自在地展露自己的皮肤,毫无保留,腿上的血管清晰可见,小腹上有剖腹产的疤痕,还有一张带着半个世纪生命印痕的脸庞。伊莉娜无法表达她自己的慌乱,但她懂了阿尔玛不想通过她丈夫外科医生般的镜头出现在公众面前这种态度背后言而未尽的东西,他似乎在她身上加了一种比夫妻之爱更为复杂和邪恶的情感。画廊白色墙壁上的阿尔玛像一个被征服的巨人。对于伊莉娜而言,那个女人让她产生了某种恐惧,那是一个陌生的人。她让她说不出话了,而赛斯也许也有同样的感觉,于是拉住了她的手。第一次,她没有挣脱。

那对游客没有买任何东西就离开了,那个中国瓷娃娃贪婪而殷勤地向他们迎上来。她自我介绍说她叫美丽,然后开始用一大段准备好的话压得他们喘不过气来,她说到了宝丽来相机,纳撒尼尔和技巧和意图,光和影,尼德兰画派的影响,阿尔玛听得津津有味,默默点头。美丽没有把这个白头发的女人与肖像照里的模特联系到一起。

之后的那个星期一,在结束了拉克之家的工作之后,伊莉娜去找阿尔玛,带她到电影院里再看一遍《林肯》。雷尼·比尔之前去了圣芭芭拉几天,而伊莉娜暂时恢复了她文化助理的职位,因为在雷尼回到拉克之家、从她手里抢走这项特权之前,阿尔玛会叫她去。几天前她们电影看到一半就离场了,因为阿尔玛的胸口突然一阵刺痛,以至于她忍不住叫出声来,她们不得不从放映厅离开。她直接拒绝了想要提供帮助的放映厅负责人,因为她觉得叫救护车去医院比直接死在那里还要糟糕。伊莉娜开车带她回了拉克之家。从一段时间之前开始,阿尔玛就把她那辆可笑的小汽车的钥匙借给她,让她开车,因为伊莉娜根本不愿意冒着生命危险当她的乘客;随着视力衰退、双手开始发抖,阿尔玛在开车时越发勇猛。她的疼痛在路上渐渐消失了,但到达时她瘫软无力,脸色灰白,指甲发紫。伊莉娜帮她躺下,没有得到她的允许就打电话给凯瑟琳·霍普,她相信她胜过相信养老院的官方医生。凯茜坐着轮椅迅速赶来,像她一贯的那样关心而仔细地为她做了检查,然而认定阿尔玛必须尽快咨询一位心脏外科医生。那天夜里,伊莉娜留下来陪她,她在公寓的沙发上临时铺了床,结果它比她在伯克利的房间地上的床垫还要舒服一些。阿尔玛睡得很安稳,内克趴在她的脚边,但早上醒来时她很没精神,决定在床上躺一天,这是伊莉娜认识她以来的第一次。"明天你要逼我起床,伊莉娜,听到了吗?不能让我捧着一杯茶和一本书躺在这里。我不想最后变成穿着睡衣和平底拖鞋过日子的人。老人们一躺到床上就再也起不来了。"说到做到,第二天她努力像往常一样开始了一天的生活,没有再提及那二十四个小时里的虚弱,而伊莉娜脑袋里装着其他事情,很快把这件事忘了。凯瑟琳·霍普打定主意在阿尔玛去看专科医生之前都不放过她,但后者却想方设法把它往后推。

她们顺利地看完了电影,离开电影院时她们都迷上了林肯,还有扮演这个角色的演员,但阿尔玛觉得疲倦,所以她们决定回公寓,而不是像之前计划的那样去一家餐馆。到公寓时,阿尔玛一边叹气一边说自己着凉了,然后躺下了,伊莉娜则为她准备牛奶燕麦粥当晚饭。靠着枕头、肩膀上披着奶奶式样的大披肩,她似乎比几个小时之前轻了五公斤,老了十岁。伊莉娜觉得她刀枪不入,所以直到这天夜里她才意识到她在最近几个月里发生了多么大的改变。她的体重变轻了,她苍老脸上的那对紫色黑眼圈让她看起来像只浣熊。她走路时身体已经不再挺拔,步子也不再有力,从椅子上站起来时会摇摇晃晃的,上街时会把自己挂在雷尼的胳膊上,有时醒来她会无缘无故被吓到,或是觉得茫然,就像身处一个陌生的国家。她很少再去画室,以至于她决定解雇助手们,并给科斯滕买连环画和糖果,以便在她不在的时候安慰她。科斯滕的情绪稳定取决于她的生活规律和情感,一切都一成不变的时候,她就会开心。她住在她兄嫂的车库上面的一间房子里,她帮忙抚养的三个侄子都很宠爱她。工作日她总会在中午坐同一班公车,它会将她带到两个街区之外的画室。她会用自己的钥匙开门,通风、打扫,坐在侄子们在她四十岁生日时送给她的那张印有名字的电影导演椅子上,然后吃放在书包里带来的鸡肉或金枪鱼三明治。之后她会准备好画布、画笔和颜料,烧开泡茶的水,然后眼睛盯着门等待。如果阿尔玛不打算过去,她会给她的手机打电话,她们会聊上一会儿,然后她会给她布置某项任务,让她能够一直忙到5点。科斯滕会在那个时间关闭画室,去公车站坐车回家。

一年之前阿尔玛估计,她会毫无变化地活到九十岁,但现在她已经不再那么肯定了;她怀疑死亡正在离她越来越近。之前她感觉它在街上游荡,后来她听见它在拉克之家的角落里低语,而现在它已经开始进到她的公寓里了。六十岁时她觉得死亡是某种与她无关的抽象之物;七十岁时她将它看成一个远亲,因为它不会提及自己,所以很容易就能被遗忘,但终究它会无情地来访。然而,八十岁之后,她开始与它熟悉起来,开始与伊莉娜谈论这件事。她到处都能看见它,它以公园里一棵倒掉的大树、一个因为癌症而掉光头发的人、她正在穿过街道的父亲和母亲的形态出现;她之所以能够认出他们是因为他们与格但斯克照片里的样子一模一样。有时是她的哥哥萨穆埃尔,他宁静地在自己的床上第二次死去。在她眼前出现的伊萨克·贝拉斯科姨父充满活力,就像他心脏出现问题之前一样,但时不时在清晨半梦半醒的时候来跟她打招呼的莉莉安姨妈却是她生命快要走到终点的样子。她是一个穿着淡紫色衣服的小老太太,眼睛看不见,耳朵听不见,满脸幸福,因为她相信自己的丈夫正牵着她的手。"你看墙上的这个影子,伊莉娜,你不觉得它像一个男人的侧影吗?那应该是纳撒尼尔。你别担心,孩子,我没有疯,我知道这只是我的想象。"阿尔玛对她说起纳撒尼尔,他的善良,他在解决问题、处理麻烦方面的天赋,说他曾经是、现在也依然是她的守护天使。

"这是一种说法,伊莉娜,属于个人所有的天使是不存在的。"

"当然存在!假如我不是有几个守护天使的话,我已经死掉了,或者我已经犯了什么罪被关起来了。"

"你都在想些什么啊,伊莉娜!在犹太人的传统中,天使们是上帝的信使,而不是人类的保镖,但我有我的保镖:纳撒尼尔。他一直在照顾我,一开始作为一个哥哥,后来作为一个完美的丈夫。我永远也无法还清他为我所做的一切。"

"你们做了将近三十年的夫妻,阿尔玛,你们有一个儿子还有孙子,你们一起在贝拉斯科基金会工作,您在他病中照顾他,支持他到最后一刻。他肯定也是这样想的,觉得他无法还清您为他所做的一切。"

"纳撒尼尔应该得到比我给他的更多的爱,伊莉娜。"

"也就是说,您爱他更像爱您的哥哥,而不是丈夫?"

"朋友,表哥,哥哥,丈夫……我不知道区别是什么。我们结婚时有过风言风语,因为我们是表兄妹,这被认为是乱伦,我想现在依然是这样。我猜我们的爱情一直都像乱伦。"

威尔金斯探员

10月的第二个星期五,罗恩·威尔金斯现身拉克之家找伊莉娜·巴兹里。他是一位联邦调查局探员,一个六十五岁的美国黑人,身材肥胖,灰头发,爱打手势。伊莉娜吃了一惊,问他是怎么找到她的,而威尔金斯提醒她对于他的工作而言消息灵通是必不可少的。他们有三年没见过面了,但常常通电话。威尔金斯会不时打电话给她,问问她的情况。"我很好,您放心。过去的事情已经过去了,我甚至已经不记得所有那些事了。"这是女孩从来不变的答案,但他们两个人都知道这不是真的。伊莉娜认识他时,威尔金斯看起来就像马上要用他那一身举重运动员的肌肉把西装撑破了似的;十一年之后,肌肉已经变成了肥肉,但他看上去依然像年轻的时候一样结实有力。他告诉她,他当外公了,给她看他外孙的照片,那是一个肤色比他外公要浅得多的两岁小男孩。"他爸爸是荷兰人。"威尔金斯解释道,尽管伊莉娜并没有问。他还说他已经到了退休的年纪,实际上那正是局里的一项要求,但他被用螺丝拧在他的椅子上了。他无法退休,依然在继续追踪那起花去了他职业生涯一大半时间的罪行。

探员是上午过半的时候到达拉克之家的。他们在花园里的一张木头长凳上坐下来喝淡咖啡——图书馆里一直都有,但没有人喜欢。一层薄薄的雾气从被夜间的细雨打湿的泥土上升起来,空气开始在秋天苍白的阳光中冷却。他们可以静静地交谈,那里只有他们两个人。有些住户已经在上早课了,但大部分人都起得很晚。只有园丁组长维克多·维卡什夫,一个长得像鞑靼战士、从十九年前就开始在拉克之家工作的俄罗斯人,在菜园里低声哼唱,还有坐在电动轮椅里飞速朝病痛诊所驶去的凯茜。

"我有一些好消息,伊莉莎贝塔。"威尔金斯告诉伊莉娜。

"从很多年前开始就没有人叫过我伊莉莎贝塔了。"

"当然。抱歉。"

"请您记住,现在我是伊莉娜·巴兹里。是您自己帮我选了这个名字。"

"告诉我,孩子。你过得怎么样?你在接受治疗吗?"

"我们现实一点吧,威尔金斯探员。您知道我挣多少钱吗?我没钱去看心理医生。区里只付了三次疗程的钱,我已经看完了,但是,就像您看到的,我没有自杀。我过着正常的生活,我在工作,而且打算去上网络课程。我想学习按摩疗法——对于像我这样双手有力气的人来说这是一份好工作。"

"你在接受医生的监督吗?"

"是的。我在吃一种抗抑郁药。"

"你住在哪里?"

"在伯克利,一个挺大而且便宜的房间里。"

"这个工作很适合你,伊莉娜。你在这里能安安静静的,没有人会来打扰你,你也很安全。他们对我说你很不错。我跟经理谈了一下,他说你是他最好的员工。你有男朋友吗?"

"以前有,但他死了。"

"你说什么!上帝啊!你缺的就是这个,孩子,我很遗憾。他是怎么死的?"

"老死的,我觉得;他九十多岁了。但这里有三位适龄的先生愿意成为我的男朋友。"

威尔金斯被逗乐了。他们沉默了一会儿,边吹边喝纸杯里的咖啡。伊莉娜突然感到被悲伤和孤独压得透不过气,仿佛这个善良男人的所思所想入侵了她,与她自己的思想混在一起,堵住了她的喉咙。就像作为一次心灵感应式的交流的回应,罗恩·威尔金斯用一条胳膊搂住她的肩膀,让她靠到他厚实的胸膛上。他有一种甜蜜蜜的古龙水的味道,与他这样一个大男人完全不相称。她感受着威尔金斯散发出的火炉一般的热度,他贴在她脸颊上的外套的粗糙质感,他手臂令人安慰的重量。她在这样的温暖中休息了几分钟,呼吸着他闻起来像高等妓女的味道,而他轻轻拍着她的背,就像在安慰他外孙时会做的那样。

"您给我带来的消息是什么?"等到恢复了一点儿之后,伊莉娜问他。

"赔偿,伊莉娜。有一项没有人记得的古老法律,它让你这样的受害者能够获得赔偿。有了这个,你就有钱接受你其实需要接受的治疗,有钱去上学,而且,如果我们运气好的话,你甚至还能有支付一间小公寓的首付款。"

"这是理论上的,威尔金斯先生。"

"有些人已经收到赔偿了。"

他向她解释,尽管她的事情并不是最近才发生的,但一个好律师能够证明她因所发生的事受到了严重的伤害,她患有创伤后综合征,需要接受心理和药物治疗。伊莉娜提醒他,罪犯没有能够被没收而用来对她进行赔偿的资产。

"他们抓到了那个网络里的其他人,伊莉娜。有钱有势的人。"

"那些人没对我做过任何事。罪犯只有一个,威尔金斯先生。"

"听我说,孩子。你不得不更换你的身份和住处,你失去了你的母亲、你的同学和其他认识你的人,你必须躲在另一个州。过去发生的事不属于过去,可以说它仍在继续发生,而且罪犯有很多。"

"我之前是这样想的,威尔金斯先生,但我已经决定了不能永远当一个受害者,我已经翻篇了。现在我是伊莉娜·巴兹里,我有另一个人生。"

"我不想去提醒你,但你依然是一个受害者。有些被告会非常愿意付给你一笔赔偿金,以此从丑闻中脱身。你允许我把你的名字给一个专攻这方面的律师吗?"

"不。为什么要重提这件事?"

"你考虑一下,孩子。你好好考虑一下,然后打这个电话找我。"探员把他的名片给她,对她说。

伊莉娜送罗恩·威尔金斯到门口,把名片收起来,但没有打算去用它;她已经靠着自己找到了出路,她不需要这笔钱,她觉得它脏,而且意味着再次接受审问、在写着最下流细节的文件上签字;她不想在法庭上翻动过去的炭火,她已经成年了,没有任何法官会允许她回避那些被告。然后媒体呢?她害怕她在乎的那些人会知道这件事,这包括她为数不多的朋友,拉克之家的老太太们,阿尔玛,尤其还有赛斯·贝拉斯科。

下午6点,凯茜给伊莉娜的手机打了电话,请她到图书馆喝茶。她们在一个僻静的角落坐下来,那里靠近窗户,远离来来往往的人。凯茜不喜欢拉克之家的茶包,她把它们叫作装在避孕套里的茶,她有自己的茶壶、陶瓷茶杯和一个法国牌子的喝不完的散装茶,还有黄油饼干。伊莉娜去厨房往茶壶里倒了沸水,但不打算帮助凯茜完成其余的准备工作,因为这套程序对她来说至关重要,她就是手臂痉挛也要完成。她不能将脆弱的陶瓷茶杯送到嘴边,而是必须使用一个塑料杯子和一根吸管,但她喜欢看着她的客人手里捧着她祖母传给她的杯子。

"今天早上在花园里抱你的那个黑人是谁?"凯茜问她。之前她们讨论了一部关于女犯人的电视剧的最新一集,这部剧她们两人都在一集不落地追着看。

"只是一个我很久没见的朋友……"伊莉娜支支吾吾道,为了掩饰心慌,她又给自己倒了些茶。

"我不相信你,伊莉娜。我观察你很久了,我知道你心里有事情在折磨你。"

"折磨我?这是你的想法,凯茜!我告诉过你了,那只是一个朋友。"

"罗恩·威尔金斯。前台把他的名字告诉我了。我去问谁来看你了,因为我觉得这个男人让你心烦意乱。"多年行动不便的生活以及为了活下去而付出的艰巨努力让凯茜变得瘦小,她在庞大的电动轮椅中看起来像一个小女孩,却散发出一种强大的力量,而那份她一直都拥有、在事故发生后越发凸显的好心肠则让它变得柔和。她永远挂在脸上的微笑和她极短的头发赋予了她一种顽皮的气质,这与她千年禅师一般的睿智形成鲜明对比。肉体上的痛苦将她从人性无可避免的负担中解脱出来,将她的灵魂打磨成了一颗钻石。脑出血没有影响她的智力,但就像她说的,它解开了枷锁,于是唤醒了她的直觉,让她能够看见不可见之物。

"你过来,伊莉娜。"她对她说。

凯茜瘦小、冰冷、手指因骨折而变形的双手抓住了女孩的胳膊。"你知道在不幸之中什么最能帮助你吗,伊莉娜?倾诉。这个世界上没有人是独自一人。你觉得我为什么创办了病痛诊所?因为有人分担的痛苦更加可以忍受。诊所帮助病人,但它对我的帮助更大。

我们所有人灵魂的阴暗角落里都住着魔鬼,但如果我们把它们拿到阳光下,魔鬼们就会变小、变弱,会安静下来,最后放过我们。"

伊莉娜试图从她钳子般的手指中挣脱,但没有成功。凯茜灰色的眼睛久久凝视着她的眼睛,它们包含着如此多的怜悯和温情,让她无法拒绝。她跪倒在地上,把头靠在凯茜凹凸不平的膝盖上,任由她用僵硬的双手爱抚自己。自从离开她的外公外婆之后,从来没有人这样触碰过她。

凯茜告诉她,生命中最重要的任务是除去自身的伪装,完全忠于现实,将全部的能量放到现在,而且现在立即就要这样做。等待是不可取的,这是她在事故发生以来学到的东西。在她有的条件下,她依然有时间实现她的想法,更好地认识自己。活着,存在,热爱阳光、人、鸟。疼痛反反复复,恶心的感觉反反复复,肠道问题反反复复,但不知为何这些并没有占据她太多时间。相反,她能够在淋浴时享受每一滴水,享受友好的双手用洗发水为她洗头的感觉,以及夏日里的一杯柠檬茶带来的美妙凉意。她不想未来,只想着这一天。

"我试图告诉你的是,伊莉娜,你不应该继续抓着过去不放,对未来充满恐惧。你只有一次生命,但如果你好好活过,那就够了。现在,这一天,是唯一真实的东西。你为什么还不赶紧开始幸福地活着?每天都很重要。我太知道了!"

"幸福不是每个人都能拥有的,凯茜。"

"当然是。我们所有人生来都是幸福的。渐渐地我们的生活被污染了,但我们可以净化它。幸福不像享受或快乐,它既不丰盛也不喧闹。它无声、宁静、轻柔,是一种始于爱自己的内心满足的状态。你必须像我,像所有了解你的人,尤其是像阿尔玛的孙子爱你一样爱自己。"

"赛斯不了解我。"

"这不是他的错,这个可怜的家伙试着接近你好几年了,谁都能看出来。如果他没成功,那是因为你把自己藏起来了。跟我说说那个威尔金斯吧,伊莉娜。"

伊莉娜·巴兹里有一个关于她过去的官方故事,那是她在罗恩·威尔金斯的帮助下编造出来的,在躲不过去的情况下,她用它来应对他人的好奇。这其中有真实的成分,但并不完全是事实,而是只有可以承受的那部分。十五岁时法院为她指派了一名心理医生,对她进行了几个月的治疗,直到她拒绝继续讲述曾经发生的事,决定换一个名字,到另一个州去,更换了很多次住所,以便能够重新开始。那位心理医生反复告诉过她,创伤是不会因为她拒绝面对而消失的;它们就像在阴暗处等待的美杜莎,一有机会就会用她的蛇发攻击她。伊莉娜没有迎战,而是逃走了。在那之后她的生活就是一次长久的逃亡,直到她来到了拉克之家。她躲在她的工作、电子游戏的虚拟世界和奇幻小说中,在那些小说里她不是伊莉娜·巴兹里,而是一个拥有魔力的女英雄;然而威尔金斯的出现再一次击溃了这个脆弱的虚幻世界。她过去的噩梦就像落在路上的灰尘,只要有一点风就足以把它扬起来。她累了,她明白只有手持黄金盾甲的凯瑟琳·霍普才能帮助她。

1997年她十岁的时候,她的外公外婆从拉德米拉那里收到了一封改变她命运的信。她的母亲在电视上看到了一个关于卖淫的节目,得知摩尔多瓦这样的国家会为阿拉伯和欧洲的妓院提供年轻的肉体。她打着寒战回忆起她在土耳其凶残的妓院老板手下度过的那段时期,决定不能让她的女儿遭受同样的厄运,于是她说服了她的丈夫,一个她在意大利结识、之后将她带到了得克萨斯的美国技工,让他帮女孩移民到了美国。她在心里承诺,伊莉娜将会得到她想要的东西,更好的教育,汉堡和薯条,冰激凌,他们甚至会去迪士尼乐园。为了避免引发嫉妒和人们通常会向炫耀者投去的怨恨目光,外公外婆让伊莉娜不要把这件事告诉任何人,同时他们开始进行申请签证的手续。这件事办了两年。机票和护照最终到来的时候,伊莉娜已经十二岁了,但看起来却像一个营养不良的八岁小男孩,因为她个子矮小,非常瘦,有一头不服管的浅色头发。她是那样向往美国,以至于她渐渐意识到围绕在她周围的贫穷和丑陋,她之前从来没有注意到过,因为她无从比较。她的村子看起来像是经历了一场炸弹袭击,半数的房子都用墙围起来或是几成废墟,饥饿的野狗成群结队地在土路上游荡,放养的母鸡在垃圾堆里翻拣食物,老人们坐在自己简陋房子的门槛上,沉默地抽着黑色的烟草,因为能说的话都已经说完了。那两年里,伊莉娜与大树、小山、土地和天空一一告别,因为她的外公外婆说,它们还是共产主义社会时期的那个样子,而且永远都将会是这样。她无声地与邻居和学校里的孩子们告别,与陪伴她度过童年的毛驴、山羊、猫和狗告别。最后,她告别了科斯特亚和佩特露塔。

外公外婆准备了一个用细绳捆好的纸板箱,里面放着伊莉娜的衣服和一张崭新的圣帕拉斯基娃的图片,那是他们在最近的镇子上的一个圣徒市场里买来的。或许他们三个人觉得他们不会再见面了。从那时候开始,伊莉娜就有了一个习惯,无论她在哪里,哪怕是只停留一个晚上,她也会搭一个小祭坛,在上面放上圣徒以及她仅有的一张外公外婆的照片。那张手工上色的照片是他们结婚那天照的,他们穿着传统服装,佩特露塔的是刺绣裙子和织花头巾,科斯特亚的则是及膝短裤、短外套和一条宽腰带,他们像木棍似的站得笔直,几乎叫人认不出来,因为那时他们还没有被劳作压弯脊背。伊莉娜没有一天不向他们祈祷,因为他们比圣帕拉斯基娃还要神奇,就像她对阿尔玛说过的,他们是她的守护天使。

女孩成功地独自一人从基希讷乌到了达拉斯。她之前只出过一次门,是与外婆一起坐火车到最近的城市的医院,看望在那里接受胆囊手术的科斯特亚。她从来没有从近处见过飞机,只见过在天上飞的,而她会说的英语只有那些她听过之后记下来但却不知道意思的流行歌曲。航空公司给她在脖子上挂了一个装着她的身份证、护照和机票的塑料信封。在十一个小时的飞行期间,伊莉娜没吃东西也没喝水,因为她不知道飞机上的食物是免费的,空姐也没有告诉她,而在达拉斯机场度过的四个小时里,没有带钱的她也没吃东西。通往美国梦的入口就是那个巨大而混乱的地方。她的母亲和继父弄错了飞机的到达时间,这是他们终于赶来接她的时候告诉她的。伊莉娜不认识他们,但他们看到了一个头发颜色很浅的小女孩坐在一条长凳上,脚边放着一个纸板箱,就认出了她,因为他们有她的照片。关于那次相见,伊莉娜只记得他们两个人都满身酒气,她非常熟悉这种酸臭的气味,因为她的外公外婆和她村子里其余的居民都借家酿葡萄酒浇愁。

拉德米拉和她的丈夫吉姆·罗宾斯开车把初来乍到的小女孩带回了在她看来很豪华的家,尽管那只是一栋普普通通、疏于打理的木头房子,位于城市南部的一个工人社区。她的母亲故作姿态地在两个房间的其中之一里放上了摆成心形的靠垫,还有一只脚上用细绳绑着一个粉色气球的毛绒玩具熊。她建议伊莉娜尽可能久地坐在电视机前面;这是学英语最好的方法,她就是这么做的。四十八个小时之后,她为女儿在一所公立学校报了名,那里大部分学生都是黑人或西班牙语美洲裔,女孩从来没有见过这些种族的人。伊莉娜花了一个月才学会说几句英语,但她听力很好,很快就能跟上课程。一年之后她说英语就没有口音了。

吉姆·罗宾斯是电工,属于工会,他按小时拿最高工资,在发生事故和其他麻烦事的时候能够得到保护,但并不是总能找到工作。他们的合同按照一份成员名单轮流分配,从名单最上面的人开始,然后轮到第二个,第三个,以此类推。完成一份合同的人会被放到最底下去,有时候要等几个月才会重新有人找他干活,除非他与工会的领导关系好。拉德米拉在一家商店的童装部工作,上下班都要在路上花费一个小时十五分钟的时间。吉姆·罗宾斯有活干的时候,她们很少能看到他,因为他会抓住机会一直干到筋疲力尽;加班时间他们会付给他两倍或三倍的工资。那段时间他不喝酒也不嗑药,因为一不小心他就可能会触电,但在漫长的休息期间里他会喝个够,而且把许多种药混在一起嗑,奇怪的是他竟然还能站起来。"我的吉姆像公牛一样坚强,什么都放不倒他。"拉德米拉骄傲地说。她只要还有力气就会一直陪他玩,但她没有他那样的体力,很快就会倒下。

在美国最初的日子里,继父让伊莉娜懂得了他所谓的规矩。她的母亲不知道,或者假装不知道,直到两年之后,罗恩·威尔金斯来到她的家门口,向她出示了自己的联邦调查局警证。

秘 密

在伊莉娜的多次请求和自己的反复犹豫之后,阿尔玛同意领导"无所谓小组"。伊莉娜之所以有这个想法,是因为她意识到拉克之家中对于财富充满执念的住户们有多么不开心,而那些不那么在乎的住户则过得更加快乐。她看到阿尔玛放弃了太多东西,以至于她都开始害怕要把自己的牙刷借给她,因此她想让她来为这个小组鼓劲。第一次会议将在图书馆举行。报名参加的有五个人,其中包括雷尼·比尔,他们到得很准时,但阿尔玛没来。他们等了她十五分钟,然后伊莉娜去叫她了。她发现公寓里空无一人,阿尔玛留了一张纸条告诉她自己会离开几天,请她帮忙照顾内克。那只猫之前病了,不能独自待着。伊莉娜住的地方禁止带宠物,她不得不将它装到一个购物袋里偷偷弄回去。

那天晚上赛斯给她的手机打电话,问起他的祖母,因为他晚饭的时候去看她了,但却没找到她,他很担心,以为阿尔玛还没有完全从电影院里发生的那件事里恢复过来。伊莉娜告诉他,她去赴她的另一场爱情约会了,所以忘记了与他的约定;她与"无所谓小组"弄得不太愉快。赛斯之前与一位客户在奥克兰港见面,因为想到那里离伯克利很近,他邀请伊莉娜一起去吃寿司;他觉得这是聊日本情人时最适合吃的食物。她正在床上与内克一起玩她最喜欢的电子游戏《上占卷轴5》,但还是穿上衣服出去了。那家餐馆有着东方式的静缓与宁和,全部是用浅色木头建成的,带有用宣纸隔板分开的隔间,点着红灯笼,它们温暖的亮光让人平静。

"你觉得阿尔玛消失时会去哪里?"点完菜之后赛斯问她。

她为他的陶瓷小酒盅倒满清酒。阿尔玛告诉过她,在日本正确的做法是为同桌的伙伴倒酒,然后等着有人给你倒。

"雷斯岬的一家旅馆,离圣弗朗西斯科一个小时十五分钟。那里有一些水边的乡村小屋,是一个非常偏僻的地方,有很好的鱼和海鲜、桑拿、美丽的风景和浪漫的房间。现在这个时候那里很冷,但每个房间都有壁炉。"

"你怎么会知道所有这些事?"

"通过阿尔玛信用卡的账单。我在网上搜索了那个旅馆。我猜她跟一命一起在那里。你别想去打扰她,赛斯!"

"你在想什么呢!她永远不会原谅我的。但我可以派我的一个调查员过去看一眼……"

"不!"

"不,当然不。但你得承认这件事很令人不安,伊莉娜。我的祖母身体虚弱,她有可能再次出现电影院里那样的情况。"

"她现在还是自己生命的主人,赛斯。你还知道其他关于福田一家的事吗?"

"是的。我想到去问一下我的爸爸,结果他记得一命。"

1970年拉里·贝拉斯科十二岁的时候,他的父母翻新了海崖的房子,买下了旁边的土地用来扩建已然非常广阔的花园,它从来没有从伊萨克·贝拉斯科死去那一年春天的冰冻以及之后的荒废中彻底恢复过来。据拉里说,有一天来了一个亚洲面孔、身穿工作服、戴着棒球帽的人,他不愿进到房子里,原因是他的靴子上沾满了泥。他就是福田一命,是之前与伊萨克·贝拉斯科共同拥有、如今归他所有的公司名下那个鲜花和植物苗圃的主人。直觉告诉拉里,他的母亲与这个男人相识。他父亲告诉福田,他对于花园一窍不通,必须要由阿尔玛来做决定,这让男孩觉得很奇怪,因为纳撒尼尔领导着贝拉斯科基金会,至少在理论上非常了解花园。由于土地的面积以及阿尔玛的宏伟计划,那项工程过了好几个月才最终完成。一命测量了土地,检查了土质、温度和风向,在一块画板上标出了线条和数字,而充满好奇的拉里则紧紧跟着他。之后他带来了一个由六个工人组成的小队,全部都是日本人,以及第一车物资。一命是一个安安静静、表情克制的人,他总是仔细地观察,似乎从来不着急,不太说话,即便说话的时候声音也非常轻,拉里必须靠近他才能听到。他很少主动与人交谈或是回答关于他自己的问题,但由于注意到了拉里的兴趣所在,他开始给他讲关于大自然的事。

"我爸爸跟我说了一件非常奇怪的事,伊莉娜。他肯定地告诉我一命有光晕。"

"什么?"

"光晕,一种隐形的光环。那是一种悬在脑袋后面的光圈,就像宗教画里的圣徒们有的那种。一命的光晕是看得见的。我爸爸对我说它并不是一直都能被看见,只是有些时候,取决于光线。"

"你在开玩笑吧,赛斯……"

"我爸爸不开玩笑,伊莉娜。啊!还有一件事:那个人应该是某种行者,因为他能控制自己的脉搏和体温,可以让一只手热得像发烧一样,而让另一只手冷得像冰。一命向我爸爸展示过好几次。"

"这是拉里对你说的还是你自己编出来的?"

"我向你保证这是他告诉我的。我爸爸很多疑,伊莉娜,他不相信任何他自己无法验证的东西。"

福田一命完成了那项工程,还附赠了一个小小的日式花园,那是他为阿尔玛设计的,之后他将任务交给了其他园丁。拉里只有在他每一季过来检查时才能看到他。他注意到他从来不与纳撒尼尔交谈,而是只跟阿尔玛说话。他与她保持着一种正式的关系,至少在他面前是这样。一命会拿着一束鲜花来到侧门前,脱掉鞋子,在进来的时候略微一鞠躬作为问候。阿尔玛总是在厨房等他,以同样的方式回应他的问候。她会把花放进一只大花瓶,他会接过一杯茶,他们会分享片刻这种缓慢而无声的仪式——他们两人生命中的一次停顿。两年之后,当一命不再到海崖来的时候,拉里的母亲告诉他一命去了日本。

"他们那时候会是情人吗,赛斯?"伊莉娜问他。

"我不能问我父亲这个,伊莉娜。而且,他也不会知道。我们几乎对我们自己的父母一无所知。但我们可以猜测他们在1955年时曾经是情人,就像我祖母对雷尼·比尔所说的那样,他们在阿尔玛嫁给纳撒尼尔时分开了,在1962年重逢,从那以后就在一起了。"

"为什么是1962年?"伊莉娜问。

"我在猜测,伊莉娜,我并不确定。那一年我的曾祖父伊萨克去世了。"

他向她讲述了伊萨克·贝拉斯科的两场葬礼,以及那时候家族是如何得知他们的家长这一辈子做的好事,得知他作为律师免费提供过辩护的人,他送过或借过钱的穷人,他教育过的其他人的孩子,以及他支持过的高尚事业。赛斯已经发现福田一家受过伊萨克·贝拉斯科的许多恩惠,他们尊敬他、喜欢他,所以他推测他们毫无疑问应该会去参加其中的一场葬礼。根据家族里流传的说法,在伊萨克去世之前不久,福田一家拿走了他们之前埋在海崖的一把古刀。花园里的牌子还在那里,那是伊萨克留在那里标明位置的。阿尔玛和一命最有可能是在那时候重逢的。

"从1955到2013年过了五十多年,差不多正是阿尔玛对雷尼说的那样。"伊莉娜算了一下。

"如果我的祖父纳撒尼尔怀疑他的妻子有个情人,他也会装作不知道的。在我家里表象比真相更重要。"

"对你来说也是吗?"

"不。我是那只黑羊。只要告诉你,我爱着一个像摩尔多瓦的吸血鬼一样苍白的女孩就够了。"

"吸血鬼们来自特兰西瓦尼亚①,赛斯。"

这几天我记起了很多关于伊萨克·贝拉斯科先生的事,因为我的儿子麦克满四十岁了,我决定将福田家族的武士刀交给他:轮到他来守护它了。1962年年初的时候,有一天你的姨父伊萨克打电话给我,告诉我或许到了把那把刀取走的时候,它已经埋在海崖的花园里二十年了。他肯定已经怀疑自己病得很重,快要走到生命尽头了。我们家里剩下的所有人都去了,我的母亲、我的姐姐和我。大本教的精神领袖森田景美陪着我们。在花园里举行仪式的那天,你与你的丈夫去旅行了。或许你的姨父选择那一天正是为了避免你和我相见。关于我们的事他知道多少?我

---

① 特兰西瓦尼亚,指罗马尼亚中西部地区,是小说《德古拉》中吸血鬼城堡的所在地。

猜很少,但他是个非常狡猾的人。

一命
2004年3月3日

伊莉娜就着绿茶吃寿司的时候,赛斯喝下了超出他承受限度的热清酒。酒盅里装的东西一口就消失了,而因为谈话分了心的伊莉娜又会给他倒满。他们谁也没有意识到,身穿前面扎着一块印花手帕的蓝色和服的服务员又给他们拿了一瓶酒。到了吃甜点——焦糖冰激凌——的时候,伊莉娜注意到了赛斯微醺哀切的表情,这是他们应该在情况变得令人不舒服之前告别的信号,但她不能将那个状态下的他扔下。服务员主动提出帮他们叫一辆出租车,但他拒绝了。他靠着伊莉娜,磕磕绊绊地走出去,外面寒冷的空气让清酒的酒劲越发强烈了。

"我觉得我不应该开车……我能跟你一起过夜吗?"他舌头打结,口齿不清。

"那你的摩托车怎么办?你把它放在这里会被偷走的。"

"去他妈的摩托车。"

他们走了十个街区来到伊莉娜的住处,这段路花了他们将近一个小时,因为赛斯是像螃蟹一样横着走的。她曾经住过更差的地方,但身边的赛斯让她为这个乱糟糟又脏兮兮的破房子感到羞愧。她与十四个租户同住,他们挤在用刨花板分隔开来的房间里,有些房间没有窗户或通风口。那是伯克利其中一处受到租金管制的房子,房东们懒得打理,因为他们无法提高租金。外墙的涂料上有大块污渍,百叶窗的铰链脱落了,院子里堆满了没用的物品:破轮胎、自行车零件、一个在那里放了十五年的黄绿色马桶。里面有一种混合了广藿香和坏掉的花椰菜汤的气味。没有人打扫过道或公共浴室。伊莉娜在拉克之家洗澡。

"你为什么住在这个鬼地方?"赛斯惊愕地问。

"因为便宜。"

"那么你比我之前想象得要穷得多,伊莉娜。"

"我不知道你是怎么想象的,赛斯。几乎所有人都比贝拉斯科家族要穷。"

她帮他脱掉鞋子,把他推到地上用来当作床的床垫上。床单是干净的,这个房间里的一切都是干净的,因为伊莉娜的外公外婆教过她,贫穷不是邋遢的借口。

"这是什么?"赛斯指着墙上的一只小铃铛问道,它绑在一根从一个小洞通往隔壁房间的绳子上。

"没什么,你别担心。"

"什么没什么?另外一边住着谁?"

"蒂姆,我在咖啡馆的朋友,我给狗洗澡的生意伙伴。有时候我会做噩梦,如果我开始尖叫的话,他就会拉一下绳子,铃铛一响,我就醒了。这是我们的约定。"

"你会做噩梦吗,伊莉娜?"

"当然。你不会吗?"

"不会。但我会做春梦,这倒是。你想让我给你讲一个吗?"

"睡吧,赛斯。"

赛斯不到两分钟就听话地睡着了。伊莉娜喂内克吃了药,用她放在角落里的水罐和脸盆清洗了一下,脱下牛仔裤和衬衫,换上了一件旧T恤,把猫放在自己和赛斯中间,靠着墙壁蜷起身体。她好不容易才睡着,她一直在注意她身边的男人,还有房子里的声响和花椰菜的臭气。唯一通向外面的小窗子太高了,只能看见小小的一方天空。

有时候月亮会短暂地打个招呼,然后继续它的轨迹,但那一晚并不是那样一个幸运的夜晚。

伊莉娜在早晨透进她房间里的微弱光线中醒来,发现赛斯已经不在了。已经9点了,她一个半小时之前就应该出门去上班了。她的头和全身的骨头都疼,就好像喝完清酒的宿醉也通过渗透作用传染给了她似的。

坦　白

那天和之后的一天阿尔玛都没有回拉克之家,也没有打电话来问内克怎么样。猫咪已经三天没有吃东西了,也几乎没有咽下伊莉娜用针管喂到它嘴里的水;药物对它没有作用。她打算去找雷尼·比尔,让他带它去看兽医,但赛斯在拉克之家出现了。他看上去很精神,刮了胡子,穿着干净的衣服,带着些许悔恨,为前一晚发生的插曲感到羞愧。

"我刚知道清酒有十七度。"赛斯说。

"你找到你的摩托车了吗?"伊莉娜打断他。

"嗯。我在咱们扔下它的地方找到了它。它完整无缺。"

"那就带我去兽医那儿吧。"

卡耶医生接待了他们,多年前正是他为索菲亚做了腿部截肢手术。这不是巧合:这位兽医是关注领养罗马尼亚流浪狗机构的志愿者,而且雷尼之前也向阿尔玛推荐过他。卡耶医生诊断出了肠梗阻;猫咪必须立刻接受手术,但伊莉娜不能做这个决定,而阿尔玛的手机没有人接。赛斯将这件事接了过去,他按照对方的要求支付了七百美元押金,将猫咪交给了护士。之后不久,他与伊莉娜一起去了她开始为阿尔玛服务之前曾经工作过的那家咖啡馆。蒂姆接待了他们,他三年都没有升过职。

赛斯的胃还在因为清酒而翻腾,但头脑已经清楚了。他得出结论,他照顾伊莉娜的责任不能再推迟了。他爱她的方式与他之前爱其他女人的有所不同,并不带着没有给温柔留下空间的强烈占有欲。他渴望她,也曾经等待她能开启通往欲望的狭窄小径,但他的耐心并没有什么用;到了转而采取直接行动或者彻底放弃她的时候了。伊莉娜过去的某件事阻止了她,这是她对于亲密关系有根深蒂固恐惧唯一的解释。他有冲动想去找他的调查员,但他已经决定不能这样背叛伊莉娜。他觉得这个秘密将会在某一个时刻水落石出,于是把问题都吞进了肚子里,然而他已经受够了这样瞻前顾后。最要紧的事是把她从她住的那个老鼠窝里弄出来。他像将要面对陪审团那样准备了一番论据,但当她带着她精灵般的面孔和可怜兮兮的帽子站在他面前时,他忘了自己要说的话,只是直截了当地提出让她来跟他一起住。

"我的公寓很舒服,我都住不过来,你会有自己的私人房间和卫生间。不要钱。"

"以什么作为交换?"伊莉娜怀疑地问他。

"为我工作。"

"具体是什么工作?"

"关于贝拉斯科家族的书。它需要进行很多调查,而我没有时间。"

"我每周要在拉克之家工作四十个小时,还要为你祖母工作十二个小时,另外我周末还要给狗洗澡,而且我打算开始上夜校。我比你更没时间,赛斯。"

"你可以放下一切,除了为我祖母做的工作,然后把时间花在我的书上。你会有住的地方以及一份不错的薪水。我想试试与一个女人同住是什么感觉,我从来没有这样做过,应该练习一下。"

"我知道你被我的房间吓到了。我不想让你可怜我。"

"我不可怜你。现在我是生你的气。"

"你想让我放弃我的工作、我稳定的收入、我花了那么久才找到的伯克利那间租金固定的屋子,让我住到你的公寓里去,等你觉得我无聊了,我就会无家可归。好得很。"

"你完全不懂,伊莉娜!"

"我懂你的意思,赛斯。你想要一个能上床的女秘书。"

"上帝啊!我不会求你,伊莉娜,但我警告你,我马上就要转过身,从你的生命里消失了。你知道我对你有什么样的感觉,就连我的祖母都能看出来。"

"阿尔玛?你的祖母跟这个有什么关系?"

"那是她的想法。我之前想向你求婚,以为这就行了,但她说我们最好一起住一两年试一下。这能让你有时间适应我,也能让我的父母有时间适应你不是犹太人而且你很穷这件事。"

伊莉娜没有打算压抑自己的哭声。她把脸埋进她交叉着放在桌上的手臂中间,头痛让她不知所措。这几个小时以来她痛得更厉害了,那些像雪崩一般压过来的矛盾的情感则让她迷茫不已:对于赛斯的爱和感激,对于她自身局限的羞愧,对于她未来的绝望。这个男人给了她小说里的爱情,但那不属于她。她可以爱拉克之家的老人,爱阿尔玛·贝拉斯科,爱有的朋友,比如爱此刻正从柜台那边担心地看着她的生意伙伴蒂姆,爱住在一棵红杉树的树干里的她的外公外婆,爱内克、索菲亚和养老院里的其他宠物;她可以爱赛斯比爱生命里的其他人都要多,但却无法给他足够的爱。

"你怎么了,伊莉娜?"赛斯茫然失措地问她。

"跟你一点也没关系。是一些过去的事。"

"告诉我。"

"为什么?它不重要。"她一边用纸巾擤鼻涕一边回答。

"它很重要,伊莉娜。昨天晚上我想拉你的手,你几乎打了我。你当然没错,我太卑鄙了。请你原谅。这不会再发生了,我向你保证。我爱了你三年了,这个你非常清楚。你为什么还没有爱我?小心了,女人,你看我是能找到另一个摩尔多瓦女孩的,有几百个这样的女孩愿意为了拿到美国护照而结婚。"

"好主意,赛斯。"

"跟我在一起你会幸福的,伊莉娜。我是世界上最好的人,完全无害。"

"没有哪个骑摩托的美国律师是无害的,赛斯。但我承认你是一个很棒的人。"

"所以你接受吗?"

"我不能。假如你知道我的理由,你会拔腿就跑的。"

"看看我是不是能猜到:走私濒危外来动物?无所谓。你到我的公寓来看看,然后再决定吧。"

那间公寓在内河码头区的一栋现代建筑里,有门卫,电梯里有斜面镜,完美得像是没有人住。除了一张菠菜色的皮沙发,一台巨大的电视机,一张整整齐齐地摆着杂志和书的玻璃桌子,以及几个丹麦式吊灯之外,这个由大窗户和深色镶木地板组成的"撒哈拉沙漠"里就再也没有其他东西了。没有地毯、画、装饰品或植物。厨房里最显眼的东西是一张黑色花岗岩桌子和一系列闪亮的铜锅,它们没被用过,而是用几个钩子挂在天花板上。出于好奇,伊莉娜朝冰箱里面瞄了一眼,她看到了橙汁、白葡萄酒和脱脂牛奶。

"你吃固体食物吗,赛斯?"

"吃,在我父母家里或餐馆里。就像我母亲说的,这里缺少女性的手。你会做饭吗,伊莉娜?"

"土豆和卷心菜。"

赛斯口中正在等她来住的房间像公寓里的其他房间一样一尘不染而男性化,里边只有一张罩着天然亚麻床罩、上面放着丝毫没有为房间增添任何欢乐气息的三个咖啡色系大枕头的大床,一个床头柜和一把金属椅子。沙色的墙壁上挂着纳撒尼尔·贝拉斯科为阿尔玛拍摄的其中一张黑白照片,然而它与其他照片如此不同,伊莉娜觉得那些照片都非常犀利,而这一张里,只有她在一种云遮雾绕的梦幻氛围中的半幅睡颜。这是伊莉娜在赛斯的沙漠里看见的唯一一件装饰品。

"你在这里住了多久了?"她问他。

"五年。你喜欢吗?"

"视野极佳。"

"但这间公寓让你觉得冷冰冰的。"赛斯总结道,"好吧,如果你想进行改变,我们必须就细节问题达成一致。不能有流苏或冰激凌色,它们与我的性格不符,但我非常愿意在装饰方面略微做出让步。不是现在,而是以后,等你求我娶你的时候。"

"谢谢,不过现在你还是先送我去地铁站吧,我要回我的房子那里去了。我觉得我感冒了,我全身都疼。"

"不,小姐。我们要叫中国菜来吃,看一部电影,并等着卡耶医生打电话给我们。我会给你阿司匹林和茶,这对你有好处。很可惜我没有热鸡汤,这是一种从来都有效的药。"

"抱歉,但你能让我泡个澡吗?我有好几年没泡过了,我在拉克之家的员工浴室冲澡。"

那是一个明亮的下午,从浴缸旁边的大窗户里能看到这个喧闹的城市的全景,车流,海湾里的帆船,街上的人——走路的、骑车的、踩滑板车的,摆在人行道上橙色遮阳篷下面的桌子旁边的客人,轮渡大楼的钟塔。伊莉娜颤抖着将自己浸入热水中,直到水漫到她的耳朵,她感觉到紧绷的肌肉是如何松弛下来,以及疼痛的骨头是如何放松的;她再一次感谢贝拉斯科家族的财富和慷慨。过了一会儿,赛斯在门的另一边通知她食物送到了,但她又在水里泡了半个小时。最后她不情不愿地穿上衣服,觉得困倦、头晕。装着糖醋肉、炒面和烤鸭的纸盒子的味道让她觉得恶心。她倒在沙发上睡着了,一直到好几个小时之后才醒过来,这时窗外已经天黑了。赛斯在她的脑袋下面塞了一个枕头,给她盖了一条毛毯,正坐在沙发一角收看他当晚的第二部电影——间谍、跨国犯罪和俄罗斯黑帮的坏人,膝盖上搭着她的脚。

"我不想吵醒你。卡耶打过电话了,说内克的手术很顺利,但它的脾脏里有一个大肿瘤,这意味着它要开始走向生命尽头了。"他告诉她。

"真可怜,但愿它没在受罪……"

"卡耶不会让它受罪的,伊莉娜。你的头疼怎么样了?"

"我不知道。我非常困。你不会在茶里下了药吧,赛斯?"

"我有,我放了氯胺酮。你为什么不到床上去好好睡一觉呢?你发烧了。"

他把她带到挂着阿尔玛照片的房间里,替她脱了鞋,帮她躺下,为她盖好被子,然后继续去看他的电影了。第二天伊莉娜醒得很晚,靠着发汗和睡眠退烧了;她觉得自己好了一些,但还是双腿无力。她在厨房的黑色桌子上发现了一张赛斯留下的字条:"咖啡可以过滤了,打开咖啡机。我的祖母已经回到了拉克之家,我把内克的事告诉她了。她会通知沃伊特你病了,不去上班。好好休息。我晚一点给你打电话。吻你。你未来的丈夫。"还有一罐放了细面条的鸡汤、一小盒覆盆子和一个装着附近的面包店买来的甜面包的纸袋子。

赛斯不到下午6点就回来了,他从法庭上出来,急着想要见到伊莉娜。他给她打了好几个电话,确认她没有走掉,但他害怕她会因为最后时刻的一次冲动就消失不见了。一想到她,他脑海里出现的第一个画面是一只飞快逃走的机灵的野兔,第二个画面则是不得不听阿尔玛讲故事时,她苍白专注的脸庞,半开半闭的嘴巴,受惊的圆眼睛。在看到她之前他就知道她在,公寓里有了人气,沙色的墙壁似乎更温暖了,地板有一种他从未注意到的丝缎光泽,空气本身也变得更加可爱了。她迈着颤颤巍巍的步子出来接他,眼睛睡肿了,头发翘得像一只灰白色的毛绒玩具。赛斯朝她张开双臂,而她第一次将它们当成了自己的庇护所。他们拥抱了一会儿,她觉得像永远那样久,而对他而言只是瞬息之间;之后她把他拉到了沙发上。"我们必须谈谈。"她对他说。

在听完她的坦白之后,凯瑟琳·霍普曾经让她保证会把这件事告诉赛斯。这不仅是为了把这株毒害她的毒草拔掉,也是因为他有权利了解真相。

2000年年底,罗恩·威尔金斯与两名加拿大调查员合作,以确认互联网上流传的几百张图片的来源。它们属于一个九岁左右的小女孩,她遭受了严重的伤害和强暴,很可能没有活下来。那是专门搜集儿童色情图像产品的收藏者们的最爱,他们会通过一个国际网络私下购买照片和视频。针对儿童的性剥削不是什么新鲜事,它已然完全不受制裁地存在了几个世纪,但探员们找到了一项1978年颁布、宣布它在美国是违法的法律。从那一年开始,照片和影片的生产与销售都减少了,因为利润不足以补偿法律方面的风险。之后有了互联网,市场开始以一种无法控制的方式扩张。据估计,有几十万个传播儿童色情图像产品的网站以及超过两千万名消费者,其中的一半都在美国。挑战在于找出顾客,但最重要的是打击制作者。在这起关于那个头发颜色极浅、耳朵尖尖、下巴上有一道沟的小女孩的案件中,他们向他提供的关键名字是爱丽丝。照片是刚拍摄不久的。他们怀疑爱丽丝可能比她看上去的年纪更大,因为制作者们会试图让受害者们看上去尽可能年幼,这是消费者们的要求。在紧张合作了十五个月之后,威尔金斯和加拿大人找到了其中一个收藏者的踪迹,他是蒙特利尔的一个外科整形医生。他们闯入他的住处和诊所,搜查了他的电脑,找到了超过六百张照片,其中包括爱丽丝的两张照片和一段视频。外科医生被逮捕了,同意与当局合作以换取减刑。在获得信息和联系方式之后,威尔金斯开始行动。这位身材结实的探员形容自己是一条猎犬,他说只要他嗅到猎物的踪迹,就没有什么能让他分心。他会一直追踪它到最后,在抓住它之前都不会休息。为了让对方把他当成同道中人,他下载了爱丽丝的几张照片,用数码技术对它们进行了修改,让它们看上去像是新照片,其中看不出女孩的脸,尽管了解她的人能把她认出来。他依靠这些照片进入了蒙特利尔的收藏者们使用的网络。他很快找到了好几个有兴趣的人。他得到了第一条线索,剩下就要靠嗅觉了。

2002年11月的一天晚上,罗恩·威尔金斯按响了达拉斯南部一个低级社区中一栋房子的门铃,爱丽丝为他开了门。他第一眼就认出了她,她太特别了。"我来找你的父母谈谈。"他如释重负地叹了一口气,因为他不确定女孩是否还活着。他幸运地赶上了吉姆·罗宾斯在另外一个城市工作而女孩与她的母亲单独在一起的时候。探员出示了他的联邦调查局徽章,没有等对方邀请就推开门进去,径直走到了客厅里。伊莉娜一直记得这一刻,就像刚刚才经历过它一样:那个黑皮肤的巨人,他身上甜蜜花香调的气味,他深沉迟缓的声音,他又大又细腻、掌心是粉红色的双手。"你几岁了?"他问。拉德米拉正要喝第二杯伏特加和第三瓶啤酒,但她依然觉得自己很镇定,试图以她女儿未成年为理由介入谈话,表示对方应该向她提问。威尔金斯伸手让她闭嘴。"我就快十五岁了。"爱丽丝像犯错误被抓了似的声如游丝地回答,男人一阵心酸,因为他的独生女也是这个年纪。爱丽丝经历了饱受苦难的童年,由于缺乏蛋白质,她发育得晚,矮小的身材和纤细的骨骼使她很容易被当作一个年纪小得多的女孩。威尔金斯估计,既然此时爱丽丝看起来像十二岁,那么她在网上流传的最初几张照片里看上去应该是九岁或十岁的样子。"让我跟你的母亲单独谈谈吧。"威尔金斯尴尬地说。然而那几分钟里拉德米拉已经进入了狂躁的醉酒状态,大喊大叫地坚持说不管探员打算说什么,她的女儿都可以知道。"真的吗,伊莉莎贝塔?"小女孩盯着墙壁,迷迷糊糊地同意了。"我很抱歉,孩子。"威尔金斯说着,把一打照片放到了桌子上。拉德米拉就这样直面了两年多以来在她自己家中发生的、她拒绝面对的事情,而爱丽丝就这样得知全世界有几百万个男人见过她与继父私下玩的游戏里的模样。这些年来她一直觉得自己肮脏,邪恶,应该受到惩罚;在看到桌上的照片之后,她想死掉算了。她无路可走。

吉姆·罗宾斯向她保证过,这些与父亲或叔叔们的游戏是很正常的,有许多男孩女孩都心甘情愿、心怀感激地参加。这些孩子是特别的。但没有人会谈论这件事,这是一个被隐藏得很好的秘密,而她也不应该将它告诉任何人,无论是朋友还是老师,更不能告诉医生,因为大家会说她是有罪、污秽的,她会失去朋友,变成孤单一人;就连她自己的母亲也会排斥她,因为拉德米拉嫉妒心很强。她为什么要反抗?她想要礼物吗?不想?好吧,那他就像对待一个成年的小女人那样付钱给她,钱不是直接给她,而是给她的外公外婆。他本人会负责以他们外孙女的名义把钱寄到摩尔多瓦去;她应该给他们写一张卡片,跟钱一起寄过去,但不能告诉拉德米拉:这也将成为他们两个之间的一个秘密。有时候老人们需要一笔额外的汇款,他们需要修理房顶或买另一只羊。没有问题;他心肠很好,明白摩尔多瓦的生活不容易,幸亏伊莉莎贝塔幸运地来到了美国;但不应该开白白拿钱这个先例,她应该自己赚钱,不是吗?她应该微笑,这费不了她什么力气,她应该穿上他要求她穿的衣服,应该套上绳索和铁链,为了放松她应该喝杜松子酒,加一点苹果汁以免酒烧喉咙,她很快就会适应这个味道,想加更多糖吗?在酒精、毒品和恐惧之中,她在某一刻意识到工具棚里有摄像机,那是他们两个人的"小屋",就连她母亲也进不来。罗宾斯向她发誓,照片和视频是私人的,只归他所有,永远不会有人看到它们,他会把它们放在回忆里,好让它们在她去上大学之后,再多陪伴他几年。

他会多么想念她啊!

这个有着一双大手和悲伤的眼睛,带着她的照片现身此处的陌生黑人,证明了她的继父骗了她。在那间小屋发生的一切都在网上流传,并且还在继续流传,它无法被取回或销毁,会永远存在下去。每一分钟都有一个人在某个地方玷污她,看着她痛苦的模样自慰。在她生命余下的时间里,无论她去哪里都会有人认出她。她无处可逃。恐惧永远不会终结。酒精的气味和苹果的味道会将她带回那间小屋;她的目光将永远越过别人的肩膀,试图避开对方的眼睛;她将永远有那种被人触碰的厌恶感。

那天夜里,在罗恩·威尔金斯离开之后,女孩把自己关在房间里,恐惧和恶心让她浑身麻痹,她很肯定她的继父回来时会杀了她,正如他曾经警告她,假如她泄露关于那些游戏的一个字,他就会那样做。死是她唯一的出路,但不是死在他手上,不是以他常常向她描述、每次都会加上新的细节的,那种缓慢而残忍的方式。

与此同时,拉德米拉把瓶子里剩下的伏特加灌进肚子,意识不清地倒下了,躺在厨房的地上度过了接下来的十个小时。等从宿醉中稍微恢复了一点,她狠狠抽了她女儿几个耳光,骂她是个狐狸精,让她丈夫堕落的婊子。那场闹剧没有持续多久,因为威尔金斯派来的一个巡逻人员和两名警察以及一位社会调查员正好赶到了。他们逮捕了拉德米拉,把女孩送到了一家儿童精神病医院,未成年人法庭将决定如何安置她。她不会再见到她的母亲和继父了。

拉德米拉有时间通知了吉姆·罗宾斯,有人在搜捕他,后者潜逃出国,但却没有料到罗恩·威尔金斯会在接下来的四年里满世界找他,直到在牙买加发现了他,将他抓回了美国。他的受害者不用在法庭上见到他,因为律师们在私下采集了她的证词,女法官同意让她免于出庭。女孩从她那里得知,她的外公外婆已经去世,所谓的汇款从来没有汇出过。吉姆·罗宾斯被判入狱十年,不得保释。

"他还差三年零两个月。等他出狱,他会来找我,而我将无处可躲。"伊莉娜最后说。

"你不用躲。他们会给他发一项禁止令。如果他靠近你,他就会重新入狱。我会跟你在一起,确保法令得到执行。"赛斯回答。

"可你不觉得这是不可能的吗,赛斯?你圈子里的那些人,合伙人、朋友、客户,你自己的父亲,他们随时可能会把我认出来。此刻我正出现在成千上万个屏幕上。"

"不,伊莉娜。你是一个二十六岁的女人,而在网上流传的是爱丽丝,一个已经不存在的小女孩。恋童癖们已经对你不感兴趣了。"

"你错了。我曾经不得不从好几个地方逃走,因为有某个讨厌的家伙跟踪我。我去警察局一点用也没有,他们无法阻止那个家伙传播我的照片。我曾经以为把头发染成黑色或者化一点妆就能让别人不注意我,但这没用;我有一张很容易被认出来的脸,这些年来它并没有改变太多。我永远都无法安生,赛斯。如果你的家人会因为我是个穷人而且不是犹太人就不接受我,你能想象如果他们发现这件事会怎么样吗?"

"我们会告诉他们的,伊莉娜。他们会有点难以接受,但我相信他们最后会因为你经历的事情而更加爱你。他们是非常善良的人。你曾有一段痛苦的时间;而现在是时候开始痊愈和宽恕了。"

"宽恕,赛斯?"

"如果你不这么做,怨恨会毁掉你的。爱几乎可以治愈一切伤口,伊莉娜。你必须爱你自己,也要爱我。你明白吗?"

"凯茜这样说过。"

"听她的话,那个女人懂得很多。让我帮助你。我不是什么智者,但我是一个很好的伴侣,而且我向你展示过太多次我有多么坚韧。我从来不会服输。认输吧,伊莉娜,我不打算放过你。你感觉到我的心了吗?它在呼唤你。"他边说边拉过她的手,把它放在自己的胸口。

"还有别的事,赛斯。"

"还有?"

"在威尔金斯探员将我从继父手里救出来之后,没有人再碰过我……你知道我是什么意思了吧。我一直一个人,我宁愿这样。"

"好吧,伊莉娜,这必须要有所改变,但我们慢慢来。过去发生的事与爱毫无关系,而且永远都不会再次发生。它与我们也没有关系。你有一次对我说过,老人们做爱时不会着急。这不是个坏主意。我们可以像一对小老头小老太那样相爱,你觉得怎么样?"

"我不认为这会有结果,赛斯。"

"那么我们就得去接受治疗了。好了,姑娘,别哭了。你饿吗?梳梳头,我们出去吃饭,聊聊我祖母做的坏事,这个每次都能让我们打起精神来。"

蒂 华 纳

在1955年阿尔玛与一命得以在马丁内斯的汽车旅馆里自由相爱的那几个月里,她曾向他坦承自己无法生育。那不是一个谎言,而更多是一个愿望,一种幻想。她这么做是为了保持床笫之间的自然,因为她相信子宫帽能够帮他们避免意外,也因为她的月经从来都极不规律,以至于她的莉莉安姨妈带她去看过几次的那位妇科医生诊断她患有卵巢囊肿,影响了她的生育能力。就像对待其他事情一样,阿尔玛推迟了手术,因为她一点儿也不着急做母亲。她认为她在自己的这段青年时期里将神奇地不会怀孕。这些意外会发生在另一个阶层的女人们身上——那些没有受过教育的贫穷女人。她直到第十周才意识到自己的情况,因为她并不计算自己的月经周期,而等她知道时,她又心存侥幸地等了两周。也许是计算错误,她心想;但如果发生了最令人恐惧的事,问题也可以通过剧烈运动自行解决;她开始骑自行车去各种地方,发疯似的踩踏板。她每时每刻都在检查内裤上是不是有血,她一天天变得更加烦躁,但依然继续去赴一命的约会,带着骑车上坡下坡时同样疯狂的焦虑与他做爱。终于,当她无法再继续无视鼓胀的胸部、清晨的恶心和突如其来的焦虑感,她没有去找一命,而是去找了纳撒尼尔,就像她从他们小时候起就一直做的那样。为了避免姨父姨妈知情的风险,她去贝拉斯科及贝拉斯科律师事务所找他,这个蒙哥马利大街上的办公室从伊萨克时期,也就是

1920年事务所成立的时候就在那里了,里面摆放着正式的家具以及装满深绿色皮革封皮的法律书籍的书架。那是一个法律之墓,波斯地毯平息了脚步声,只能听见人们私密的低声交谈。

纳撒尼尔正坐在他的书桌后面,只穿着衬衫,领带松开了,头发乱糟糟的,被成堆的文件和摊开的杂书包围在中间,但一看到她,他立刻上前拥抱了她。阿尔玛把脸藏在他的颈间,因为可以让这个从来不会令她失望的人分担她的悲惨遭遇而深深地感到轻松。"我怀孕了。"她只对他说了这么一句。纳撒尼尔没有松开她,而是将她带到沙发旁,他们彼此挨着一起坐下来。阿尔玛对他说了她的爱情,说了汽车旅馆,以及她怀孕这件事不是一命的过错,而是她的,假如一命知道,他肯定会坚持要娶她,承担起抚养孩子的责任;但她已经仔细考虑过了,她没有勇气放弃她一直以来拥有的一切,成为一命的妻子;她喜欢他,但她知道贫贱夫妻百事哀的道理。是在与她毫无共同之处的日本人中间过着经济困难的生活,还是在她自己的生活圈里继续受到保护,面对这个抉择,对于陌生事物的恐惧战胜了她;她为自己的懦弱感到羞愧,一命值得拥有无条件的爱,他是一个美好的人,一个智者,一个圣人,一个纯洁的灵魂,一个细心而温柔的爱人,她在他的怀中觉得幸福,她一边慌乱地说了一大串话,一边吸鼻子以免自己哭出来,试图保持某种端庄。她还说,一命生活在一个精神平面,他永远都会是一个简单的园丁,而不会发展自己过人的艺术天赋,或是努力让他的苗圃成为一桩大生意;永远不会,他并不渴望更多,他只要赚到足够生活的钱就够了,财富或成功对他来说一文不值,他需要的是冥想和平静,但这不能拿来当饭吃,她不会在一个木板搭起来的、屋顶上盖着波纹金属板的小破房子里组成家庭,也不会在那些手里拿着铁锹的农夫们中间生活。"我知道,纳撒尼尔,原谅我,你警告过我几千次,我没听你的话,你说得对,你从来都是对的,现在我知道了我不能跟一命结婚,但我也无法放弃对他的爱,没有了他,我会像沙漠里的一棵植物那样枯萎,会死掉,从现在开始我会更加小心,我们会采取避孕措施,这不会再发生了,我向你保证,纳撒尼尔,我发誓。"她继续毫不停顿地说了又说,卡在借口和责任里出不来。纳撒尼尔一直在听她说,他没有打断她,直到她没有气再继续自怨自艾下去,直到她的声音变成了微弱的低语。

"看看我是不是明白了你的意思,阿尔玛。你怀孕了,但不打算告诉一命……"纳撒尼尔概括道。

"我不能未婚生子,纳特。你一定要帮我。你是我唯一可以依靠的人。"

"堕胎?这是违法的,而且很危险,阿尔玛。你不要指望我。"

"你听我说,纳特。我已经详细调查过了,这很安全,没有风险,而且只需要一百美元,但你得陪着我,因为要去蒂华纳。"

"蒂华纳?堕胎在墨西哥也是违法的,阿尔玛。这太疯狂了!"

"在这里要危险得多,纳特。那里的医生可以在警察鼻子底下做这个,没人在乎。"

阿尔玛给他看了一张写着电话的纸片,告诉他她已经打电话去找过蒂华纳某个叫拉蒙的人了。接电话的是一个英语极其糟糕的男人,问她是谁叫她打电话的,以及她是否了解条件。她告诉他联系人的名字,向他保证她会带现金去,然后他们说好两天后的下午3点,他会开车到那座城市一个特定的街角去接她。

"你对这个拉蒙说过会有一个律师陪你去吗?"纳撒尼尔问,他默默地接受了她派给他的角色。

次日清晨6点,他们开着家里的那辆黑色林肯轿车出发了,它比纳撒尼尔的运动款轿车更加适合进行一次十五个小时的旅行。起初,因为自己被骗而愤怒不已的纳撒尼尔充满敌意地一言不发,他的嘴巴紧闭,眉头紧锁,双手牢牢抓着方向盘,眼睛盯着公路,但当阿尔玛第一次请他在卡车司机的休息站停下来让她去上厕所时,他就心软了。女孩在洗手间里待了半个小时,当他正打算去找她的时候,他看到她散了架似的回到了车里。"我早上会吐,纳特,但之后就好了。"她解释道。余下的路程中他试图分散她的注意力,他们最后唱起了帕特·布恩①最朗朗上口的几首歌,那是他们唯一会唱的,直到筋疲力尽的她依偎在他身上,把头靠在他的肩膀上,时不时睡着一会儿。他们在圣迭戈的一家酒店停下来吃饭和休息。前台猜他们是夫妻,给了他们一间大床房,他们像儿时那样手拉手在那张双人床上躺了下来。阿尔玛几个星期以来第一次睡觉时没有做噩梦,而纳撒尼尔一直醒到天明,呼吸着他表妹头发上洗发水的味道,思考着各种风险,又心痛又紧张,就好像他才是那个孩子的父亲似的。他想象着这件事的后果,后悔同意进行这次令人不快的冒险,而不是去买通加利福尼亚的某个医生,那里就像蒂华纳一样,只要价钱合适就什么都能弄到。当清晨的第一缕光从窗帘的缝隙中透进来时,疲惫战胜了他,他一直睡到了9点,直到听到阿尔玛在浴室里的干呕声。他们不慌不忙地穿过边境,像预计中一样迟到了一会儿,然后去跟拉蒙见面了。

出现在他们眼前的墨西哥正是众所周知的模样。从未来过蒂华纳的他们期待看到一个昏昏欲睡的小镇,然而却发现自己到了一个大得望不到边、不协调却又色彩缤纷的城市,那里满是人群和车辆,乱糟糟的巴士和现代化的轿车与木板车和毛驴彼此交会。同一家商

---

① 帕特·布恩(1934—),美国歌手、演员。

店里出售墨西哥汽油、美国的家用电器、鞋子和乐器、机械零件和家具、关在笼子里的鸟和玉米饼。空气里有油炸食品和垃圾的味道,随着流行音乐、福音派传教词和从酒吧和玉米饼铺的收音机里传出的足球评论颤动不已。他们好不容易才找到方向:很多街道都没有名字或是号码,他们每隔三四个街区就不得不问一次路,但却听不懂人们用西班牙语指路,他们几乎从来都是朝着任意方向含糊一指,再加上一句"那里转弯就行了"。疲惫的他们将林肯轿车停在一个加油站附近,然后步行继续前往约好见面的那个街角,那里竟然是四条街道的交点。他们迎着一只落单的狗和一群衣衫褴褛的小乞丐公然审视的目光,手挽着手站在那里等待。除了在那个街角交会的其中一条街道的名字,他们收到的唯一一条线索是一家出售第一次领圣餐的服装以及天主教圣母和圣徒图片的商店,它有一个不相称的名字,叫作"萨帕塔①万岁"。

等了二十分钟之后,纳撒尼尔认定他们被骗了,应该回去,但阿尔玛提醒他守时并不是这个国家的特点,于是她走进了"萨帕塔万岁"。她比画手势要求用一下电话,拨通了拉蒙的号码,响了九下之后才有一个说西班牙语的女人接了电话,她听不懂对方在说什么。大约下午 4 点,正当阿尔玛已经同意离开的时候,拉蒙曾经描述过的那辆装着深色后窗玻璃的豌豆绿色福特 1949 轿车在街角停了下来。他们在前座坐下来,看到了两个男人,一个是满脸麻点、留着刘海和鬓发的负责开车的年轻人,另一个是下车让他们进去的那个人,因为那辆轿车只有两扇门。他自称是拉蒙。他三十多岁,胡子修得整整齐齐,抹了发胶的头发朝后梳去,穿着白衬衫、牛仔裤和带跟尖头靴子。他们两个人都在抽烟。"钱。"留小胡子

---

① 指墨西哥革命领袖埃米利亚诺·萨帕塔(1879—1919)。

的那个人见他们一上车就说。纳撒尼尔把钱给他,他数了一下,装进了口袋里。一路上两个男人没有互相说一句话,阿尔玛和纳撒尼尔都觉得这一路太漫长了;他们能确定对方绕了一个又一个圈子来让他们弄不清方向,这种提防措施是多余的,因为他们根本没来过这个城市。阿尔玛紧紧抓着纳撒尼尔,想着假如她是一个人,此时将会是什么样的情景,而纳撒尼尔则担心这两个男人已经拿到了钱,很有可能朝他们开一枪,把他们丢到某个悬崖下面去。他们没有告诉任何人自己要去哪里,家里人要过好几个星期或好几个月才会知道他们出了什么事。

福特轿车终于停了下来,他们被要求在那里等着,留着鬈发的年轻人朝房子走去,而另一个人则看着车。他们面前是一栋与街上的其他房子类似的廉价建筑,纳撒尼尔觉得那个街区贫穷而脏乱,但他无法用圣弗朗西斯科的标准来评判它。几分钟之后年轻人回来了。他们命令纳撒尼尔下车,将他全身从上到下搜了一遍,然后抓住他的一只胳膊想带他走,然而他猛一下挣开了,用英语朝他们骂了一句脏话。拉蒙吃了一惊,朝他做了一个息事宁人的手势。"冷静,伙计,没什么事。"他笑道,露出了几颗金牙。他递过来一支烟,纳撒尼尔接受了。另一个男人帮阿尔玛从车上下来,他们进了房子,那里并不像纳撒尼尔担心的那样是不法分子的老巢,而是一个简朴的家庭住所,有矮矮的天花板,小小的窗户,闷热而幽暗。客厅里有两个躺在地上玩橡胶士兵小人的孩子,一套桌椅,一张盖着塑料布的沙发,一盏花哨的带流苏的灯,以及一台像轮船马达那样吵闹的冰箱。他们闻到厨房里飘来的炸洋葱的味道,可以看到一个穿着黑衣服的女人正在一只平底锅里翻炒着什么,她像那些孩子一样,表现得对刚刚到来的几个人兴趣寥寥。年轻男人向纳撒尼尔指了指一张椅子,然后去了厨房,拉蒙则领着阿尔玛穿过一条短短的走廊,朝另一个入口处挂了一张萨拉佩①当作门的房间走去。

"等一下!"纳撒尼尔阻止了他,"谁来做手术?"

"我。"拉蒙回答,看上去他是唯一一个会说点英语的人。

"你懂医术?"纳撒尼尔盯着男人那双指甲又长又黑的手,这样问他。

又是和气的微笑和金子的闪光,用新的安抚性手势、几句半吊子英语,拉蒙解释说他的经验很丰富,这件事只要不到十五分钟就能完成,不会有问题。"麻醉?没有,哥们,我们这里没有那个,但这个有用。"他给了阿尔玛一瓶龙舌兰酒。见她犹豫了,怀疑地闻着瓶子,拉蒙自己喝了一大口,用袖子把瓶口擦干净,再次把它递给她。纳撒尼尔看到阿尔玛苍白的脸上出现了惊恐的表情,他在一瞬间做出了他一生之中最重要的决定。

"我们反悔了,拉蒙。我们打算结婚,把孩子生下来。你可以把钱留着。"

阿尔玛会有很多年的时间,将她在 1955 年的所作所为一点点掰开细看。她在那一年回到了现实,她的所有计谋都没能减轻那种令她无法忍受的巨大羞愧,她因为愚蠢地让自己怀上了孩子而羞愧,因为爱自己超过爱一命而羞愧,因为对于贫穷的恐惧而羞愧,因为屈服于社会压力和种族歧视而羞愧,因为接受了纳撒尼尔的牺牲而羞愧,因为无法成为她假装成为的现代女战士而羞愧,因为她性格中的怯懦、墨守成规以及其他她起了五六个绰号来惩罚自己的弱点而羞愧。她知道自己没去堕胎是因为对于疼痛和因为出血或感染而死的恐惧,而不是出于对正在她体内孕育的生命的尊重。她又一次在衣柜

---

① 萨拉佩,一种色彩鲜艳的毛料披风。

的大镜子前面审视自己,却找不到从前的那个阿尔玛,那个假如一命在这里将会看到的勇敢而感性的女孩,而只有一个懦弱、善变和自私的女人。借口是没有用的,没有什么能够缓解那种失去了尊严的感觉。多年之后,当与另一个种族的人相爱或者未婚生子成为时尚的时候,阿尔玛将会在心里承认,她最深植于心的是对于社会阶级的偏见,而这一点她从来都没能克服。尽管这次蒂华纳之行压得她喘不过气,毁掉了她对于爱情的幻想,让她屈辱得只能将强烈的自尊作为庇护所,但她从来没有质疑过她向一命隐瞒真相的决定。坦白就意味着彻底暴露她的懦弱。

从蒂华纳回来之后,她约一命比往常早一个小时在他们一直去的那个汽车旅馆见面。她用谎言武装自己,昂首挺胸地赴约,心里却在哭泣。一命第一次到得比她还早。他在其中一个像蟑螂王国一般的肮脏房间里等她,是他们用爱的火光照亮了它。他们有五天没见面了,好几个星期以来他们原本完美的相会都因为某种可疑的东西而黯然失色,一命觉得这种危险的东西像一层浓重的阴霾包围着他们,但她轻巧地否认了它的存在,指责他是因为嫉妒胡言乱语。一命注意到她有些不同,她非常急切,说话太多太快,几分钟之间就会改变心情,从娇媚而亲昵陷入一种烦恼的沉默或是无法解释的狂躁。他毫不怀疑,他们在精神上渐行渐远,尽管她突如其来的激情和她对于达到高潮的热切一次又一次显示出相反的迹象。有时候,当他们在做爱之后相拥休息时,她的两颊是湿润的。"那是爱的眼泪。"她说,然而在从未见过她哭泣的一命看来,那就像是幻想破灭的泪水,正如他觉得那些花样百出的性爱姿势是为了转移他的注意力。他以他从先辈那里继承的谨慎,试图调查在阿尔玛身上发生的事,但她却用嘲弄的大笑或妓女式的挑逗回应他的问题,哪怕它们是玩笑,也令他觉得困扰。阿尔玛像只蜥蜴一样滑不溜丢。她辩解说在分开的五天里,她不得不随家人一起去了一趟洛杉矶,而一命则在此期间进入了他其中的一个冥想时期。那个星期他一直在地里干活,像往常一样忘我地种植鲜花,但他的行动就像一个被催眠的人。他的母亲比任何人都更加了解他,她忍住不问他问题,亲自把摘下来的鲜花送往圣弗朗西斯科的花店。在沉默与静止之中,一命朝植物弯下腰,背后顶着太阳,任由自己追随自己的预感,它们很少会骗他。

阿尔玛看见他站在那个旅馆房间里,置身于从破旧的窗帘透进来的光线之中,她再一次感到负罪感撕碎了她的五脏六腑。有极其短暂的一个瞬间,她恨上了这个逼她不得不面对最卑鄙的那个自己的男人,然而那种爱情的浪潮和她在面对他时从来都能感觉到的欲望很快又重新涌了上来。一命站在窗边等她,带着他无法撼动的内心力量,他毫不虚荣的个性,他的温柔与细腻,他宁静的神色;一命,他木头做的身体,他硬硬的头发,他绿色的手指,他亲切的眼睛,他从最深处萌发的笑声,他把每次与她做爱都当成最后一次的那种方式。她无法看着他的脸,只好假装突然咳嗽,以此平息她内心灼烧的焦虑。"你怎么了,阿尔玛?"一命问,没有碰她。这时候她对他吐露她像个讼棍那样精心准备好的那番说辞,说她是多么爱他,会在余下的生命里一直爱着他,但这种关系是没有未来的,是不可能的,她的家人和朋友已经开始怀疑,开始询问她。他们来自完全不同的世界,每个人都应该接受自己的命运,她决定要到伦敦去继续学习艺术,他们必须分开。

一命就像对此早有心理准备的人那样接受了这番抢白。阿尔玛的话说完之后是一段漫长的沉默,而在这段时间里,她想到他们可以绝望地再做一次爱,这会是一个热烈的告别,是在彻底剪断自从儿时的他们在海崖花园里慌乱地互相爱抚起就孕育的那份幻想之前,给感官的最后一份礼物。她开始去解衬衫的扣子,但一命伸手制止了她。

"我明白，阿尔玛。"他说。

"原谅我，一命。我有过一千个疯狂的想法，好让我们继续在一起；比如，拥有一个能让我们彼此相爱的庇护所，而不是这个恶心的汽车旅馆，但我知道这是不可能的。我已经无法再保守这个秘密了，它正在摧毁我的神经。我们应该永远分开了。"

"永远很久，阿尔玛。我相信我们会在更好的情形下，或是在另一段人生中重逢的。"一命试图保持镇定，然而一种冰冷的悲伤从他心口溢出，让他声音发抖。

他们无助地彼此拥抱，他们是爱情的孤儿。阿尔玛的膝盖弯下来，几乎要瘫倒在她爱人结实的胸膛上，向他坦白一切，包括她最隐秘的羞耻，求他娶她，与她一起住在一间茅屋里，养育混血儿，向他承诺她会是一个温顺的妻子，放弃她的丝绸画、海崖的优越生活和她生来就注定拥有的灿烂未来，为了他一个人和将他们连在一起的非凡爱情，放弃更多更多的东西。也许一命猜到了所有这些，他善良地用一个纯洁而短暂的吻封住了她的嘴，让她免受这样的伤害。他没有放开她，而是带她走到门口，然后到了她的车上。他再一次亲吻她的额头，随后走向他的那辆园丁小货车。他没有回头看她最后一眼。

我们的爱情是不可避免的,阿尔玛。我一直都知道这一点,但多年来我曾经反抗过它,试图将你从我的思想中赶出去,因为我永远都无法将你从我的心里赶走。当你不加解释地离开我的时候,我无法理解。我觉得被骗了。然而在我第一次去日本的途中,我有时间平静下来,终于接受了我在这一生中失去了你。我不再徒劳无功地猜测我们之间发生了什么事。我不指望命运会让我们再次相聚。现在,在分别了十四年之后,在度过了每一天都思念你的十四年之后,我明白了我们永远都无法成为夫妻,但我们也不能放弃我们如此强烈感受到的那种东西。我请你在我们余下的人生以及死后的日子里,在一个不会与世界发生摩擦、保存得完好无缺的泡泡中,过我们自己的生活。爱情能否永恒取决于我们。

一命
1969 年 7 月 11 日

最好的朋友们

阿尔玛·门德尔与纳撒尼尔·贝拉斯科在海崖的露台上举行了一场私人婚礼。那一天起初天气温暖、阳光灿烂，之后渐渐变得阴冷，意料之外出现的大片乌云正是新人们心情的写照。阿尔玛顶着一对紫色的黑眼圈，因为她彻夜未眠，在疑虑的海洋中挣扎不已，她还没看到犹太教拉比就跑去了洗手间，恐惧让她的五脏六腑都在颤抖，然而纳撒尼尔跟她一起进去了，让她用冷水洗了脸，强迫她控制住自己，换上愉快的表情。"你不是一个人面对这件事，阿尔玛。我跟你在一起，我永远都在。"他向她承诺。拉比一开始因为他们是表兄妹而反对婚礼，但当他教众团体中最杰出的成员伊萨克·贝拉斯科向他解释由于阿尔玛的情况，除了让他们结婚之外别无他法的时候，他不得不接受了这件事。他对他说，这对年轻人从儿时起就彼此相爱，而当阿尔玛从波士顿回来时，爱意变成了激情，这种意外是会发生的，人性就是这样，既然木已成舟，他们唯一应该做的就是祝福他们。玛莎和萨拉想到她们可以去传播某个故事，以期平息私下的议论，比如阿尔玛是门德尔夫妇在波兰收养的，所以他们两人不是血亲，但伊萨克表示反对。不能在已经犯下的错误之外再加上一个如此粗糙的谎言。在内心深处，他为他在这个世界上除了妻子之外最爱的两个人能够结合而感到快乐。对他来说，阿尔玛能嫁给纳撒尼尔、牢牢与他的家人维系在一起，要比她跟一个陌生人结婚、离开他的身边好上几千倍。莉莉安提醒他，近亲结婚会生下智力低下的孩子，但他向她保证，这是一种流行的迷信说法，只在封闭群体中具有科学基础，因为那里近亲结婚的情况会重复出现好几代。纳撒尼尔和阿尔玛不是这种情况。

在只有家人、律师事务所的会计和家里的雇员们参加的婚礼结束之后，他们在府邸巨大的餐厅里为所有宾客举行了一场正式晚餐，那是只有在特别的场合才会启用的地方。厨娘、她的助手、佣人和司机害羞地与他们的主人一起同桌用餐，为他们服务的是提供菜品的厄尼餐厅的两名侍者，那是城中最高档的餐厅。伊萨克想到通过这种新方式来正式确认，阿尔玛和纳撒尼尔从这一天起成了夫妻。对于家里的雇员来说，他们是同一个家庭的成员，这个变化并不容易适应；实际上，有一位为贝拉斯科夫妇工作了四年的女佣一直以为他们是亲兄妹，因为直到那一天之前都没人想到告诉她，他们是表兄妹。晚餐在死一般的寂静中开始了，所有人的眼睛都看着盘子，浑身不自在，但随着大家举起酒杯，伊萨克逼着餐桌上的人为新人们祝酒，气氛渐渐活跃起来。伊萨克快乐而放松地给自己和其他人的杯子倒满酒，他看起来就像他在过去几年间变成的那个老头的一个健康而年轻的复刻版。莉莉安忧心不已，她担心他的心脏会出问题，于是在桌子底下拽他的裤子让他平静下来。最后，新人们用一把银质小刀切了一个奶油杏仁饼，多年之前，伊萨克和莉莉安曾经在他们的婚礼用它切过一个相似的糕饼。他们与每一个人告别，然后乘坐一辆出租车离开了，因为司机喝了太多酒。他一边用他的母语爱尔兰语朗诵着什么，一边哭倒在椅子上。

他们在皇宫酒店的婚礼套间里度过了他们婚后的第一个晚上，阿尔玛就是在那里，在香槟、巧克力和鲜花之中熬过了她的社交首秀舞会。第二天他们将会飞往纽约，并从那里去欧洲度假两周，这是一趟被伊萨克·贝拉斯科强加的、他们两个谁都不想进行的旅行。纳撒尼尔手上有好几个法律案件,不想离开办公室,但他的父亲买了机票,把它们塞进他的口袋,用度蜜月是一项传统要求这个理由说服了他:关于这桩表兄妹之间仓促婚事的流言蜚语已经够多,不能再多加一条了。阿尔玛在洗手间里脱掉衣服,穿着衬衫和蕾丝真丝睡袍回到房间,那是莉莉安紧急为她购置的临时嫁妆的其中一样。她像演戏似的在纳撒尼尔面前转了一圈,后者穿得整整齐齐,正坐在床尾的一张脚凳上等她。

"你看仔细了,纳特,因为你不会再有机会欣赏我了。衬衫的腰身对我来说已经有点紧了。我不认为我还能再次穿上它。"

她的丈夫察觉到她声音中的颤抖,就连那句俏皮话也没能掩饰它,于是他拍拍凳子叫她过去。阿尔玛在他身边坐下了。

"我没有什么幻想,阿尔玛,我知道你爱一命。"

"我也爱你,纳特,我不知道该如何向你解释。你生命中应该有一打女人,但我不知道你为什么从没向我介绍过任何一个。有一次你对我说,如果你爱上什么人,我会是第一个知道的。等宝宝出生了我们就离婚,你就自由了。"

"我并没有为了你放弃一段伟大的爱情,阿尔玛。而且我觉得你在我们结婚的第一晚就向我提出离婚很没品位。"

"你别开玩笑,纳特。跟我说实话,你觉得我吸引你吗?我的意思是,作为女人。"

"直到现在我都一直把你当成我的妹妹,但共同生活可以改变这一点。你愿意吗?"

"我不知道。我很混乱,伤心,生气,我脑子里有一团乱麻,肚子里有个孩子。你跟我结婚是做了一笔再糟糕不过的买卖。"

"这还有待观察,但我想让你知道,对这个男孩或女孩来说我会是一个好父亲。"

"他会长得像亚洲人,纳特。我们怎么解释这个?"

"我们不用向任何人解释,也不会有人敢要求我们解释,阿尔玛。抬起头、闭紧嘴是最好的战术。唯一有权利提问的是福田一命。"

"我不会再见到他了,纳特。谢谢,万分感谢你为我所做的事。你是世界上最高尚的人,我会努力成为一个对你来说体面的妻子。几天之前我认为没有一命我会死掉,但现在我觉得我能在你的帮助下活下去。我不会让你失望的。我永远都会忠于你,我发誓。"

"嘘,阿尔玛。我们不要许下我们可能无法遵守的诺言。我们会共同走过这段路,一步一步,一天一天,心怀最大的善意。这是我们唯一能够承诺彼此的。"

伊萨克·贝拉斯科直截了当地拒绝了这对新婚夫妇另立门户的想法,因为海崖有足够的空间,而建造一个这种面积的房子一直都是为了让家族里的几代人都能够生活在同一个屋檐下。另外,阿尔玛必须照顾好自己,这需要莉莉安和阿尔玛表姐们的陪伴;建造并管理一个房子需要付出不成比例的努力,他这样断言。他用了情感绑架这个屡试不爽的理由:他希望他们能与他一起度过他所剩无几的生命,然后陪伴寡居的莉莉安。纳撒尼尔和阿尔玛接受了一家之主的决定:她继续睡在她蓝色的房间里,那里唯一的变化是床从一张变成了两张,中间隔着一个床头柜,而纳撒尼尔则将他的顶层公寓挂牌出售,回到了父母的家里。他在他的单人房间里放了一张书桌、他的书、他的唱片和一张沙发。房子里的所有人都知道这对夫妇的作息时间不利于发展亲密关系,因为她中午起床,早早上床睡觉,他则像苦役犯人一样工作,很晚才从办公室回来,把自己和他的书以及古典唱片关在一起。他午夜之后才上床，睡得极少，在她醒来之前就出去了；周末他会去打网球，慢跑到塔玛佩斯山去，会开着帆船去海湾转几圈，回来时带着一身被太阳晒伤的皮肤，大汗淋漓而心情平和。他们也注意到他只睡在书房的沙发上，但他们将这一点归结为他的妻子需要休息。纳撒尼尔是如此关心阿尔玛，她是如此依赖他，他们之间的关系如此亲密而和谐，以至于只有莉莉安察觉到了某种异样。

"你和我的儿子关系怎么样？"她问阿尔玛，那是他们结束蜜月之后回到家里的第二周，阿尔玛孕期的第四个月。

"您为什么问我这个，莉莉安姨妈？"

"因为你们像从前一样爱着对方，什么也没有改变。没有激情的婚姻就像没放盐的食物。"

"您想让我们在公开场合炫耀激情吗？"阿尔玛笑了。

"我与伊萨克的爱情是我所拥有的最珍贵的东西，阿尔玛，比我的子女和孙辈还要珍贵。我也同样这样祝福你们：希望你们彼此相爱地活着，就像伊萨克和我。"

"是什么让您怀疑我们不相爱呢，莉莉安姨妈？"

"你正处于孕期最好的时候，阿尔玛。在第四到第九个月之间你会觉得自己很强壮，充满能量和欲望。没有人会这么说，医生们不会提，但这就像发情一样。我怀我的三个孩子时就是这样：我追在伊萨克后面跑。那太尴尬了！可是我在纳撒尼尔和你之间看不到这种热情。"

"您怎么会知道我们关上门的时候做了什么事？"

"不要用问题回答我的问题，阿尔玛！"

在圣弗朗西斯科海湾的另一边，一命正将自己封闭在一次漫长的沉默中，被爱情背叛的怒火占据了他的心神。他全心全力地投入种花工作，比往常开得更加鲜艳而芬芳的花朵安慰了他。他知道阿尔玛结婚了,因为惠子在理发店里翻阅一本八卦杂志时,在社交生活板块看到了一张阿尔玛和纳撒尼尔身着盛装、主持家族基金会年会的照片。照片的说明提到他们刚刚从意大利蜜月之旅归来,描绘了那场盛大的宴会和阿尔玛优雅的礼服,它的灵感来自古希腊的百褶长袍。据那本杂志说,他们是那年最受关注的夫妇。惠子把那一页杂志剪下来带回了家,她没有想到这会在她弟弟的胸口插上一把刀。看它的时候一命没有表现出任何感情。他几个星期以来都在徒劳地试图理解,与阿尔玛在那家汽车旅馆放肆相爱的这几个月里到底发生了什么。他觉得自己经历了某种完全不寻常的东西,一种值得写进小说里的激情,两个注定要在一起的灵魂穿越时间一次又一次的重逢,然而就在他拥抱这份奇妙的笃定时,她正打算嫁给另一个人。他被骗得太惨了,他的胸口胀得要命,难以呼吸。在阿尔玛与纳撒尼尔·贝拉斯科的世界里,婚姻不只是两个人的结合,而是一种社会、经济和家庭的策略。阿尔玛不可能在进行准备工作的时候连最轻微的意图都不曾显露出来;证据就在那里,而又瞎又聋的他却没有看到。现在他可以把前因后果都联系起来,明白阿尔玛最近一段时间的前后不一,她的喜怒无常,她的犹豫不决,她回避问题的手段,她拐弯抹角想要转移他注意力的诡计,她做爱时为了不看他的眼睛而故意扭曲的身体。伪装是如此彻底,这张谎言织就的网是如此繁复曲折,伤害是如此不可修复,以至于他只能接受他完全不认识阿尔玛,她是一个陌生人。他爱的女人从未存在过,他是在梦里造了一个她。

福田英子看够了她的儿子像梦游者似的魂不守舍的样子,她决定是时候带他回日本去寻根了。如果运气好的话,还能给他找到一个未婚妻。这趟旅行将会帮助他甩掉正在压垮他的沉重心事,虽然无论是她还是惠子都未能发现它的起因。一命对于成家来说还很年轻,但却有着老人般的成熟;她应该尽早介入,在美国那种为了爱情的镜像而结婚的坏习惯毒害她的儿子之前为他挑选未来的媳妇。惠子一门心思扑在她的学业上，但她同意在他们出行期间监督几个被雇来管理鲜花生意的同胞。她想要求博伊德·安德森放下他在夏威夷的一切，搬到马丁内斯来种花，以此作为爱情的最终考验，但英子依然拒绝提到这个固执的求爱者的名字，而是称他为集中营的看守。还要再过五年，她的第一个外孙，也就是惠子和博伊德的儿子查尔斯·安德森才会出生，那时她才会开口跟那个白人魔鬼说话。英子没有询问一命的意见就安排了行程。她告诉他，他们必须履行祭拜孝夫的祖先这项无法避免的责任，就像她在他弥留之际为了让他安心而向他承诺过的那样。活着的时候，孝夫没能去做这件事，而现在将由他们来完成这次朝圣之旅。他们必须造访一百座寺庙、献上供品，并在每座寺庙里撒下一小把孝夫的骨灰。一命只是婉转地表示了一下反对，因为内心深处对他来说在哪里都是一样；地理上的地点并不影响他正在进行的内心净化过程。

到了日本，英子告诉她的儿子，她首先需要负责的并不是她的亡夫，而是她年迈的父母，假如他们还活着的话，以及她的兄弟姐妹，她从1922年之后就再也没有见过他们了。她没有让一命陪着她。她轻轻松松地与他道了别，就像要去买东西似的，完全不关心自己的儿子在此期间打算怎么办。一命把他们带的所有钱都给了他的母亲。他看着她坐火车离开，把自己的箱子留在了火车站，带着身上穿的衣服、一把牙刷以及一个装有他父亲骨灰的油布袋子上路了。他不需要地图，因为他已经记住了他要走的路。他肚子空空地走了一整天，天黑时来到一间小小的神社，靠着那里的墙壁躺了下来。正当他开始入睡的时候，一个化缘的僧人来到他身边，告诉他神社里永远都有为朝圣者提供的茶和米糕。这就将是他在接下来的四个月里的生活。他每天都走到筋疲力尽，饿着肚子直到有人给他吃的，天黑的时候到了哪儿就睡在哪儿。他从来都不用去要什么，从来不需要钱。他头脑空空地走路，享受风景和疲劳本身，为了前进而付出的努力如牙齿般咬着他，渐渐将他拽离了对于阿尔玛的糟糕回忆。当他完成造访一百座寺庙的任务时，那只油布袋子空了，而他也已经摆脱了在旅程开始时压得他喘不过气的阴暗情绪。

生活在不确定之中，没有安全感，没有计划也没有目标，像一只被风托着的鸟儿那样由着自己被带走，这是我在我的朝圣之旅中学到的东西。你觉得很奇怪，六十二岁的我依然会在一夜之间出发，像一个搭车旅行的小伙子那样，没有路线也没有行李地四处游荡，我可以离开无限久的时间，不给你打电话也不给你写信，而等我回来的时候不能告诉你我去了哪儿。没有什么秘密，阿尔玛。我走路，就是这样而已。我需要很少的东西就能活下去，几乎什么也不需要。啊，自由！

我走了，但我永远把你装在回忆里。

一命
1994 年 8 月 2 日

秋

在阿尔玛连续两天错过公园长凳上的约会之后，雷尼·比尔去她在拉克之家的公寓里找她。伊莉娜为他开了门，她是在自己的拉克之家工作时间开始之前来帮阿尔玛穿衣服的。

"我在等你，阿尔玛。你迟到了。"雷尼说。

"生命太短暂了，我无法准时。"她叹了一口气回答道。已经有好几天了，伊莉娜很早就过来为她准备早餐，看着她洗澡，为她穿上衣服，但她们两个人都没有提这件事，因为这就意味着要承认阿尔玛开始无法在无人看护的情况下继续生活，必须要转入第二阶段或是回到海崖与她的家人共同生活了。她们宁愿把这种突如其来的虚弱想成是一种暂时的不便。赛斯已经要求伊莉娜辞去她在拉克之家的工作，离开她那个被他叫作捕鼠夹的房子，彻底搬过来跟他一起生活，然而她却把一只脚留在了伯克利，以免落入依赖别人的陷阱，她害怕它就像阿尔玛害怕转到拉克之家的第二阶段去。当她试图向赛斯解释这一点时，这种比较让他很受伤。

内克的离开对于阿尔玛的影响不亚于一次心肌梗死：她的胸口疼。她无时无刻不在从沙发上的一只靠垫、地毯皱起的一角、她没挂好的大衣、窗户上的树影里，看到那只猫咪的影子。内克是她十八年的密友。她不想自言自语，就跟它说话，它不会回答它，而且猫科动物的智慧让它什么都能明白，这让她觉得安心。她们有着相似的性情：骄傲，慵懒，孤僻。她不只爱它普通动物的那种丑陋，也爱岁月给它留下的风霜：它皮上秃了毛的地方，它扭曲的尾巴，它糊满眼屎的眼睛，它那懂得享受生活才会有的大肚腩。她会在床上想念它；没有内克压在她肋骨上或是脚上的重量，她很难入睡。除了科斯滕之外，这只动物是唯一会爱抚她的生物。伊莉娜也会愿意这么做的，给她做个按摩，帮她洗头发，给她剪指甲，总之，找到一个办法在身体上接近阿尔玛，让她觉得自己不是孤单一人，然而这个女人不想与任何人有亲密接触。对伊莉娜来说，与拉克之家的其他老太太有这种接触非常自然，渐渐地她也希望与赛斯有这种接触。她试着用在阿尔玛的床上放一只热水袋来取代离开的内克，但由于这个荒唐的办法加剧了她的痛苦，伊莉娜向她提出到动物保护协会去再弄一只猫来。阿尔玛告诉她，她不会领养一只比她活得更久的动物。内克是她的最后一只猫了。

那天，雷尼的狗索菲亚在门边等着，就像内克还活着而它捍卫地盘的时候会做的那样，它用尾巴拍打地面，期待能出去散步，但阿尔玛因为穿衣服累得够呛，没法从沙发上起来。"我把您交给信得过的人了，阿尔玛。"伊莉娜道别时这样说。雷尼担忧地注意到她的外表和公寓里发生的变化，房子没有通过风，有一种幽闭和枯萎的栀子花的味道。

"你怎么了，我的朋友？"

"没什么大事。也许我的耳朵有点问题，所以失去了平衡。有时候我会觉得有大象在我的胸口踩来踩去。"

"你的医生怎么说？"

"我不想看医生、做检查或者去医院。你一旦去了，就出不来了。也不要去找贝拉斯科一家！他们喜欢大惊小怪，会弄出乱子来的。"

"你别想比我先死。记得我们说好的事,阿尔玛。我来这里是为了死在你怀里,而不是反过来。"雷尼开玩笑道。

"我没忘。但如果我让你失望了,你可以去找凯茜。"

这段来得太迟、就像陈年美酒一样有滋味的友谊,为对他们两个人而言都渐渐无情地失去光芒的现实人生增添了一分色彩。阿尔玛的性格非常孤僻,从来不觉得自己孤独。她一直生长在贝拉斯科家族中,在她姨父姨母的保护下,像一个客人一样,生活在海崖那座由别人掌管——她的婆婆、管家、她的儿媳——的大房子里。她在所有方面都觉得自己脱节、与众不同,但这完全不是一个问题,而是令她感到某种自豪的理由,因为这越发让她觉得自己是一个孤独而神秘的艺术家,比其他活人略微高级那么一点。整体上她不需要融入人类,她觉得他们愚蠢,一有机会就会变得残忍,往好了说也是感情用事。她很小心地不在公共场合表达这些看法,然而它们在她老去之后变得越来越强烈了。回过头看,她在她八十多年的生命里没有爱过几个人,然而她曾经爱得强烈,已经用一种可以挑战任何现实冲击的激进浪漫主义将他们理想化了。她没有经历过童年和少年时期那种毁灭式的爱情,她孤独地念完了大学,独自一人旅行和工作,没有生意伙伴或同事,只有下属;她用与福田一命着魔的爱情和与纳撒尼尔·贝拉斯科独一无二的友情代替了所有这一切,后者在她的记忆中并不是丈夫,而是她最亲密的朋友。在她生命的最后时期,她有一命,她传奇的爱人,有她的孙子赛斯和伊莉娜,雷尼和凯茜,他们是她在许多年里拥有的最像朋友的人。多亏了他们,她才没有那么无聊,而无聊正是衰老带来的其中一个灾难。拉克之家的其他人就像海湾的风景:她远远地欣赏它,但却不会下水。半个世纪以来她一直身处圣弗朗西斯科上层人士的小世界之中,她现身剧院、慈善活动或是必须的社交场合,用从一打照面就建立起来的无法逾越的安全距离保护自己。她告诉雷尼·比尔她讨厌噪音、肤浅的谈话和别人的事情，只有对于受苦人类一种模糊的共情才让她免于成为一个精神病患者。她很容易就会为不相识的不幸之人感到同情。她不喜欢人，更喜欢猫。她每次只能接受很小剂量的人，超过三份就会消化不良。她一直都在回避各种团体、俱乐部和政党，没有加入任何事业，尽管她原则上是支持的，比如女性主义、民权或和平。"我没有站出来保护鲸鱼，因为我不想让自己与环保主义者混在一起。"她说。她从来不曾为别人或某个理想牺牲自我，奋不顾身不是她的美德。除了病中的纳撒尼尔，她从来无须照顾任何人，甚至是她的儿子。母性不是母亲们所谓经历的那种爱与渴望的疾风，而是一种宁静而持久的爱意。拉里是她生命中一个稳固而无条件的存在，她对他的爱融合了完全的信任和长期的习惯，那是一种舒服的感情，对她的要求很少。她曾经崇拜和爱过伊萨克与莉莉安·贝拉斯科，她在他们成为她的公公婆婆之后依然继续叫他们姨父姨母，但他们的善良和奉献欲一点也没有感染到她。

"幸好贝拉斯科基金会致力于种植绿地，而不是拯救乞丐或孤儿，这样我才能做点好事又不必靠近受益者们。"她对雷尼说。

"闭嘴，女人。要不是我认识你，我一定会把你想成一个自恋的魔鬼的。"

"如果我不是，那就要感谢一命和纳撒尼尔了，他们教会了我付出与接受。假如没有他们，我会向冷漠投降的。"

"很多艺术家都是内向的人，阿尔玛。为了创作，他们必须凝思。"雷尼说。

"你别找借口了。事实是，我越老就越喜欢自己的缺点。老年时期是一个人最能按照自己喜欢的方式活着和做事的时候。很快就会没有人能受得了我了。告诉我，雷尼，你有什么后悔的事吗？"

"当然。后悔我没有去做的那些疯狂的事,后悔戒掉了香烟和玛格丽特酒,后悔当一个素食主义者,还有拼了命地去锻炼。我一样会死,但死的时候身材更好。"雷尼笑了。

"我不想让你死……"

"我也不想,但这没得选。"

"我认识你的时候你像一个哥萨克人那样豪饮。"

"我戒酒三十年了。我想我那时候喝那么多酒是为了不去思考。我太好动了,几乎连剪脚指甲的时间,都坐不住。年轻时我是一个群居动物,总是被声音和人包围,但即便如此我依然觉得孤独。对于孤独的恐惧决定了我的性格,阿尔玛。我需要被接受和被爱。"

"你说的是过去。现在已经不是了吗?"

"我变了。我整个年轻时代都在追求认可和冒险,直到我真的爱上了某个人。后来我心碎了,我花了十年的时间,试图把碎片拼起来。"

"你做到了吗?"

"可以说做到了,多亏了心理学大杂烩:私人疗法、团体疗法、格式塔、生物动力学,总之,有什么试什么,甚至尖叫疗法。"

"这是什么鬼东西?"

"我跟心理医生关在一起,在五十五分钟的时间里像中了邪一样尖叫并捶打一个大枕头。"

"我不相信。"

"真的。而且我还得付钱,你想象一下。我接受了好几年的治疗。那是一段坎坷的路,阿尔玛,但我学会了认识自己,直面我的孤独。它已经不会再吓到我了。"

"这种办法对纳撒尼尔和我应该很有帮助,但我们没想到。在我们的圈子里没有人这么做。当心理学流行起来时,对我们来说已经太晚了。"

在原本应该正是最能让她开心的时候,阿尔玛每周一都会收到的装着栀子花的匿名盒子突然不再来了,但她却没有显示出注意到这一点的迹象。自从她上一次溜走之后,她就很少再外出了。如果不是伊莉娜、赛斯、雷尼和凯茜不许她完全不走动,她会像一个隐士那样把自己幽禁起来。她对阅读、电视剧、瑜伽、维克多·维卡什夫的园子和其他之前占据她时间的爱好都失去了兴趣。她吃东西没有胃口,假如伊莉娜不注意,她可以靠苹果和绿茶过上好几天。她没有告诉任何人,她的心脏经常狂跳不止,她的视力变得模糊了,就连最简单的那些事她也会弄错。她的住所之前像一只手套那样贴合她的需求,现在它的面积却变大了,空间分布发生了改变,当她觉得自己站在浴室前面的时候,她却出去到了楼道里,因为楼道变长、变卷了,她甚至很难认出自己公寓的门,它们全都是一样的;地面变得高低起伏,她不得不扶着墙壁才能站住;电灯开关到处乱跑,她在黑暗中摸不到它们;有新的抽屉和搁板冒了出来,日常用品被错放到了那里;相册里的照片在没有人碰过的情况下就乱了。她什么也找不到,清洁女工或者伊莉娜把她的东西藏了起来。

她明白宇宙不太可能在跟她耍什么花招,最有可能的是她的大脑缺氧。她照着她从图书馆里借来的一本手册,从窗户里探出身去做呼吸练习,但却继续推迟去看凯茜推荐的心脏科医生,因为她依然忠于她的信仰,认为只要给它们时间,所有小毛病都能自己痊愈。

她即将年满八十二岁,她老了,却拒绝迈过衰老的门槛。她不想坐在岁月的影子旁边,目光空洞,脑子里想着一个虚构的过去。她摔倒过好几次,除了瘀青之外没什么后果;她应该是时候接受偶尔需要别人扶住她的胳膊帮她走路了,但她用面包渣滋养着残余的虚荣心,与任由自己沉迷于轻松的懒惰的诱惑做斗争。可能转入第二阶段这件事让她恐惧——她将会失去私人空间,雇来的护工会帮她解决最为个人的需求。"晚安,死亡。"临睡前她对自己说,隐隐希望自己不会醒来:那将是最为优雅的离场方式,能与之相比的只有在做爱之后永远沉睡在一命的怀里。实际上她并不认为自己有资格得到这份礼物;她拥有了美好的一生,并没有理由让她的结局也这样美好。三十年前她就失去了对于死亡的恐惧,当时它像一个朋友一样到来,去找纳撒尼尔。是死亡亲自把她叫过来,然后亲手把他放到她的怀里。她不会对赛斯说这个,因为他会说这是种病态,但与雷尼,这是他们常常谈论的话题:他们会久久地畅想另一边的种种可能、灵魂的不朽以及他们身边的那些无害的幽灵。对伊莉娜她什么都能说,女孩懂得倾听,但在她这个年纪,她依然对长生不老充满幻想,无法完全与那些几乎已经走完全程的人产生情感上的共鸣。女孩无法想象不太恐惧地老去需要多大的勇气,她对于年龄的知识是纸上谈兵。那些关于老年人的出版物,图书馆里所有好卖弄的大部头书籍和自助手册,也是纸上谈兵,它们都是并不老的人写的。就连拉克之家的两位心理医生也是年轻人。不管她们有多少学位,她们对于失去的一切又有什么了解呢?资产、能量、独立性、地方、人。尽管事实上,她并不想念人,只是想念纳撒尼尔。家人她见得足够多了,她感谢他们没有太常来看她。她的儿媳认为拉克之家是一个信共产党和吸大麻的老人仓库。她宁愿与他们通过电话联系,在海崖最自在的地方或是他们屈尊带她去旅行的时候见到他们。她没什么可抱怨的,她那个只由拉里、多丽丝、保琳和赛斯组成的小家庭,从来不曾令她失望。她不能算是被抛弃的老人,就像拉克之家里围绕在她身边的那么多人一样。

她无法继续延后关闭绘画工作室的决定,之前她是为了科斯滕才继续维持的。她告诉赛斯,自己的助理有某些智力缺陷,但她已经与她一同工作了很多年,那是科斯滕一辈子有过的唯一一份工作,她从来都能无可指摘地完成她的职责。"我应该保护她,赛斯,这是我最起码能为她做的事,但我没有力气应付细节了,这件事要轮到你来了,你当律师是有道理的。"她说。科斯滕有保险、养老金和积蓄,阿尔玛给她开了一个账户,每年都为她存一笔钱以应付突发事件,但从来没有发生过任何突发事件,所以这些钱都被拿去好好投资了。赛斯与科斯滕的哥哥说好会保证她未来的经济状况,与汉斯·沃伊特说好雇科斯滕给凯瑟琳·霍普的病痛诊所当助手。他们一说明无须付她薪水,经理就打消了对于雇一个患有唐氏综合征的人的犹豫;在拉克之家,科斯滕将从贝拉斯科家族那里获得收入。

栀 子 花

没有栀子花的第二个星期一,赛斯带着一只装了三朵栀子花的盒子来了。这是为了纪念内克,他说。猫咪最近去世这件事加剧了阿尔玛骨头里的厌倦,而花朵浓郁得令人难以忍受的香气也没能让她好转。赛斯把它们放在一只装了水的盘子里,为两个人泡了茶,与他的祖母一起在小客厅的沙发里坐下。

"福田一命的花怎么了,奶奶?"他用无所谓的口气问她。

"关于一命你都知道些什么啊,赛斯?"阿尔玛警惕地问。

"很多事。我猜您的这位朋友与您收到的信和栀子花以及您的出行有关。当然,您可以做您想做的事,但我觉得您的年纪不适合一个人或者在没有合适的人陪着的情况下出去。"

"你在监视我!你怎么敢把鼻子伸到我的生活里?"

"我很担心您,奶奶。应该是因为我爱您吧,虽然您真是爱唠叨。您无须隐藏什么,您可以信任伊莉娜和我。不管您想做什么傻事,我们都是您的同盟。"

"这根本不是傻事!"

"当然不是。抱歉。我知道那是您的一生挚爱。伊莉娜偶然听到过您和雷尼·比尔的一次对话。"

那时候阿尔玛和贝拉斯科家的其他人都知道伊莉娜住在赛斯的公寓里,就算不是一直住在那里,至少也是一星期好几天。多丽丝和拉里克制自己不去发表负面评价,寄希望于这个可怜的摩尔多瓦移民的事是他们儿子一时头脑发热的糊涂之举,但在面对伊莉娜时他们却带着一种冷冰冰的礼貌,于是她不愿意参加海崖的周日午餐,尽管阿尔玛和赛斯坚持要拉她去。相反,曾经毫无例外地反对赛斯所有身材健美的女友的保琳,向她张开了双臂。"我祝福你,哥哥。伊莉娜是一阵清风,而且比你还要有性格。她知道如何在生活中掌控你。"

"您为什么不把一切都告诉我呢,奶奶?我没有侦探证,也不打算监视你。"赛斯恳求阿尔玛。

那杯茶有从阿尔玛颤抖的双手里洒出来的风险,于是她的孙子把它拿下来,放到了桌子上。女人最初的怒火已经平息了,取而代之的是一种巨大的倦怠,一种对于向她的孙子说出一切、坦白自己犯下的错误的欲望,告诉他她的内心正在被蛀蚀,她正在一点点死去,而且正是时候,因为她已经无法再承受这样的疲惫,会在幸福和爱情中死去。而在活了很久,在爱过也咽下过泪水之后,一个八十多岁的人还能再要求什么呢。

"你叫伊莉娜过来吧。我不想再重复一遍这个故事。"她对赛斯说。

收到手机短信时,伊莉娜正与凯瑟琳·霍普、露比塔·法里亚斯和家政及护理部门的两位女主管一起在汉斯·沃伊特的办公室里,讨论选择性死亡这个问题,这是用来取代自杀这个被经理禁止使用的词语的委婉说法。她们在前台拦截了一个来自泰国的不详包裹,现在它正作为证据躺在经理的书桌上。它是寄给海伦·邓普西的,她是第三阶段的住户,八十九岁,患有复发性癌症,没有家人也没有精力来支撑新一次的化疗。说明书显示,药物要与酒一起吞服,而死亡会在睡梦中平静地到来。"应该是巴比妥类药物①。"凯茜说。"或者是老鼠药。"露比塔补充道。经理想要知道海伦·邓普西到底是如何在无人知情的情况下买到药的,按理说工作人员们应该保持关注。如果拉克之家有人自杀的说法流传出去,那就太糟糕了,对于机构的形象来说将是一场灾难。如果出现可疑的死亡,比如雅克·德凡那一次,大家会注意不去进行太过仔细的调查;最好忽略细节。员工们把责任推给艾米丽和她儿子的幽灵,他们会把绝望的人带走,因为每当有人去世,无论是因为自然或是非法原因,海地护工让·丹尼尔都会撞见那个穿粉纱连衣裙的年轻女人和她不幸的孩子。那幅景象会让他的寒毛都竖起来。他曾经要求养老院雇用他的一位为了谋生而当了理发师、却以伏都教②女祭司为天命的同乡,以便将那两个幽灵送往他们所属的另一个世界的王国,然而汉斯·沃伊特却没有足够的预算用于此类开支,因为他靠拆东墙补西墙才得以勉强维持养老院的运转。这个话题不太适合伊莉娜,她在心里哭泣,因为几天之前她还把内克抱在怀里,让医生仁慈地为它打上一针,结束老年病为它带来的折磨。阿尔玛和赛斯无法在这个过程中陪伴猫咪,前者是因为难过,后者是因为懦弱。他们把伊莉娜独自一人留在公寓里,迎接兽医的到来。卡耶医生没有来,因为最后一刻他家里出了点问题,来的是一个紧张的近视眼女孩,看上去像是刚毕业。然而,女孩非常有效率和富于同情心;猫咪是打着小呼噜,毫无意识地离开的。赛斯应该将尸体送往动物火葬场,但现在内克暂时还在阿尔玛冰箱中的一个塑料袋里。露比塔·法里亚斯认识一个墨西哥动物标本制作者,他能够用粗麻布做填充物,用玻璃做眼睛,让它看起来像

---

① 巴比妥类药物,一类镇静催眠的药物。
② 伏都教,又译巫毒教,源于非洲西部的一种原始宗教。

活的一样，或者清理并抛光它的骨架，将它放在一个小墩座上，让它成为装饰品。她向伊莉娜和赛斯提议，让他们给阿尔玛这个惊喜，但他们觉得这种做法并不会得到祖母的赞赏。

"在拉克之家，我们有责任制止任何选择性死亡的尝试，明白了吗？"汉斯·沃伊特第三或第四次强调着，同时坚决地向凯瑟琳·霍普投去了一个警告性的眼神，因为长期受到病痛折磨、最为脆弱的那些病人们都会去找她。他怀疑这些女人知道的比她们愿意告诉他的事更多，而且他的怀疑不无道理。当伊莉娜在手机屏幕上看到赛斯的信息时，她打断了他："抱歉，沃伊特先生，有一件急事。"这给了她们五个人扔下话说了一半的经理并从那里溜走的机会。

她发现阿尔玛坐在床上，腿上盖着一块大披肩，他的孙子因为看到她在发抖所以才将她安置在那里。脸色苍白、没有涂口红的她，是一个皱缩的老太太。"你们把窗户打开。这种玻利维亚的稀薄空气让我快死了。"她要求道。伊莉娜向赛斯解释，他的祖母没有在说胡话，她指的是那种窒息的感觉、耳鸣的嗡嗡声以及身体的瘫软，这与很多年前她在海拔三千六百米的拉巴斯出现高原反应时的感觉一样。赛斯则怀疑这些症状并不是因为玻利维亚的空气，而是因为冰箱里的猫。

阿尔玛先是让他们发誓会在她死后保守她的秘密，然后开始向他们重复她已经告诉过他们的事情，因为她觉得最好从头开始抽丝剥茧。她从与她的父母在格但斯克的码头告别、来到圣弗朗西斯科开始讲起，她如何抓住了纳撒尼尔的手，预感到或许他永远不会松开自己；之后是她认识福田一命的具体时刻，那是她珍藏在记忆中的那些时刻里最值得纪念的一个。从那里开始，她沿着往昔之路向前走，她的讲述如此准确而清晰，仿佛是在高声朗诵一般。赛斯对于他祖母精神状态的怀疑烟消云散。在过去他从她那里套取资料写书的三年里,阿尔玛表现出了她作为叙述者的高超技巧,她的节奏感以及保持神秘感的本领,还有她让灿烂与最悲伤的场景形成鲜明对照的才能。那是光与影,就像纳撒尼尔·贝拉斯科的照片,然而直到那天下午,她才终于给了他在一次马拉松似的持续回忆中欣赏她的机会。阿尔玛一直讲了好几个小时,中途停下来几次,喝了茶,嚼了几块饼干。天黑了,但他们三个人谁也没有发现,祖母在讲,而年轻的人们听得入了神。她给他们讲了在两年未见之后,她二十二岁时与一命的重逢,童年时代沉睡的爱情如何以无可抵挡的力量将他们两个人击倒,尽管他们知道那种爱情是没有好下场的,而且,实际上它也只持续了不到一年。这么多个世纪以来,激情是普世而永恒的,她说,但形势和习惯一直都在改变,六十年之后,要想理解他们在那个年代所面对的无法克服的阻碍是很难的。假如她能再年轻一次,在拥有了如今老年的她对自己的了解之后,她也会重复一遍曾经做过的事;因为她不敢与一命迈出决定性的一步,成规让他们无法这样做;她从来不是一个勇敢的人,她遵守规则。她七十八岁时才做出了唯一的一次挑战,离开海崖的房子来到了拉克之家。二十二岁时,一命和她怀疑他们剩下的时间不多了,于是强行把爱情吞下去,想把它完全吃光,然而他们越是想消耗它,欲望就越是横冲直撞,而那个说所有的火焰都迟早会熄灭的人,他是错的:有些激情像一爪子就能按灭的火,即便如此也会留下炙热的余烬,一有氧气就能够随时重燃。她给他们讲了蒂华纳,她与纳撒尼尔的婚礼,以及他们如何要再等七年才能在她公公的葬礼上见到一命。在这段时间中,她不带焦虑地思念着一命,因为她不曾期待再次见到他,也没想到要再过七年,他们才能终于让他们依然对彼此怀有的爱情成为现实。

"那么,奶奶,我爸爸不是纳撒尼尔的儿子吗?这样的话我就是一命的孙子了!您告诉我,我是福田家的还是贝拉斯科家的!"赛斯大喊。

"假如你是福田家的,你会长得有点像日本人的,你不觉得吗?你是贝拉斯科家的。"

没有出生的孩子

婚后的最初几个月,阿尔玛完全专注于怀孕这件事,于是因为放弃了对一命的爱所带来的愤怒变成了一种可以承受的不快,就像鞋子里的一粒小石子。她沉浸在一种反刍式的愉悦之中,将纳撒尼尔殷勤的爱意与家庭提供的巢穴当成了自己的避风港。尽管玛莎和萨拉已经给他们生下了外孙外孙女,莉莉安和伊萨克仍像期待王位继承人一样期待这个孩子,因为他会姓贝拉斯科。他们给这个孩子安排了房子里一个向阳的房间,里面装饰着儿童家具,一位来自洛杉矶的艺术家在房间的墙壁上画上了迪士尼人物。他们全心全意地照顾阿尔玛,满足她的所有小情绪。到了第六个月的时候,阿尔玛胖得太多了,她血压升高,脸庞浮肿,双腿沉重,每天都头疼。因为穿不进鞋子,她只好穿沙滩凉拖,但从肚子里的第一次胎动开始,她就爱上了这个孕育中的生命,他不属于纳撒尼尔也不属于一命,他是她一个人的。她想要一个儿子,这样她就可以给他起名叫伊萨克,为她的公公带来延续贝拉斯科这个姓氏的后代。她向纳撒尼尔承诺,永远都没有人会知道他身体里流着不一样的血。她带着内疚的绞痛心想,假如纳撒尼尔没有阻止她,这个孩子的归宿本将是蒂华纳的一条阴沟。随着她越来越爱这个孩子,她也越来越恐惧她身体上的变化,但纳撒尼尔向她保证她光彩照人,比任何时候都更美,他用橙子夹心巧克力和其他她孕期嗜食的东西让她越发超重了。这对亲密兄妹的关系一如往昔。他是一个高尚而优雅的人，从来只使用房子另一端他书房旁边的浴室，从不当着她的面脱衣服，但阿尔玛在他面前已经完全不再害羞。她在自己不正常的状态面前认了输，她与他分享各种不雅的细节和她的身体不适，她的情绪危机以及对于当母亲的恐惧，前所未有的自暴自弃。那段时期，她违反了她父亲强加给她的不抱怨、不求人也不相信任何人的原则。纳撒尼尔变成了她的生命中心，在他的羽翼之下她感到快乐、安全和被接纳。这在他们中间建立起了一种不平衡的亲密关系，他们将其视为寻常，因为它符合他们每个人的个性。即便他们有时候会提到这种扭曲的关系，那也是为了达成这样一个约定，那就是等孩子出生、阿尔玛从分娩中恢复之后，他们会试着像一对正常的夫妻那样生活，但他们似乎都并不渴望走到那一步。与此同时，她在他的肩膀上发现了一个完美的地方，就在下颌下面，她会把脑袋放在那里打瞌睡。"你有自由去找其他女人，纳特。我只请求你保持低调，别让我受到侮辱。"阿尔玛反复对他说，而他从来都用一个吻和一个玩笑回答她。尽管她没能从一命在她心上和身体上留下的印痕中解脱出来，她还是能感觉到自己对纳撒尼尔的醋意；有半打女人在追求他，她估计对于不止一个女人来说，看到他结婚也不是什么阻碍，而可能更是一种激励。

当他们正在贝拉斯科一家冬天会去滑雪的那栋位于太浩湖的房子里，在上午11点喝着热苹果酒，等待暴风雪过去再出门的时候，阿尔玛穿着睡衣、光着脚，摇摇晃晃地出现在客厅里。莉莉安跑过去扶她，而她拒绝了，努力把目光集中起来。"你们告诉我的哥哥萨穆埃尔，他要让我的脑袋炸掉了。"她喃喃道。伊萨克一边大声喊纳撒尼尔，一边试图把她带到一张沙发旁，但阿尔玛就像钉在了地上似的，像一件家具那么重。她把头埋在双手中间，断断续续说着一些关于萨穆埃尔、波兰和大衣内衬里的钻石的话。纳撒尼尔及时赶来，正好看到他的妻子抽搐着晕了过去。

这次子痫发生在孕期的第二十八周,持续了一分十五秒。在场的三个人全都不知道到底发生了什么,他们认为那是癫痫。纳撒尼尔唯一做对的只是让她侧卧,抓住她以免她伤害自己,用一把汤勺让她的嘴巴保持张开。可怕的抽搐很快停止了,阿尔玛全身瘫软、精神迷茫,因为头痛和腹部痉挛呻吟着。他们给她裹上毯子,把她放到车上,车轮滑转着驶过结冰的路面,把她送到了医院,那里轮值医生的专长是滑雪者的骨折和挫伤,除了试图为她降血压之外他也做不了太多。救护车迎着暴风雪和路面上的障碍物,花了七个小时才从太浩湖开到圣弗朗西斯科。当一位产科医生终于为阿尔玛做了检查之后,他提醒他们一家人,未来可能会再次出现痉挛或脑中风的危险。在孕期五个半月的时候,孩子活下来的希望是零,他们必须再等六个星期左右才能进行催产,但在这段时间里母亲和孩子都有可能死亡。就像听到了他说的话似的,几分钟之后子宫里胎儿的心跳停止了,这让纳撒尼尔不必做出一个不幸的决定。阿尔玛被紧急送进了手术室。

纳撒尼尔是唯一一个看到了孩子的人。他因为疲惫和悲伤而颤抖着,用双手将他接过来,拉开襁褓的褶皱,看到了一个皱缩发青的小东西,有着像洋葱皮一样细腻和半透明的皮肤。他已经完全成形了,眼睛半开半合。他把他放到脸旁边,久久地轻吻他的脑袋。那种冰冷灼伤了他的嘴唇,他感到无声抽泣的深响从脚底爬上来,晃动他的整个身体,让他泪如泉涌。他哭了,他以为自己是在为那个孩子和阿尔玛哭,然而其实他是在为自己哭,为了他克制而常规的生命,为了那些他将永远无法卸下的责任,为了从出生起就压得他喘不过气的孤独,为了他梦想却永远不会拥有的爱情,为了他赶上的那些骗人的纸牌,也为了他命运中所有该死的诡计。

自然流产七个月之后,为了让阿尔玛从占据了她灵魂的那种难以忍受的思念中走出来,纳撒尼尔带着她去欧洲转了一圈。她着迷一般地说起了她的哥哥萨穆埃尔在他们两个都住在波兰时候的样子,一个在噩梦里围着她转的家庭女教师,某件浅蓝色的天鹅绒连衣裙,戴着猫头鹰似的眼镜的薇拉·诺伊曼,学校里的几个讨厌的女同学,她曾经读过的书——她不记得它们的名字,却为其中的人物而难过,还有其他无用的回忆。一次文化之旅可以重新唤起阿尔玛的灵感,让她找回对于手绘布料的热情,纳撒尼尔这样想,而如果这种情况发生的话,他会提出让她去英国最古老的艺术学府——皇家艺术学院进修一段时间。他觉得对阿尔玛最有效的疗法就是让她远离圣弗朗西斯科,远离整个贝拉斯科家族,尤其是远离他。他们没有再提起一命,而纳撒尼尔认为她忠于自己的承诺,不会再跟他有联系。他有心打算与自己的妻子更加长久地共处,因此减少了工作时间,并在有可能的时候,在家中研究案件和准备辩护。他们依然睡在不同的房间里,但却不再假装睡在一起。纳撒尼尔的床彻底在他的单人房里,在贴着画有打猎场景、马、狗和狐狸的墙纸的墙壁之间安置下来。他们都在失眠,他们升华了一切情欲的诱惑。他们一起在其中的一个客厅里阅读直到午夜,两个人坐在同一张沙发上,裹着同一条毯子。有几个天气允许航行的周日,纳撒尼尔说服阿尔玛陪他一起去电影院,或是在那张失眠的沙发上挨着对方午睡,它代替了他们不曾拥有的婚床。

那趟旅行将从丹麦一直到希腊,包括一次多瑙河游轮之旅以及另一次在土耳其的游轮之旅,它应该持续好几个月,最后在伦敦完成,他们也将在那里分别。第二个星期,他们牵着手在罗马的小巷子里漫步,在吃完一顿值得纪念的午餐、喝过两瓶最好的基安蒂酒之后,阿尔玛在一盏街灯下停下来,抓住纳撒尼尔的衬衫,一把把他拉过去,亲吻了他的嘴。"我想让你跟我一起睡。"她对他下了指令。那天夜里,在他们下榻的由没落的宫殿改建而来的酒店里,他们在红酒与罗马夏日的醉意之中,带着一种偷尝禁果的感觉做爱,他们发现了彼此在对方身上已经了解的东西。阿尔玛对于肉体之爱和她本人身体的知识都来自一命,后者用难以超越的本能去弥补自己经验的缺失,正是同样的本能使他得以让一棵忧伤的植物起死回生。在蟑螂成灾的汽车旅馆里,阿尔玛曾是一命满怀爱意的手中的一件乐器。她在纳撒尼尔那里从来没有体会过这些。他们匆忙、慌乱、笨拙地做爱,像两个犯错的学生,没有时间彼此审视、探寻,一起大笑或叹息;之后有一种无从解释的痛苦攫住了他们,为了努力掩饰它,他们裹着床单,在透过窗户窥视他们的昏黄月光里,沉默地抽烟。

第二天他们在废墟中漫步,爬上千年的石阶,游览大教堂,在大理石雕像和浮夸的喷泉之间迷路,累得筋疲力尽。天黑的时候他们又一次喝多了,摇摇晃晃地回到没落的宫殿,又一次欲望寥寥但更有意愿地做了爱。就这样,一天一天,一夜一夜,他们按着设计好的路线在城市里游览,在河面上航行,一点点建立了他们曾经如此小心地想要避免的夫妻生活,直到他们觉得共用浴室、在同一个枕头上醒来都再自然不过。

阿尔玛没有留在伦敦。她带着一堆博物馆手册和明信片、艺术书籍和纳撒尼尔拍下的美丽角落的照片回到了圣弗朗西斯科,打算重新开始画画;她的脑袋里装满了她看到的颜色、图案和设计,土耳其地毯、希腊花瓶、比利时挂毯、各个时期的画作、宝石凸绣神像、倦怠的圣母和饥饿的圣徒,然而那里还有蔬果市场、捕鱼小船、狭窄小巷的阳台上挂着的衣服、在小餐馆里玩多米诺骨牌的男人、海滩上的孩子、成群的流浪狗、悲伤的毛驴以及在废墟与传统之中沉睡的小镇里古老的屋顶。所有这一切最终都将以大笔灿烂的色彩在她的丝绸上得到呈现。那时她在圣弗朗西斯科的工业区有一间八百平方米的工作室,它被荒废了几个月,她正打算让它重现生机。她沉浸在自己的工作中。她好几个星期都没有想起一命和她失去的那个孩子。从欧洲回来之后她与她的丈夫几乎再没有过亲密行为;每个人都有自己的事要忙,在沙发上看书的失眠之夜结束了,但他们一直拥有的温柔友情依然将他们连在一起。打瞌睡的时候,阿尔玛很少再把脑袋放在她丈夫肩膀和下颌之间的那个准确的位置,那个曾经让她觉得安全的地方。他们没有再睡在同一张床上,也没有再共用一间浴室;纳撒尼尔占据了他书房的床,阿尔玛一个人睡在蓝色的房间里。即使他们有时会做爱,那也是偶然,而且总是在血管里的酒精浓度太高的时候。

"我想让你从你对我忠诚的承诺中解脱出来,阿尔玛。这对你不公平,"有一天晚上,他们在花园的凉亭里一边欣赏流星雨一边抽大麻的时候,纳撒尼尔对她说,"你还年轻,充满活力,你应该值得拥有比我能给你的更多的浪漫。"

"那你呢?有人能给你浪漫,所以你想获得自由吗?我从来没有阻止过你,纳特。"

"这不是关于我,阿尔玛。"

"你挑了一个不太合适的时间把我从我的承诺中解脱出来,纳特。我怀孕了,而唯一可能的父亲就是你。我本来打算确定了再告诉你。"

伊萨克和莉莉安·贝拉斯科用与第一次时同样的热情迎接了这个怀孕的消息,他们翻新了为另外那个孩子准备的房间,等不及要好好宠爱他一番。"如果他是男孩,而他出生时我已经死了,我猜他们会给他起我的名字,但如果我活着他们不能这样做,因为这会给他带来厄运的。那样的话我希望他叫劳伦斯·富兰克林·贝拉斯科,像我的父亲和伟大的罗斯福总统一样,愿他们安息。"一家之主这样要求。他正在缓慢而无可挽回地一点点衰落下去,但依然没有倒下,因为他不能抛下莉莉安;他的妻子已经变成了他的影子。莉莉安几乎聋了,但她不需去听。她已经学会了精准地解读其他人无声的讯息,想要瞒她什么事或是骗她是不可能的,而且她发展出了一种令人毛骨悚然的能力,能够在别人想要对她说话和回答她之前就猜到他们想说什么。她有两个坚决的想法:改善她丈夫的健康以及让纳撒尼尔和阿尔玛正常地彼此相爱。她在这两件事情上都求助于替代疗法,从磁化床垫到长生不老药和催情药,不一而足。站在自然主义巫术前沿的加利福尼亚有着种类繁多的贩卖希望和安慰的生意人。伊萨克已经耐着性子往自己的脖子上套了水晶,喝苜蓿和蝎子糖浆,正如阿尔玛和伊萨克忍受着伊兰催情精油按摩、中国鱼翅汤以及莉莉安试图用来激化他们温暾爱情的方士策略。

劳伦斯·富兰克林·贝拉斯科在春天出生,他没有经历医生由于他母亲此前经历的子痫而预言的任何问题。从来到世上的第一天起,他就有点担不起他的名字,大家都叫他拉里。他长得很健康,胖乎乎的,自给自足,无须任何特别的照顾。他如此安静而低调,以至于有时他在家具下面睡着了,好几个小时都没有被想起来。他的父母将他交给他的祖父祖母和先后养育他的几个保姆,他们没有太过注意他,因为海崖有半打大人围着他转。他不睡在自己的床上,而是轮流睡在伊萨克和莉莉安的床上,叫他们爸比和妈咪;对他的生父生母,他则叫他们父亲和母亲。纳撒尼尔在家的时间很少,他已经成为城中最著名的律师,日入斗金,空余时间他会做运动,探索摄影艺术;他在等着儿子再长大一点,然后开始带他领略帆船航行的乐趣,却没有想到这一天永远不会到来。由于公公婆婆接管了孙子,阿尔玛开始毫无负罪感地扔下他出门旅行,寻找工作的主题。最初几年她一直在计划短途旅行,以免与拉里分开太长时间,但她发现这没有差别,因为无论她离开时间的长短,每次回来时,她的儿子都会同样礼貌地与她握手欢迎她,而不是她满心期待的快乐拥抱。她不太开心地得出结论,拉里喜欢猫咪多过喜欢她,于是她就可以到远东、南美和其他遥远的地方去了。

一家之主

拉里·贝拉斯科在他祖父祖母和家中雇员的爱护下度过了生命的头四年，他被照料得像一株兰花，所有任性都会得到满足。这种育儿方式本会无可避免地毁掉一个不那么专注的孩子的性格，但实际上却让他变得和蔼可亲、乐于助人、不喜欢吵闹。他温和的性情在他的祖父伊萨克在1962年去世之后也没有改变，后者是支撑他此前生活的梦幻世界的两大支柱之一。伊萨克的身体在他心爱的孙子出生时有所好转。"我的心理年龄二十岁，莉莉安，而我的身体到底怎么了？"他有精力每天带拉里出去散步，向他展示他花园里植物的秘密，趴在地上跟他一起玩，给他买他自己小时候曾经渴望过的宠物：一只爱挑事的鹦鹉，一大缸鱼，一只拉里一把笼子打开就永远消失在家具之间的兔子，以及一只长耳朵狗，他是家族之后那些年里养过的好几代可卡犬里的第一只。医生们无法解释伊萨克明显的好转，但莉莉安将其归功于那些治疗方法和秘传科学，她已经成为这方面的专家了。那天晚上，在度过了快乐的一天之后，拉里轮到在祖父床上睡觉。他在金门公园里骑了一下午租来的马，他的祖父坐在马鞍上，稳稳地把他抱在身前。回家时他们被太阳晒红了脸，满身汗味，激动地想要买一匹大马和一匹小马，两人一起骑。莉莉安在花园里摆好了烤架等着他们烤香肠和棉花糖吃，那是祖孙两人最喜欢的晚餐。然后她给拉里洗了澡，让他在她丈夫的房间里睡下，给他读了一个故事,直到他睡着。她喝完一小杯加了鸦片粉的雪利酒,上床睡觉。早晨7点她醒来时,拉里正在晃她一边的肩膀:"妈咪,妈咪,爸比摔倒了。"他们发现伊萨克躺在浴室的地上。纳撒尼尔与司机合力才能移动那具冰冷僵直、已经变得像铅一样重的身体,把他放到床上。他们不想让莉莉安看到这一幕,但她把所有人都从房间里推了出去,把门关上。她没有再把门打开,直到她慢慢地为丈夫清洗完身体,给他抹上乳液和古龙水。她检查这个比她自己的身体还要更加让她熟悉、她如此深爱的身体上的每一个细节,惊讶地发现他几乎没有老去:他依然是她一直看到的那个样子,还是那个能笑着把她抱起来的高大强壮的年轻人,有着被花园里的劳作变成金棕色的皮肤,二十五岁的浓密黑发和那双属于好人的美丽的手。打开房门的时候她是平静的。家里人害怕莉莉安在失去他之后很快会因为悲伤而变得憔悴,然而她向他们展示了对于真正相爱的人之间的交流来说,死亡并不是一个无法逾越的阻碍。

多年之后,在因为妻子威胁要抛弃他而接受第二次心理治疗的时候,拉里将会回忆起他的祖父倒在浴室里的画面,这个他童年中最为意义重大的时刻,以及他的父亲被装殓起来的画面——那是他青春的终点,让他被迫成了一个成熟男人。第一件事发生时他四岁,第二件事发生时他二十六岁。心理医生用一种略带犹疑的语气问他,他是否还记得四岁时的其他事情。拉里从家里每一个雇员和每一只宠物的名字,一直说到了他祖母给他念的故事的标题,以及她在丈夫死去几个小时之后变瞎时,她身上穿的睡袍的颜色。在祖父祖母的庇护下度过的这最初四年是他生命中最幸福的时期,他把细节都珍藏了起来。

莉莉安被确诊患有癔症性暂时性失明,但这两个形容词都不正确。拉里直到六岁开始上幼儿园之前都是她的引路童,之后她就自己想办法过日子,因为她不想依赖其他人。她记得海崖的房子和其中的一切,她小心翼翼地走动,甚至能到厨房里去为她的孙子烤饼干。另外,她半是开玩笑半是认真地说,伊萨克会拉着她的手。为了取悦看不见的丈夫,她开始只穿淡紫色,因为这是她在1914年认识他时穿的颜色,也因为这解决了她每天需要盲目挑选衣服的问题。她不允许别人像对待一个无用之人那样对待她,也从不流露出觉得因为失去听觉和视力而感到孤独的迹象。纳撒尼尔说,他的母亲有着石鸡猎犬的嗅觉和蝙蝠的雷达系统,这能够帮她定位和认人。直到莉莉安1973年去世,拉里一直都被人无条件地爱着,根据将他从离婚的痛苦中拯救出来的心理医生的说法,他无法期待从他的妻子那里获得这样的爱——婚姻中没有任何东西是无条件的。

福田一家室内鲜花与植物的苗圃在电话簿上登记了信息,每隔一段时间阿尔玛就会确认它还在同一个地方,但她从来没有在好奇心面前让步而打电话给一命。她好不容易才从那段失败的爱情中恢复过来,她害怕如果听一会儿他的声音,她就会溺死在与从前同样顽固的激情里。在那之后过去的几年间,她的感官已经沉睡了;在克服对于一命的迷恋的同时,她将曾对他有过而从来不曾对纳撒尼尔产生过的欲望转移到了画笔上。这在她公公的第二场葬礼上发生了改变,因为她在一大群人当中认出了一命难以混淆的面孔,他依然是她记忆中那个年轻人的模样。一命在三个女人的陪伴下走在队伍后面,其中两个阿尔玛能模糊地认出来,尽管她已经有很多年没见过她们了,另外还有一个很显眼的女孩,因为她不像其他人那样一身素黑。那一小队人离得有点远,但仪式结束后,当人们开始散去时,阿尔玛挣脱了纳撒尼尔的手臂,跟着他们到了大街上,那里停着一排汽车。她大声喊着一命的名字叫住他们,四个人转过身来。

"贝拉斯科太太。"一命正式地鞠了一躬,向她致以问候。

"一命。"她呆呆地重复了一遍。

"我的母亲福田英子,我的姐姐惠子·安德森和我的妻子,黛尔芬。"他说。

三个女人鞠躬问候她。阿尔玛感到胃部剧烈地抽搐了一下,有一口气堵在胸口出不来。她不加掩饰地打量着黛尔芬,但后者却没有察觉,因为出于礼节性的尊重,她的眼睛一直看着地面。她年轻,美丽,清新,没有化时髦的浓妆,穿着一身珍珠灰,包括一套杰奎琳·肯尼迪风格的裙装和一顶圆帽,发型也与第一夫人相同。她的装扮是如此美国化,以至于与她亚洲人的面孔显得不甚协调。

"谢谢你们过来。"阿尔玛恢复了呼吸,终于结结巴巴地说道。

"堂伊萨克·贝拉斯科是我们的恩人,我们将永远感激他。因为他我们才能回到加利福尼亚,他为苗圃提供了资金,帮助我们生活下去。"惠子激动地说。

阿尔玛已经知道了这件事,因为纳撒尼尔和一命告诉过她,但这家人郑重其事的感谢再一次让她肯定,她的公公是一个非凡的人。假如战争没有夺走她的父亲,她爱他也会多过爱自己的父亲。伊萨克·贝拉斯科是巴茹·门德尔的反面,他善良、忍耐、永远愿意付出。她一直没有完全感受到失去他的痛苦,因为她像贝拉斯科家的所有人一样处于惊愕之中,然而这一刻,这种痛苦却正面击中了自己。她的眼睛湿了,然而她咽下了从几天前就开始奋力想要逃脱她控制的泪水和抽泣。她注意到,黛尔芬正像几分钟之前的她那样专注地观察着自己。她觉得自己在那个女人清澈的眼睛里看到了一种机敏而好奇的神情,就好像她完全知道她在一命的过去里扮演了怎样的角色。她觉得自己被看穿了,而且有点可笑。

"我们致以最真挚的哀悼,贝拉斯科太太。"一命说,他重新扶住他母亲的手臂,打算继续向前走。

"阿尔玛。我还是阿尔玛。"她喃喃道。

"再见,阿尔玛。"他说。她等了两个星期,等一命联系她;她焦虑地检查邮件,每当电话响起都会一阵心惊,她为一命的沉默想出了一千个借口,唯独差了唯一合理的那一个:他结婚了。她拒绝去想黛尔芬,她小小的,瘦瘦的,纤细的,比她更加年轻美丽,她质询的目光和放在一命手臂上的那只戴着手套的手。有一个周六,她戴上巨大的墨镜和一条头巾,开车去了马丁内斯。她从福田家的苗圃前面经过了三次,但却不敢下车。之后的那个周一,她无法继续忍受渴望的风暴,拨打了那个她一在电话簿上看到就记住了的号码。"福田,室内鲜花与植物,我们有什么可以帮您的吗?"那是一个女人的声音,阿尔玛毫不怀疑它属于黛尔芬,尽管她们两人唯一同处的那一次,她没有说一个字。阿尔玛挂了电话。她又重新打了几次,祈祷一命能来接电话,但话筒里传出的永远都是黛尔芬热情的声音,于是她便挂了电话。其中一次,两个女人在电话里等了将近一分钟,直到黛尔芬温柔地问:"我有什么能帮您吗,贝拉斯科太太?"阿尔玛吓了一跳,猛地挂上了电话,发誓永远都不会再联系一命。三天之后,邮差给她带来了一个带有一命的黑色墨水手写字迹的信封。她把自己关在房间里,把信封按在胸口,因为痛苦和希望而颤抖。

在信里,一命再一次向她表达了对于伊萨克·贝拉斯科的哀悼,向她坦白了自己在多年之后再次见到她有多么激动,尽管他知道她事业有成、热衷慈善,也经常在报纸上看到她的照片。他告诉她惠子是助产士,她嫁给了博伊德·安德森,生了一个儿子,名叫查尔斯,而英子回了日本几次,在那里学会了插花艺术。在最后一段中,他说他与黛尔芬·木村结了婚,她像他一样是第二代日裔美国人。黛尔芬一岁时与家人一起被关进了托帕兹,但他不记得在那里见过她,他们是很久之后才认识的。她是老师,但却放弃了在学校的工作来打理苗圃,它在她的领导下欣欣向荣;他们很快就会在圣弗朗西斯科开一家店。结尾处他没有说他们是否可能见面,也没有期待收到回复。关于他们共有的过去,他只字未提。那是一封正式的、为了提供信息而写的书信,并不像她在他们短暂相爱的那段时间里收到的其他信那样,包含着诗意的语句或是哲学的发散,他甚至连一幅有时会随信一起寄来的画也没有寄给她。读信时,唯一让阿尔玛松了一口气的是他没有提到她打电话的事情,而黛尔芬肯定告诉过他了。她理解了这封信的本意:一次道别,以及一命对于不希望再有联系的一个不言而喻的提醒。

之后七年的每一天里,阿尔玛的生活一如既往,没有任何重要事件发生。她有趣而频繁的旅行最终像马可·波罗唯一的一次冒险那样在她的记忆中汇合,这句话是纳撒尼尔说的,他从来没有对他妻子的外出表示过哪怕一丁点不满。他们之间有一种从未分离的孪生兄妹般根深蒂固的自在感觉。他们可以猜到彼此的想法,预见到对方的精神状态或愿望,接着替对方说完由对方起头的话。他们的亲密是毋庸置疑的,根本没有必要去提及这个,它是理所当然的,就像他们非同一般的友谊。他们分担社会责任,有着相同的艺术和音乐品位以及对于好餐厅的挑剔,他们分享积少成多的红酒收藏,体验带上拉里全家一起去度假的快乐。那个小男孩是如此乖巧而温柔,以至于他的父母有时候会怀疑他是否完全正常。他们远远避开不接受别人批评她孙子的莉莉安的耳朵,私底下开玩笑说,他以后会吓他们一大跳的,他会加入某个教派或是把谁杀掉;他不可能像一只心满意足的大西洋鼠海豚,无惊无惧地度过一生。尽管拉里还没到能够欣赏的年纪,他们就带着他进行难以忘怀的年度旅行,让他见识这个世界。他们去了加拉帕戈斯群岛,亚马孙雨林,到非洲进行了好几次野外探险,后来拉里也将带着他自己的孩子到这些地方去。他童年最为神奇的时刻之一是亲手喂肯尼亚保护区里的一只长颈鹿吃东西,它粗糙的蓝色长舌头,像粘了假睫毛似的甜蜜双眼,闻起来像刚割下来的牧草的浓烈气息。纳撒尼尔和阿尔玛在海崖巨大的房子里拥有自己的空间,他们就像住在一间豪华酒店里,不必担心任何事情,因为莉莉安会负责让这个家顺利运转。那个善良的女人依然在介入他们的生活,她常常问自己他们是不是彼此相爱,但这种祖母的特质完全不让他们感到困扰,而是让他们觉得很舒服。如果阿尔玛在圣弗朗西斯科,夫妇二人会说好每天晚上同处一会儿,喝一杯酒,跟对方说说一天里的琐事。他们庆祝彼此的成功,谁都不会去问那些不是非问不可的问题,他们仿佛看透了,他们关系的微妙平衡可能会在某一瞬间因为一次不合适的坦白而崩塌。他们乐于接受每个人都有自己的秘密世界和私人时间,他们没有义务对此进行解释。遗忘并不是欺骗。由于他们之间亲密行为的频率低到几乎可以忽略不计,阿尔玛想象她的丈夫还有其他女人,因为守身如玉这种想法太荒唐了,但纳撒尼尔尊重了保持低调这个约定,没有让她受辱。至于她,她曾经在旅途中出轨过几次,旅行时总是有这样的机会,只要暗示一下就够了,她一般总能得到回应;但这些放纵并没有给她带来她期待中的快感,而是让她觉得迷茫。她正处于应该拥有活跃性生活的年纪,她心想,这对于舒适和健康的重要性不亚于锻炼和均衡饮食,她不应该让自己的身体干涸。按照这一标准,性爱最后变成了又一项任务,而不是给感官的礼物。对她来说,情爱需要时间和信任,这对于与一个她将不会再见的陌生人共度的或虚假或僵硬的浪漫一夜来说并不容易。那正是性解放运动的全盛时期,一个性爱自由的年代,在加利福尼亚有人互相交换伴侣,一半人都在无所谓地与另一半人上床,她却依然在想着一命。她不止一次问自己,这是不是掩饰她情欲冷淡的一个借口,但当她终于与一命重逢之后,她没有再问自己这个问题,也没有再在陌生人怀中寻找慰藉。

你告诉我，灵感诞生于焦虑，创意来自运动。绘画是一种运动，阿尔玛，所以我才这么喜欢你最近的设计，它们看上去毫不费力，虽然我知道需要多少内心的焦虑才能像你一样掌握画笔。我尤其喜欢你那些在秋天里潇洒地落下叶子的树。我也想这样在这个生命的秋天失去我的叶子，如此轻松而优雅。我们何必要眷恋我们无论如何终将失去的一切呢？我猜我指的是青春，那是我们谈话的主题。

周四我会为你准备一个海盐和海藻浴，那是别人从日本给我寄来的。

一命
1978 年 9 月 12 日

萨穆埃尔·门德尔

1967年春天,阿尔玛和萨穆埃尔·门德尔在巴黎见面了。那是阿尔玛前往京都一次为期两个月的旅行的倒数第二站,她在那里学习了墨绘,使用黑曜岩制成的墨汁在白纸上作画。一位书法大师对她进行了严格的指导,逼着她将同一笔画反复练上一千次,直到能够将轻灵与力量完美地结合在一起,然后她才能进入下一步。她去过日本好几次。那个国家令她着迷,尤其是京都和几个山村,她在那里到处都能找到一命的影子。墨绘那种垂直握笔画出的自由流畅的笔触让她能够非常高效而富于创意地进行表达:没有任何细节,只有最基本的东西,那是一种薇拉·诺伊曼已经在鸟、蝴蝶、花卉和抽象画上发展出来的风格。那时薇拉已经拥有了一个国际化产业,销售量达数百万,雇用着几百个艺术家,在全世界有以她命名的画廊以及两万家出售她的时装、装饰品和家居用品的商店;然而这种大批量生产并不是阿尔玛的目标。她依然坚持选择走独家路线。在画了好几个月的墨水画之后,她正准备返回圣弗朗西斯科用彩色颜料进行尝试。

对于她的哥哥萨穆埃尔来说,那是他战后第一次回到巴黎。阿尔玛沉重的行李里有一个大箱子装着她的画卷和几百张用来获取灵感的书法和绘画底片。萨穆埃尔的行李极少。他从以色列过来,穿着迷彩裤、皮夹克和军靴,背着一个分量很轻的背包,里面装了两套换洗内衣。四十五岁的他依然像士兵一样生活,头发剃得短短的,皮肤被太阳晒得像是鞣制过的皮鞋底。这次相见对兄妹二人而言将是一次回到过去的朝圣。时间和频繁的通信让他们发展出了友谊,他们两个人都很有写作灵感。阿尔玛从年轻的时候起就以此为乐,她在日记中彻底袒露自己。萨穆埃尔不善言辞,对人缺乏信任,但却会在文字中表现得多话而亲切。

他们在巴黎租了一辆车,萨穆埃尔带她去了他第一次"死去"的那个村庄。阿尔玛是他的向导,因为她没有忘记她与姨父姨母在五十年代第一次到那里去时的路线。自那以后,欧洲已经从灰烬中站了起来,她好不容易才把那个地方认出来,那里从前是一大堆废墟、瓦砾和简陋的房屋,现在则得到了重建,在葡萄园和薰衣草田的包围下,在一年中最明媚的季节里闪闪发亮。就连墓园也显得欣欣向荣。那里有大理石石碑和天使,铁铸的十字架和栏杆,茂密的树木,麻雀,鸽子,静悄悄的。守墓人是一个友好的年轻女孩,她带着他们沿着墓地间的狭窄小径,寻找贝拉斯科夫妇很多年前立下的那块牌子。它完好无缺地立在那里:"萨穆埃尔·门德尔,1922—1944,英国皇家空军飞行员。"下面有一块更小的牌子,也是铜铸的:"为了法国和自由而战死。"萨穆埃尔摘下贝雷帽,抓了抓脑袋,觉得很有意思。

"金属牌像是刚刚擦过。"他发现。

"我爷爷会打扫和维护士兵们的墓地。是他放了第二块牌子。我爷爷曾经参加过抵抗运动,您知道吗?"

"真的吗!他叫什么名字?"

"克劳戴尔·马蒂诺。"

"真可惜我没能认识他。"萨穆埃尔说。

"您也参加过抵抗运动吗?"

"是的,参加过一段时间。"

"那您一定要来我们家喝一杯,我爷爷一定会很高兴见到您的,先生……"

"萨穆埃尔·门德尔。"

年轻女孩迟疑了一会儿,凑过去重新看了看牌子上的名字,惊讶地转过身。

"没错,是我。如您所见,我没有完全死掉。"萨穆埃尔说。他们四个人最后站在附近一座房子的厨房里,边喝茴香酒边吃香肠法棍面包。克劳戴尔·马蒂诺是个矮矮胖胖的老人,他在响亮的笑声和大蒜味道中紧紧拥抱了他们,他开心地回答了萨穆埃尔的问题,叫他"我的兄弟",一次又一次为他的杯子倒满酒。萨穆埃尔发现,他不是那种停火后人为创造出来的英雄。马蒂诺曾经听说过有英国飞机在他的村子里坠毁,听说过他们救了其中一个机组人员,认识其中两个把他藏起来的人,还知道其他人的名字。他一边听着萨穆埃尔的故事,一边用同一块手巾擦眼泪、擤鼻涕,那是他系在脖子上用来擦额头上的汗和手上的油的。"我爷爷一直很爱哭。"他的孙女解释道。

萨穆埃尔告诉这位东道主,他在犹太抵抗运动中的名字是"冉阿让",他因为从飞机掉下来时头部受伤而糊里糊涂地过了好几个月,但后来一点点开始恢复了某些记忆。他隐约记得一座大房子,以及穿着黑色围裙、戴着白色无边帽的女佣,但不记得任何家人。他想着如果战争结束后还有某些东西留下来,他就会去波兰寻根,因为他用来加加减减、骂人做梦的都是波兰语;那座刻在他脑海里的房子应该存在于那个国家的某一处。

"我不得不等到战争结束才能去调查我自己的名字和我家人的命运。1944年的时候已经能够预见德国人的溃败了,您记得吗,马蒂诺先生?东部战线的形势开始发生意想不到的反转,最没有预料到这一点的正是那里的英国人和德国人。他们觉得红军是由毫无纪律、营养不良和装备落后的农民们组成的,根本无法与希特勒正面作战。"

"我记得很清楚,我的兄弟,"马蒂诺说,"斯大林格勒战役之后,希特勒的不败神话开始瓦解,于是我们有了一些希望。必须承认,是苏联人在1943年动摇了德国人的精神和脊梁。"

"斯大林格勒的失败迫使他们一直退回了柏林。"萨穆埃尔补充道。

"之后就是盟军在1944年6月的诺曼底登陆,以及两个月之后巴黎的解放。啊!多么难忘的一天啊!"

"我被抓起来关进了监狱。我的队伍在与武装党卫队作战时大量伤亡,而我活下来的那些同伴刚一投降就遭到脑后一枪处决。我偶然逃脱了,到处寻找食物。更确切地说,是围着附近的庄园转圈,看看能弄到什么。我们就连狗和猫都吃,有什么吃什么。"

他向他讲述了那几个月里经历的事,那是他对于战争最糟糕的回忆。他独自一人,茫然失措,饥肠辘辘,与抵抗运动失去了联系。他只能夜里行动,靠长了虫的泥土和偷来的食物为生,直到9月末时被抓了起来。之后的四个月他一直在参加强迫劳动,先是在莫诺维茨,后来到了奥斯维辛-比克瑙,那里已经死了一百二十万男人、女人和孩子。1月的时候,面对即将到来的苏联人,纳粹分子收到指令,要销毁那里所发生的事情的证据。他们撤离了被关押的人,让他们在没有食物和保暖的情况下顶着大雪步行前往德国。那些因为太过虚弱而被留下的人将遭到处决,但急于赶在苏联人到来之前逃走的武装党卫队没能把一切都毁掉,留下了七千名活着的囚犯。他就是其中之一。

"我不认为苏联人是带着解放我们的目的来的。"萨穆埃尔解释道,"乌克兰战线从附近经过,打开了集中营的大门。我们这些还能动弹的人互相搀扶着出去了。没有人拦我们。没有人帮我们。没有人给我们一块面包。他们到处赶我们。"

"我知道,我的兄弟。法国这里没有人帮助犹太人,这么说让我非常羞愧。但我想那是一段可怕的时期,我们全都在挨饿,人们会在这种情况下失去人性。"

"巴勒斯坦的犹太复国主义者也不想要集中营的幸存者,我们是战争无用的残渣。"萨穆埃尔说。

他向他解释,犹太复国主义者寻找年轻、强壮、健康的人;寻找勇敢的战士来与阿拉伯人以及固执地想要改造这片贫瘠之地的劳动者们作战。但对于之前的生活,他所记得的仅有的几件事情之一就是驾驶飞机,这让他更加容易地完成了移民。他成了战士、飞行员和间谍。他在1948年以色列建国期间作为随从人员陪在戴维·本-古里安①左右,并在一年之后成了摩萨德的第一批探员之一。

兄妹二人在村子的一间旅馆里住了一晚,第二天他们回到巴黎,坐飞机去华沙。他们在波兰徒劳地寻找他们父母的痕迹;他们只在犹太事务局的一份特雷布林卡死难者名单上找到了他们的名字。他们一起走遍了奥斯维辛的遗址,萨穆埃尔试图在那里与过去和解,然而那是一场通往他最恐怖的噩梦的朝圣,只不过让他再次确定人类是这个星球上最残忍的野兽。

"德国人不是一个有精神病的种族,阿尔玛。他们是正常人,就像你我一样,但每个有狂热、力量和特权的人都可能成为一头野兽,就像奥斯维辛的武装党卫队。"他对自己的妹妹说。

"你认为要是有机会,你也会像野兽那样行事吗,萨穆埃尔?"

"这不是我怎么认为的事,阿尔玛,我不知道。我一辈子都是军

---

① 戴维·本-古里安(1886—1973),以色列第一任总理、政治家。

人。我参与了战争。我审讯过犯人,很多犯人。但我猜你不会想要知道细节的。"

纳撒尼尔

对纳撒尼尔·贝拉斯科来说,那个最终将结束他生命的恶疾提前很多年就开始窥伺他了,而所有人,包括他自己,都对此一无所知。最初的症状很容易与那年冬天让圣弗朗西斯科许多人中招的流感混淆,在几个星期之后就消失了。它们直到很多年之后才再次出现,留下的后遗症是一种强烈的疲惫:他有好几天都拖着双腿、弓着肩膀走路,就好像背上扛了一袋沙子似的。他每天依然工作相同的时间,但却效率不佳,他的书桌上堆积起了越来越多的文件,它们就像会在夜里扩展和自我复制似的。他头脑混乱,面对他认真研究、之前闭着眼睛也能解决的案件时毫无头绪,还会突然想不起来自己刚刚看过的东西。他一辈子都饱受失眠之苦,而间断性的发热和出汗让它更为严重。"我们两个人都患上了更年期潮热。"他笑着对阿尔玛说,但她觉得这一点也不好笑。他不再进行运动,他的帆船在海面上抛锚,有海鸥在上面筑了巢。他吞咽困难,体重开始下降,没有胃口。阿尔玛用一种蛋白粉给他做了奶糊,为了不让她惊慌,他艰难地喝下去,之后又一言不发地把它吐出来。当他的皮肤上出现溃烂时,他们那位像伊萨克·贝拉斯科在1914年购置的几件家具一样老资格的家庭医生不再像从前那样陆续将它当作贫血、肠道感染、偏头痛和抑郁症处理,而是让他去看一位癌症专科医生。

惊恐之下,阿尔玛明白了她有多么深爱和需要纳撒尼尔,她准备好了与疾病、命运、神明和魔鬼做斗争。她几乎放弃了一切来专心照顾他。她不再画画,遣散了工作室的员工,每月只去一次,监督清洁人员的工作。从窗户上装的磨砂玻璃里透过来的朦胧光线照亮了那间巨大的工作室,让它沉入了一种大教堂式的静谧。一夜之间所有动静都消失了,工作室在时光之中凝固,就好像一种电影特技,随时可以在下一刻重启,存在的是那些被画布盖起的长桌,像细高的护卫那样立在那里的一卷卷布料,还有其他立在画框里已经画好的布料,墙上的图案和颜色小样,瓶瓶罐罐,碟子、画笔和刷子,永远在扩散颜料和溶剂那种具有穿透性香气的通风系统的私语声。他们终止了多年来给予他们灵感和自由的旅行。在离自己生活环境很远的地方,阿尔玛脱胎换骨,新鲜而好奇地重生。她做好了冒险的准备,敞开心扉接受每一天给予她的馈赠,既无计划也无恐惧。这个具有游牧精神的新阿尔玛是如此真实,以至于有时候她会在路过的酒店的镜子里看到自己时惊讶不已,因为她没有料到会看到与她在圣弗朗西斯科时同样的一张脸。她也不再去看一命了。

伊萨克·贝拉斯科的葬礼之后七年,也是纳撒尼尔完全发病的十四年之前,他们在兰花协会年度展览上的几千名访客之中偶然重逢了。一命首先看到了她,于是走过去问候她。他独自一人。他们聊了聊兰花——展览上有来自他苗圃的两株样品,然后到附近的一家餐厅去吃午餐。他们开始聊聊这个聊聊那个:阿尔玛说了一下她最近的旅行、她的新设计和她的儿子拉里,一命说了一下他的植物和他的孩子们,两岁的米琪以及皮特——一个八个月的婴儿。他们没有提到纳撒尼尔和黛尔芬。午餐不间断地进行了漫长的三个小时,他们有太多话要说,说得犹犹豫豫又小心翼翼,没有陷入过去。就像在易碎的冰上滑行,他们互相打量,注意到彼此的改变,试图猜测对方的意图,意识到热烈的吸引依然一如往昔。他们两个人都已经三十七岁了;她表现得更为明显,她的五官轮廓加深了,更加消瘦、棱角分明和自信,然而一命却没有改变,他依然有着与从前同样的沉静的少年模样,同样低沉的声音和自重的举止,同样用他强烈的存在感侵入她最后一个细胞的能力。阿尔玛可以看见海崖的温室里那个八岁的男孩,那个在消失前把一只猫咪交给她的十岁男孩,蟑螂出没的汽车旅馆里那个不知疲倦的爱人,她公公葬礼上那个一身丧服的男人,他们全都一模一样,仿佛是在透明的纸上反复叠加的形象。一命是不变的,永恒的。对于他的爱和欲望灼烧着她的皮肤,她想把手从桌子上伸过去触碰他,靠近他,把鼻子埋在他的颈项,确认他依然带着泥土与青草的气息,告诉他没有他她的生命就像一场梦游,没有任何东西或任何人能够填满他留下的可怕缺口,她可以付出一切来赤身裸体地回到他的怀中,除了他什么都不重要。一命陪她走到她的车旁边。他们走得很慢,通过绕路来推迟分别的时刻。他们坐电梯到了停车场的第三层,她拿出钥匙,提出要送他去他只有一个街区之隔的车子那里,而他也接受了。他们在车内私密的昏暗空间里接吻,彼此辨认。

之后的几年里,他们将会把他们的爱情存放在与他们生命的其余部分相隔的空间里,在内心深处体验它,不让它涉及纳撒尼尔和黛尔芬。他们在一起时,一切都不存在,而当他们在刚刚餍足的酒店里告别时,他们都明白在下一次约会之前他们都不会有任何接触,除了通信。阿尔玛珍藏着那些信,尽管一命在信中保持着他的民族特有的那种保守口吻,与他细腻的爱情证据和他们在一起时他燃起的激情形成鲜明的反差。情意缠绵让他感到深深的害羞,他的表达方式是为她准备一次装在精美木盒里的野餐,给她寄栀子花,因为她喜欢它永远不会被用在任何一种香水里的香气,为她献上茶道,给她写诗作画。有时候,在私底下,他会叫她"我的小女孩",但他却不会这样写。阿尔玛无须向她的丈夫进行解释,因为他们的生活彼此独立,她也从来不问一命他是怎么瞒住黛尔芬的,因为他们一起住,而且在工作上保持紧密的联系。她知道他爱他的妻子,他是一个好父亲和顾家的男人,他在日裔群体中有一种特殊的地位,他们将他视作一位大师,会请他为误入歧途的人提供建议,帮助敌对的人和解,并在发生争端时充当公正的裁判。这个燃烧着爱火、在情爱中创意无限的男人,会在床笫之间大笑、说笑话和玩闹的男人,这个急切、贪婪而快乐的男人,在两次拥抱的间隙里说悄悄话的男人,这个深陷在无穷无尽的亲吻和痴狂的情欲之中的男人,他只为了她而存在。

一命的信在他们在兰花间的相逢之后开始到来,在纳撒尼尔生病之后变得更加频繁。在一段对他们而言永无尽头的时间里,这些信件代替了秘密相会。阿尔玛的信来自一个因为别离而痛苦的女人,直接而烦闷;一命的信则像平静清澈的水,但字里行间却跃动着共有的激情。对阿尔玛来说,这些信暴露了一命帘幔之后的优美内心,他的感情、梦想、思念和信仰;这些书信比情爱交锋更能让她了解他、爱他和渴望他。她变得如此离不开它们,以至于当她开始自由的寡居生活,当他们可以打电话、经常见面甚至一起旅行之后,他们依然还在继续通信。一命严格地遵守约定销毁了信件,然而阿尔玛却保留了他的信,以便能够常常重读它们。

我知道你在经受怎样的折磨,很遗憾我无法帮助你。给你写信的时候,我知道你在因为与你丈夫的疾病谈判而烦恼。我无法控制这个,阿尔玛,你只能勇敢地陪着他。

我们的分离非常痛苦。我们习惯了拥有我们神圣的周四,私密的晚餐,公园里的漫步,周末的短暂冒险。为什么我会觉得整个世界都褪色了?我听到的声音来自很远的地方,就像装了弱音器似的,食物吃起来像肥皂。我有这么多个月没见你了!我买了你用的古龙水,以此感受你的气息。给你写诗让我感到安慰,有一天我会把它们给你的,因为那是为你写的。

你还说我不浪漫!

如果我没能摆脱欲望,那么多年的精神修行对我真是帮助不大。我期待你的信和你在电话里的声音,我想象你朝我跑过来……有时爱是痛苦的。

一命
1984 年 7 月 18 日

纳撒尼尔和阿尔玛占据了曾经属于莉莉安和伊萨克的两个房间,它们中间有一道门连通,门一直开着,已经关不上了。他们再次像婚后最初的那段时间一样共同陷入了失眠,他们会紧紧挨着坐在同一张沙发或床上,她一边用一只手拿着书阅读,一边用另一只手爱抚纳撒尼尔,而他则闭着眼睛休息,像有水在胸口翻滚似的呼吸。在其中一个如此漫长的夜里,他们惊觉对方都在无声地哭泣,以免打扰另一个人。先是阿尔玛感觉到了丈夫潮湿的脸颊,而他也立刻注意到了她的泪水,这太少见了,以至于他欠起身来确认它们是不是真的。哪怕是在最苦涩的时刻,他也不记得见过她哭。

"你要死了,对不对?"她低声说。

"对,阿尔玛,但别为我哭。"

"我不只是为了你哭,也是为了我。为了我们,为了我不曾告诉你的一切,为了隐瞒和欺骗,为了背叛和我从你那里偷来的时间。"

"上帝啊,你在说什么!你并没有因为爱一命而背叛我,阿尔玛。有一些隐瞒和欺骗是必须的,就像有些真相最好闭口不提。"

"你知道一命的事?从什么时候开始?"她吃了一惊。

"一直都知道。心是很大的,它可以爱不止一个人。"

"跟我说说你吧,纳特。为了不用向你坦白我的秘密,我也从来没有调查过你的秘密,我想你有很多。"

"我们是多么爱对方啊,阿尔玛!大家从来都应该与最好的朋友结婚。我了解你胜过任何人。我可以猜到你没有告诉我的事;但你不了解我。你有权利知道我到底是一个怎样的人。"

于是他对她说起了雷尼·比尔。这个不眠之夜剩下的时间里,他们急着向彼此吐露了一切,因为他们知道,能够在一起的时间不多了。

从记事起,纳撒尼尔就对同性有一种混合了迷恋、恐惧和欲望的感觉,先是学校里的同学,后来是其他男人,最后是雷尼,他八年间的伴侣。他曾经与这种感觉斗争过,在内心的冲动和理智严酷的声音之间挣扎。在中学里,当他自己还无法确认这种感觉是什么时,其他男孩已经打心眼里觉得他跟别人不一样,用殴打、嘲笑和排斥惩罚他。困在恃强凌弱者之中无法脱身的那些年,是他一生中最糟糕的时期。中学毕业后,在重重疑虑和青春期无法控制的热情的撕扯之中,他意识到他并不像自己认为的那样特别;他到处都能遇到带着一种邀请或恳求的意味直视他眼睛的男人。他与另一个哈佛的学生开始了关系。他发现同性之爱是一个平行世界,与被人接受的现实共同存在。他认识了很多个阶层的人。在大学里:老师、知识分子、学生、一位拉比和一个足球运动员，在街头；海员、工人、官僚、政客、商人和罪犯。那是一个包罗万象、鱼龙混杂而尚且隐秘的世界，因为它要面对社会、道德和法律的终极审判。酒店、俱乐部和教堂都不接受同性恋，酒吧不卖酒给他们，大家可以将他们从公共场所赶出去，有理或无理地指责他们行为失当；同性恋酒吧和俱乐部属于黑社会。胳膊下面夹着律师文凭回到圣弗朗西斯科之后，他遭遇了一种萌芽中的同性恋文化的最初状态，这种文化直到几年之后才会公开呈现出来。当六十年代包括同性恋解放的社会运动开始时，纳撒尼尔与阿尔玛结婚了，他们的儿子拉里已经十岁了。"我跟你结婚不是为了隐藏我的性取向，而是因为友谊和爱。"那天夜里他对阿尔玛说。那些年他处于分裂之中：一个无可指摘、功成名就的公开人生，另一个禁忌而隐秘的人生。他与雷尼·比尔是1976年在一间面向男性开放的土耳其浴室里认识的，那是最适合放纵的地方，也是最不适合开始一段像他们之间的那种爱情的地方。

纳撒尼尔快五十岁了，雷尼比他小六岁，他像罗马雕塑里的男神一样俊美、放肆、狂热而堕落，与纳撒尼尔的性格正好相反。他们立刻就在身体上彼此吸引了。他们把自己关进其中的一个小房间里，像角斗士那样扭打在一起，在哗哗的水声中迎来高潮和身体的顶点，沉迷在快感之中直到天明。他们约好第二天在一间酒店里见面。他们是分头到的。雷尼带了大麻和可卡因，但纳撒尼尔要求不要使用它们；他想要完全清醒地体验这段经历。一星期之后，他们已然知道欲望的火焰只是一份恢宏爱情的起点，于是无法抵抗地在彻底感受它的命令面前屈服了。他们在市中心租了一间房子，在里面放了很少的家具和最好的音乐设备，承诺只有他们才能踏足此地。纳撒尼尔结束了三十五年前开始的寻觅，但表面上他的生活没有任何改变：他依然是同一个资产阶级楷模；没有人会怀疑他身上发生了什么，也不会注意到他的工作时间和对体育运动的投入急剧减少。而雷尼则在爱人的影响下发生了转变。他骚动的人生第一次安定下来，鼓起勇气用欣赏刚刚发现的幸福取代噪音和疯癫的活动。他不是与纳撒尼尔在一起，就是在想着对方。他没有再去浴室或俱乐部；他的朋友们很难能用某个聚会诱惑到他，他没有兴趣再认识别人了，因为他有纳撒尼尔就够了，他是太阳，是他生活的中心。他以一种清教徒式的虔诚在这份爱情的恬适中安顿下来。他喜欢上了纳撒尼尔喜欢的音乐、食物和酒，他的羊绒衫，他的驼毛大衣，他的剃须膏。纳撒尼尔在他的办公室里安装了一条私人电话线，只有雷尼会使用这个号码，他们就这样保持联系；他们一起扬帆出海，进行远足，在遥远的城市见面，那里没有人认识他们。

起初，纳撒尼尔难解的疾病没有影响到他与雷尼的关系；他的症状各式各样，只是偶尔发生，它们的来来去去没有理由，也没有明显联系。之后，当纳撒尼尔渐渐走样、变得像从前一样骨瘦如柴，当他不得不接受自己的力不从心、开始寻求帮助时，一切消遣都结束了。他失去了生活的勇气，觉得周围的一切都变得黯淡而微弱，他自暴自弃地陷入对过去的怀念，像一个老人那样，对某些他做过的事和许许多多没来得及做的事后悔不已。他知道自己的生命正在飞速缩短，他感到恐惧。雷尼没有任由他陷入抑郁，而是用假装出来的好心情和他坚定的爱情支撑着他。那段时间是对爱情的考验，而他对他的爱有增无减。他们在小小的公寓里相聚，彼此安慰。纳撒尼尔没有力气和欲望做爱，但雷尼并不要求他这么做，他满足于那些亲密的时刻，在他因为发烧而颤抖的时候安抚他，用婴儿小勺喂他吃酸奶，躺在他身边听音乐，用香胶按摩他的硬痂，在厕所里扶着他。最后，纳撒尼尔已经无法离开他的家了，阿尔玛以与雷尼同样的坚韧的温柔承担起了护士的角色,但她只是朋友和妻子,而雷尼是他的挚爱。在那个互诉衷肠的夜晚,阿尔玛是这样理解的。

天亮的时候,当纳撒尼尔终于睡着了,她在电话本上找到了雷尼·比尔的号码,打电话请求他来帮助她。他们在一起,能够更好地分担这段弥留之际的痛苦,她对他说。雷尼不到四十分钟就来了。还穿着睡衣和睡袍的阿尔玛为他开了门。出现在他面前的是一个被失眠、疲惫和痛苦摧毁的女人;她看到了一个英俊的男人,刚洗完的头发还湿着,那双世界上最蓝的眼睛红了。

"我是雷尼·比尔,太太。"他感动得口齿不清。

"请叫我阿尔玛。这就是您的家,雷尼。"她回答。

他想向她伸出手,但在他做完这个动作之前,他们就颤抖着拥抱在了一起。

雷尼开始在结束他在牙科诊所的工作之后,每天都到海崖的房子里来。他们告诉拉里和多丽丝、他们的雇员以及来访的朋友和熟人,雷尼是一位护士。没有人问什么。阿尔玛叫来了一个木匠,修好了连接卧室的那扇门,让他们单独相处。当她丈夫的目光因为雷尼的出现而被点亮时,她感到一阵巨大的轻松。他们三个人会在黄昏时分配着英式小面包喝茶,有时候,如果纳撒尼尔精神好,他们会一起打牌。那时纳撒尼尔的诊断结果出来了,是最令人恐惧的疾病:艾滋病。这种恶疾几年之前才有名字,但大家都已经知道那相当于被判了死刑;有人死得早,有人死得晚;一切都只是时间问题。阿尔玛不想去调查为什么纳撒尼尔患病了而雷尼没有,但即便她这么做了,也没有人能给她一个清楚明了的答案。病例飞快地成倍增加,大家已经说它是全球性疾病,以及它是上帝对无耻的同性性行为的惩罚。"艾滋"这个名字只能小声说,它不能存在于一个家庭或一个群体之中,因为那相当于公开宣扬不可饶恕的堕落。包括对家人在内的官方解释是,纳撒尼尔得了癌症。由于传统科学完全爱莫能助,雷尼去了墨西哥寻找神奇的药物,但它们也毫无用处,而阿尔玛则求助于她能找到的一切替代药物,从唐人街的针灸、草药和油膏,到卡利斯托加温泉的神奇淤泥浴。此时她终于理解了莉莉安为了治愈伊萨克所用的种种夸张的办法,遗憾自己竟然把撒麦迪男爵的雕像丢进了垃圾桶里。

九个月之后,纳撒尼尔已经形容枯槁,空气几乎难以进入他肺部那个堵塞的迷宫,他时时刻刻觉得口渴,皮肤溃烂,无法说话,他的大脑因为可怕的幻觉陷入谵妄。于是,在一个只有他们在家的昏昏欲睡的周日,阿尔玛和雷尼在门窗紧闭的昏暗房间里手拉着手,请求纳撒尼尔放弃斗争,安安静静地离开。他们无法再继续目睹这种苦难。在一个回光返照的神奇瞬间,纳撒尼尔睁开了他因为疼痛而变得阴沉的眼睛,动了动嘴唇,只无声地说了一个词:谢谢。他们理解了它的真实含义,那是一个指令。雷尼亲吻了他的嘴唇,然后将过量的吗啡注入他的静脉注射液胶袋。阿尔玛跪在床的另一边,轻轻地告诉她的丈夫,她和雷尼是多么爱他,他曾经给予了他们两人和许许多多的其他人什么,他们将永远记得这一切,没有什么能把他们分开……

阿尔玛与雷尼在拉克之家分享芒果茶与回忆,他们问自己为什么等了三十年都没有再次尝试联系对方。在合上纳撒尼尔的眼睛,帮阿尔玛为他整理仪容、让他尽可能以最好的面貌呈现在拉里和多丽丝面前,清除能够证明发生了什么的证据之后,雷尼告别了阿尔玛,从那里离开了。他们曾经怀着痛苦和不确定的希望,在绝对私密之中度过了几个月,置身于这间弥漫着薄荷醇的味道以及在死亡攫住纳撒尼尔很久之前就充满了死亡气息的卧室里,完全不见天日。他们曾经一起度过那里的不眠之夜,靠喝掺了水的威士忌或抽大麻缓解痛苦,他们在那些夜晚互相讲述彼此的生活,吐露渴望和秘密,最终深深地了解了对方。那段冗长的临终期里容不下任何一种虚荣,他们像独自面对自己时那样卸下了全部伪装,赤裸相见。尽管如此,又或许正因如此,他们最终爱上了对方,带着一种让他们不得不分开的清澈而绝望的亲密,因为它原本抵不过日常生活无药可救的消磨。

"我们曾经有一份奇怪的友谊,阿尔玛。"

"纳撒尼尔非常感激我们两个人能陪着他,所以有一次他甚至请求我在他死后跟你结婚。他不想让你无依无靠。"

"这个想法太棒了!你为什么没有向我提出来呢,雷尼?我们本来能成为很棒的一对的。我们会互相陪伴,成为彼此的后盾,就像纳撒尼尔和我一样。"

"我是同性恋,阿尔玛。"

"纳撒尼尔也是。我们会有一段形婚,不上床的那种;你有你的爱情生活,我有一命。非常合适,因为我们都无法将我们的爱情公之于众。"

"现在还来得及。你愿意嫁给我吗,阿尔玛·贝拉斯科?"

"可你不是告诉我你快死了吗?我不想第二次变成寡妇。"

他们开怀大笑,笑声让他们有了兴致到食堂去看看套餐里是否包括了什么有吸引力的菜。雷尼让阿尔玛挽着他的手臂,他们从玻璃走廊上出去,朝着主楼,也就是巧克力大亨的豪宅走去,他们觉得自己衰老而快乐,问自己为什么要说那么多伤心和烦恼的事,而不谈论幸福。"我们要如何对待这种没有特别的原因就来到我们身边的幸福,这种无须任何东西就能够存在的幸福呢?"阿尔玛问。他们彼此挽扶着,颤颤巍巍地小步向前走,他们觉得有点冷,因为秋天就要结束了,这份他们共有的幸福侵入了那些顽固的回忆,爱情的回忆,它们汇成的洪流让他们不知所措。阿尔玛把公园里惊鸿一瞥的几抹粉色纱幔指给雷尼看,然而夜幕正在降临,也许那并不是预示着一场灾难的艾米丽,而是拉克之家里随处可见的一个幻象。

日本情人

周五，伊莉娜·巴兹里早早到了拉克之家，想在开始一天的工作之前去看一下阿尔玛。阿尔玛已经不需要她来帮忙穿衣服了，但她还是对女孩来到公寓陪她喝一天之中的第一杯茶表示了感激。"嫁给我的孙子吧，伊莉娜；你这是帮了我们贝拉斯科家所有人一个忙。"她反复对她说。伊莉娜本应对她言明自己无法战胜过去的恐惧，然而一提到这件事，她就会羞愧得要死。她怎么能给老太太讲她记忆里的怪物呢，它们通常潜伏在自己的巢穴之中，却会在她打算与她的孙子做爱时探出它们蜥蜴似的脑袋。赛斯明白她还没有做好准备谈论这个问题，于是不再向她施加压力让她去咨询心理医生；暂时只要有他当她的知己就够了。他们可以等。伊莉娜曾经向他提议尝试一种残酷的疗法：一起观看她继父拍摄的视频。它们依然流传在外，依然能够让她陷入痛苦不可自拔，然而赛斯担心，这些居心叵测的怪物一旦被放出来，就会失去控制。他的疗法是在充满爱和幽默的氛围之中循序渐进，于是他们在进两步退一步的舞蹈中一点点进步；他们已经睡在同一张床上了，有时候还会相拥着醒来。

那天早上伊莉娜没有在公寓里找到阿尔玛，也没有找到她秘密外出时带的包，或是她的丝绸睡衣。这一次，就连一命的照片也不在了。她知道她的汽车也不在停车场，但这并没有引起警惕，因为阿尔玛已经能够自理了，而且她估计一命正在等着她。她不会独自一人。

星期六她不用在拉克之家值班,于是一直睡到了9点,这是自从她与赛斯同居、不再给狗洗澡以来,她在周末能够给予自己的特殊待遇。他用一杯牛奶咖啡唤醒了她,挨着她在床边坐下,计划那一天要去做些什么。他从健身房回来,刚刚洗过澡,头发还湿着,依然沉浸在运动之后的兴奋中,完全没有想到那一天他与伊莉娜什么事也做不了,那将是一个告别的日子。电话在那一刻响起来,拉里·贝拉斯科打电话来告诉他的儿子,祖母的汽车在一条乡村公路上打滑,坠下了十五米的悬崖。

"她在玛林总医院的特护病房里。"他说。

"严重吗?"赛斯心里一沉。

"是的。她的车完全毁了。我不知道我的母亲到那些地方去干什么。"

"她当时一个人吗,爸爸?"

"对。"

他们在医院里见到了意识清醒的阿尔玛,尽管止痛药正在滴入她的血管,而且据医生说,那些剂量足够放倒一头驴。她在事故中毫无防护地受到了冲击。假如她是在一辆更加笨重的车里,或许她受到的损伤会更小,然而那辆小小的柠檬绿色微型汽车散了架,而被安全带固定在座位上的她被压在了下面。当贝拉斯科家族的其他人在候诊室唉声叹气时,拉里告诉赛斯有可能采取一种极端措施:打开阿尔玛的腹腔,将移位的器官放到它们应在的地方,保持这种敞开的状态好几天,直到炎症好转,可以进行手术。之后他们可以考虑修复断掉的骨头。这样做在一个年轻人的身上风险很大,对于阿尔玛这样一个年过八旬的老人来说更是要危险得多;医院中收治她的外科医生不敢进行尝试。立刻与雷尼一同赶到的凯瑟琳·霍普认为这样大规模的手术是残忍而无用的;他们应该做的只有让阿尔玛尽可能地感到舒适,等待她不久之后就将到来的生命终结。伊莉娜扔下了正在与凯茜争论是否应该将她转往资源更为强大的圣弗朗西斯科的一家人,悄悄地进了阿尔玛的房间。

"您疼吗?"她低声问她,"您希望我去叫一命吗?"

阿尔玛正在吸氧,但是能够自主呼吸,她轻轻做了个手势让她过去。伊莉娜不想去想她在被一条床单盖住的支架下面受伤的身体;她只专注地看着她的脸,它安然无恙,而且似乎变得更美了。

"科斯滕。"阿尔玛艰难地说。

"您想让我去找科斯滕吗?"伊莉娜惊讶地问。

"然后告诉他们不要碰我。"在筋疲力尽地闭上眼睛之前,阿尔玛清晰地说。

赛斯给科斯滕的哥哥打了电话,他当天下午就把她带到了医院里。女人坐在阿尔玛病房里唯一的一张椅子上,不慌不忙地等待指示,就像为凯瑟琳·霍普的病痛诊所工作之前的几个月间,她耐心地在工作室里等待一样。某一时刻,迎着窗口最后的几缕光线,阿尔玛从止痛药的昏迷中醒来。她的目光扫过围在她身边的人们,努力想要辨认他们:她的家人,伊莉娜,雷尼,凯茜,当她的视线终于停在科斯滕身上时,她似乎振作了一些。女人走到床边,握住她没有连着滴管的那只手,开始在上面落下湿漉漉的吻,从手指一直亲到手肘。她痛苦地问她是不是病了,她会不会好起来,并反反复复地说她爱她。拉里试图把她拉开,然而阿尔玛虚弱地要求他让她们单独相处。

拉里、多丽丝和赛斯轮流陪护了第一和第二个晚上,但第三天晚上,伊莉娜明白那一家人的体力已经到了极限,于是主动要求陪着阿尔玛,后者自从科斯滕来访之后再也没有说过话。她一直在昏睡,像累坏了的狗那样喘着气,生命正在从她的身上流逝。活着和死去都不容易,伊莉娜心想。医生保证她不会感觉到疼痛,她连脊髓都被麻醉了。

到了一定时间,楼里的噪音渐渐消失了。病房里笼罩着一层温柔的阴影,然而走廊始终被大功率的照明灯和护士中心电脑的蓝色反光照亮。空调的窃窃私语声,床上女人吃力的呼吸声,以及门的另一边时不时响起的脚步声或说话声,是伊莉娜仅能听到的声响。有人给了她一条毛毯和一个靠垫,让她能尽量舒服一点,但房间里很热,在椅子上睡着是不可能的。她在地上坐下,靠在墙壁上,想着阿尔玛。三天之前她还是一个充满激情的女人,急不可待地出门去见她的爱人,而现在她已经在她的最后一张床榻上处于弥留之际。在重新陷入止痛药造成的幻觉与昏睡之前,阿尔玛曾经短暂醒来,请求伊莉娜为她涂上口红,因为一命要来找她。伊莉娜感到一阵揪心的难过,一波对于这位美好老人的爱,一种孙女、女儿、妹妹、朋友式的眷恋。眼泪从她的脸上淌落,打湿了她的脖子和衬衫。她希望阿尔玛能够干干脆脆地离开,不再受苦,也希望她永远也不要离开,希望他们能够借助神迹安置好她混乱的器官和断掉的骨头,希望她能够重生,与她一起回到拉克之家,继续从前的生活。她会在她身上投入更多的时间,更长久地陪伴她,从她藏着秘密的地方把它们找出来,再给她弄一只与内克一模一样的猫,想办法让她每周都能收到新鲜的栀子花,而不必告诉她是谁寄来的。已经离开的人们匆忙赶来,在痛苦之中陪伴着她:她与大地同色的外公外婆,雅克·德凡和他的托帕石金龟子,她在拉克之家工作的三年间去世的老人,尾巴弯弯扭扭、心满意足地打着小呼噜的内克,甚至是她的母亲拉德米拉——她已经原谅了母亲,也很多年没有她的消息了。她希望这一刻赛斯能在她的身边,她会向他介绍这群他不认识的人物,然后抓住他的手好好休息一下。她蜷缩在她的角落里,在思念与悲伤之中睡着了。她没有听见护士定期进来监控阿尔玛的情况,调整滴管和针头,为她测量体温和血压,给她用镇静剂。

夜最深的时候,也是脆弱的时光里最神奇的时候,这个世界与属于灵魂的世界之间的帘幔通常是拉开的,阿尔玛等待的访客终于到来了。他穿着胶鞋,无声无息地进来了,他的脚步那样轻,要不是阿尔玛感觉到他靠近而发出了沙哑的呻吟,伊莉娜根本不会醒来。一命!他站在床边,朝她俯下身,伊莉娜只能看到他的侧影,但却能在任何一个地方、任何一个时刻将他认出来,因为她也在等他。他就是她在仔细观察装在银相框里的照片时想象出来的那个样子:中等个子,肩膀结实,一头笔直的灰发,皮肤被监控器映得发绿,面容高贵而沉静。一命!她觉得阿尔玛睁开了眼睛,重复了一遍他的名字,但她无法确定,也明白他们应该独自道别。她小心地站起来,不想打扰到他们,然后溜出了病房,把身后的门关上了。她在走廊里等待,踱着步活动麻木僵硬的双腿,从电梯旁边的水池里喝了两杯水,之后回到了她在阿尔玛门边的哨岗上。

清晨 4 点,轮值的护士来了,那是一个带着面包香气的高大黑人女人,她发现伊莉娜挡住了入口。"拜托,请让他们单独待一会儿。"女孩恳求她,开始慌乱地对她说起那个赶来陪伴阿尔玛走完最后一程的爱人。她们不能打断他们。"这个时间没有访客啊。"护士讶异地回答,一下子推开伊莉娜,把门打开了。一命已经走了,房间里的空气充满了他的缺席。

阿尔玛跟他一起走了。

在海崖府邸这个阿尔玛几乎生活了一辈子的地方,她的家人们守护了她几个小时。她简单的松木棺柩被停放在宴会厅里,被家族在传统庆典上使用的实心银烛台上的十八支蜡烛的火光照耀着。尽管贝拉斯科一家并不属于墨守成规的教徒,他们依然在丧葬仪式上遵循拉比的指示。阿尔玛曾经多次说过，她想从床上直接到墓地里去，不要在犹太教堂举行任何仪式。治丧义工委员会的两个女人清洗了她的身体，为她穿上了简朴的白色亚麻无袋寿衣，它象征着死亡的平等以及对于所有物质财产的舍弃。伊莉娜像一个看不见的影子，跟在赛斯后面参加了悼念，赛斯似乎被悲痛弄懵了，难以相信他不死的祖母会突然抛下他。家族里的某个人陪在阿尔玛身边，直到她被送往墓园的那一刻，以此给灵魂留下分离和道别的时间。没有鲜花，它们被认为是轻浮的，但伊莉娜带了一朵栀子花到墓园里去，拉比在那里引导众人进行一次短暂的祷告：真理的法官，真理的审判者是有福的。他们降下棺木，将它安放在纳撒尼尔·贝拉斯科的坟墓旁边，当家人们走过去在上面盖土的时候，伊莉娜将栀子花留给了她的朋友。那天晚上开始坐七——为期七天的悼念和静修。拉里和多丽丝出人意料地请求伊莉娜留下来，安慰赛斯。像家里的其他人一样，伊莉娜在胸口戴了一块撕下来的碎布，象征哀悼。

到了第七天，在接待了每天下午前来凭吊的大队访客之后，贝拉斯科一家恢复了往常的节奏，每个人都回到了自己的生活之中。葬礼结束一个月之后，他们将会以阿尔玛的名义点燃一根蜡烛，一年之后则会有一个简单的仪式，将她的名牌安放到墓地上。那时候大部分认识她的人都将很少再想起她；阿尔玛将活在她的手绘布料上，活在她孙子赛斯固执的记忆中，以及活在伊莉娜·巴兹里和科斯滕的心里，后者将永远都不会明白她去了哪儿。坐七期间，伊莉娜和赛斯焦急地等着福田一命出现，但直到七天都过去了，也没有见到他。

一周的哀悼仪式结束之后，伊莉娜做的第一件事就是去拉克之家取回阿尔玛的东西。她之前得到了汉斯·沃伊特的许可，可以缺席几天，但很快她就必须重新投入工作。公寓依然是阿尔玛离开时的样子，因为露比塔·法里亚斯决定等到她的家人退租之后再进行打扫。为数不多的几件家具是为更好地利用而不是装饰这个小小的空间而购入的,它们将被送给"遗忘物品小店",唯一的例外是那张杏色的扶手椅,猫咪曾经在上面度过了它最后的几年,伊莉娜决定将它送给凯茜,因为她一直都很喜欢它。她把衣物收进箱子里:阔腿裤、亚麻长袍、羊驼毛长背心、真丝围巾,她在想谁将会继承这一切。她希望自己能像阿尔玛一样高大强壮,这样就能穿她的衣服了,希望像她一样涂口红,用佛手柑和橙子香调的男士香水。余下的东西她都放到了盒子里,贝拉斯科家族的司机之后会来取。那里有概括了阿尔玛一生的相册、文件、几本书、托帕兹的那张阴森照片,其他就几乎没有什么了。她意识到阿尔玛已经用她特有的认真为离开做好了准备,已经摆脱了肤浅之物,只留下必不可少的东西,并已经把她的财物和回忆都整理好了。坐七的那一周,伊莉娜曾经有时间为她哭泣;然而在这项为她在拉克之家的存在画上句点的任务中,她重新与她道别,那就像再一次埋葬了她。心痛之中,她在盒子和箱子之间坐下来,打开了阿尔玛在溜出去时总是会背着的那个包,它是警方在撞毁的微型汽车里找到的,她把它从医院里拿了回来。包里有她的薄衬衫、她的乳液、她的面霜、两套换洗衣物和一帧装在银相框里的照片。玻璃已经碎了。她小心地将碎片取下来,拿出照片,同样也与这位神秘的情人告别。这时候有一封信落在她的膝头,那是阿尔玛藏在照片后面的。

正当此时,有人推开了半开半掩着的门,羞涩地探头进来。是科斯滕。伊莉娜站起来,科斯滕像一直以来问候所有人的时候一样,热情地拥抱了她。

"阿尔玛在哪里?"她问。

"在天上。"这是伊莉娜唯一能够想到的答案。

"她什么时候回来?"

"她不会回来了,科斯滕。"

"再也不回来?"

"对。"

科斯滕天真的脸上转瞬即逝地闪过一片悲伤或忧虑的阴影。她摘下眼镜,用T恤边缘擦了一下,重新将它戴上,把脸凑到伊莉娜旁边,想把她看得更清楚一些。

"你保证她再也不会回来了吗?"

"我向你保证。但是你在这里有很多朋友,科斯滕,我们都很爱你。"

科斯滕做了个让她等着的手势,拖着扁平足摇摇晃晃地从走廊离开,朝着巧克力大亨的房子走去,那是病痛诊所所在的地方。十五分钟之后,她背着她的双肩包回来了,跑得气喘吁吁,因为她的心脏过于肿大,无法很好地承受这样的奔跑。她关上公寓的门,给它上了锁,轻轻拉上窗帘,把一根手指放在嘴唇上让伊莉娜不要说话。最后她把背包递给她,双手背在背后,脸上带着同谋式的微笑,翘起脚尖晃来晃去。"给你的。"她说。

伊莉娜打开背包,看到用橡皮筋扎着的包裹,立刻意识到那是阿尔玛定期会收到的信,是赛斯和她找了很久的一命的信。它们没有像他们所担心的那样,永远地遗失在某家银行的保险柜中,而是被放在世界上最安全的地方——科斯滕的背包里。伊莉娜明白过来,当阿尔玛发现自己时日无多时,她就将保存它们的任务交给了科斯滕,并告诉她应该把它们转交给谁。为什么要给她?为什么不给她的儿子或是她的孙子,而是给她?她将它当成是阿尔玛身后留下的讯息,一种表达她有多么爱她、多么信任她的方式。她感到有东西正在冲破她的胸口,发出一只黏土罐子碎裂时的声音,她感恩的心脏正在胀大、扩张,像海中一棵半透明的海葵那样跳动。面对这份友谊的证明,她知道自己就像纯真年代时一样受人尊敬;活在她过去里的怪物开始后退,她继父那些视频的恐怖力量渐渐缩减,回到它真实的尺度:供没有身份也没有灵魂、软弱无能的匿名生物食用的腐尸。

"我的上帝,科斯滕。想象一下,我活了大半辈子都没怕过什么东西。"

"给你的。"科斯滕指着从她的背包里滚落到地上的东西,又重复了一遍。

那天下午,当赛斯回到他的公寓时,伊莉娜用胳膊搂住他的脖子,带着一种全新的、在这些哀悼的日子里显得有些不太合适的快乐亲吻了他。

"我要给你一个惊喜,赛斯。"她向他宣布。

"我也是。不过先把你的给我。"

伊莉娜急不可耐地把他拉到厨房里的大理石桌子前,背包里装的包裹就放在那里。

"这些是阿尔玛的信。我在等你一起拆开它们。"

那些包裹被标上了从一到十一的数字。每个包裹里装着十封信,除了第一个之外——那里面装了六封信和一些画。他们坐在沙发上,按照它们的主人留下的顺序将它们打开看了一眼。一共有一百一十四封信,有些很短,有些很长,有些相比另一些更像是在汇报信息,上面只有一命的落款。第一个信封里的信是用铅笔写在笔记本的纸页上的,笔记很孩子气,它们来自坦佛兰和托帕兹,经过了极为严格的审查,以至于含义不清。从那些画里已经能够看出在拉克之家陪伴阿尔玛的那幅画上笔触利落的纯净风格。读完这些信需要好几天,然而在简略地翻看它们时,他们看到其余信件上都标注着1969年之后的不同日期。不规律的通信持续了四十年,有一点始终未变：它们是爱的讯息。

"我还在一命的照片后面发现了一封2010年1月写的信。但所有这些信都很旧了，是寄到贝拉斯科家族在海崖的房子那里的。她最近三年在拉克之家收到的那些信在哪里？"

"我想就是这些了，伊莉娜。"

"我不明白。"

"我的祖母一生都在收集她在海崖时收到的一命的信，因为她一直住在那里。之后，当她搬到拉克之家去住时，她开始每隔一段时间，把那些信装进你和我见过的黄色信封，一封一封寄给自己。她把它们当作新的信，收下它们，阅读它们，珍藏它们。"

"她为什么会做这样的事，赛斯？阿尔玛的头脑很清醒。她从未表现出衰老的迹象。"

"这就是不寻常的地方，伊莉娜。她是完全有意识并且出于实际目的才会这么做的，以此让她生命中的伟大爱情保持鲜活。这个看上去刀枪不入的老人，在内心深处是一个无可救药的浪漫主义者。我能肯定每周寄栀子花的也是她自己，而且她并没有与她的爱人一起旅行；她独自一个人到雷斯岬的小木屋里去，在梦里重温他们曾经的相会，因为她已经不能再与一命一起分享它们了。"

"为什么不能？事故发生时她正要去见他。一命到医院里与她告别，我看到他吻了她，我知道他们彼此相爱，赛斯。"

"你不可能见过他，伊莉娜。我很奇怪这个男人怎么会不知道我祖母去世了，因为报纸上刊登了这条消息。如果他像我们认为的那样爱她，他肯定会出现在葬礼上，或是在坐七时向我们表示哀悼。我就是今天决定了要去找他，我想认识他，弄清关于我祖母的某些疑问。这很容易，我只需要到福田家的苗圃去就可以了。"

"它还在吗？"

"是的。经营它的是皮特·福田,一命的其中一个儿子。当我告诉他我的姓氏时,他非常热情地接待了我,因为他知道贝拉斯科家族,然后他去叫了他的母亲黛尔芬。那位女士非常友善而美丽,她有一张似乎永远不会老去的亚洲面孔。"

"她是一命的妻子。阿尔玛对我们说过,她在你曾祖父的葬礼上认识了她。"

"她不是一命的妻子,伊莉娜,她是他的遗孀。一命在三年前死于一次心肌梗死。"

"这不可能,赛斯!"她惊呼。

"他差不多是在我祖母到拉克之家去住的时候死的。或许这两件事之间是有联系的。我想这封2010年的信,阿尔玛收到的最后一封信,是他的告别。"

"我在医院里看到一命了!"

"你看到了你想看到的东西,伊莉娜。"

"不,赛斯。我能肯定那是他。事情就是这样:阿尔玛是如此深爱一命,所以她成功地让他来找她了。"

宇宙是多么奇妙而激动人心啊,阿尔玛!它转啊,转啊。唯一不变的是,一切都在改变。这是我们只能从静止的角度欣赏到的奇迹。我正在经历一个非常有趣的时期。我的灵魂着迷地欣赏着我身体的变化,但这种欣赏并非是从遥远的一点,而是从内部。我的灵魂和我的身体在这个过程中是在一起的。昨天你对我说你怀念年轻时对于不死的幻想,而我并不如此。我正在享受我作为成熟男人的现实,我不能说我老了。假如我三天之后就会死去,我会在这些日子里安排些什么呢?什么也不安排!我会清空一切,只留下爱。

我们说过很多次,相爱是我们的宿命,我们在之前的生命中相爱过,也会在未来的生命里继续相逢。或许没有过去也没有未来,一切都在宇宙无尽的维度里同时发生。那么我们就一直在一起了,直到永远。

活着是件美妙的事。我们依然十七岁,我的阿尔玛。

一命

2010年1月8日